Dan Gronie

ANDOR

Reise durch das Weltentor

ANDOR

Band 1: Rätsel der Vergangenheit

Band 2: Reise durch das Weltentor

In Vorbereitung:

Band 3: Feindliche Basis auf Pelos

Weitere Bücher von Dan Gronie

Band 1: Kaspar - Die Reise nach Feuerland

Band 2: Kaspar - Der magische Rubinschädel

Band 3: Kaspar - Das Geheimnis von Eduan

Estalor - Rückkehr der Höllenschlange

Denny entdeckt Köln

Dan Gronie

ANDOR

Reise durch das Weltentor

ROMAN

Impressum

Bibliografische Information der Deutschen Nationalbibliothek:
Die Deutsche Nationalbibliothek verzeichnet diese Publikation in der Deutschen
Nationalbibliografie; detaillierte bibliografische Daten sind im Internet über
http://dnb.d-nb.de abrufbar.

Titel: Andor - Reise durch das Weltentor
Copyright © 2020 by Dan Gronie

1. Auflage
Taschenbuchausgabe August 2020

Umschlaggestaltung: Dan Gronie
Umschlagabbildungen: © Olivia Grand,
Bild von Felix Mittermeier auf Pixabay,
Bild von Gerd Altmann auf Pixabay

Herstellung und Verlag:
BoD - Books on Demand, Norderstedt

ISBN: 978-3-7519-7217-8

Reise durch das Weltentor
ist meiner wunderbaren Frau Ursula gewidmet.

Dein und nochmals Dein, für immer!

Inhalt

Prolog   9

1   Haifischflossensuppe   21
2   Nicht lügen, sondern beichten   33
3   Unerklärliche Phänomene   44
4   Rendezvous mit Hindernissen   55
5   Schreck, lass nach!   71
6   Noch mehr Geheimnisse   79
7   John Smith meldet sich   93
8   Da waren es nur noch drei   104
9   Das Leben geht zu Ende   113
10   Stehaufmännchen   128
11   Die Entscheidung   140
12   Küss mich endlich   163
13   Treten wir den Palets in den Arsch   175
14   Plötzlich macht es BUM!   185
15   Der wahre Terror   195
16   Tatütata, wir sind da   221
17   Auf ein baldiges Wiedersehen   230
18   Alles ist möglich   242

Personen-, Orts-, und Sachverzeichnis   247
Danksagung   250

Prolog

Irgendwo, auf einem weit von der Erde entfernten Planeten, näherte sich eine achtköpfige Gruppe einem kugelförmigen Raumschiff, das eben in dieser kargen, hügeligen Landschaft abgestürzt war. Das sandige und zum Teil steinige Gelände, auf dem nur wenige Bäume und Pflanzen wuchsen, machte den Soldaten schwer zu schaffen. Ganz geheuer war es dem Gruppenführer nicht, aber er hatte nun mal entschieden, ihren Kampfwagen stehen zu lassen und den Weg zu Fuß fortzusetzen.

Hinter einem Sandwall ging die kleine Gruppe in Deckung. Vier Scharfschützen brachten sich sofort in Stellung und nahmen das kugelförmige Raumschiff ins Visier. Sie waren auf der Suche nach einer vermissten Einheit gewesen und hatten ihren erfolglosen Einsatz beendet. Ihr Auftrag lautete dann, auf dem schnellsten Weg zum Stützpunkt zurückzukehren. Doch plötzlich tauchte dieses Ding am blassgrauen Himmel auf und ging nieder, und der Gruppenführer wollte wissen, aus welchem Grund es abgestürzt war.

»Es steckt im Sand fest«, wandte sich ein Soldat an den Gruppenführer.

»Vielleicht«, sagte der Gruppenführer nur. »Aus dieser Entfernung ist das nicht genau zu erkennen«, zweifelte er.

Ein ganzes Stück hinter dem Raumschiff war noch Etwas im Sand zu erahnen. Vielleicht war es ein feindlicher Konvoi. Der Gruppenführer wollte den Stützpunkt verständigen, doch dann verwarf er den Gedanken wieder. Vielleicht würde der Feind dadurch auf sie aufmerksam werden. Der Gruppenführer legte das Lasergewehr beiseite und nahm ein elektronisches Fernglas zur Hand.

»Das ist doch ...«, dem Gruppenführer blieb das Wort im Hals stecken.

»Was ist los?«, fragte der bärtige Soldat neben ihm.

»Das ist unsere vermisste Einheit«, antwortete der Gruppenführer entsetzt.

Der Gruppenführer zählte acht Kampfwagen. Alle waren zerstört. Dann zoomte er einen umgekippten Kampfwagen heran, dessen Unterseite sich in ein Knäuel aus geschmolzenem Metall verwandelt hatte.

»Nicht zu fassen. Ist einfach so geschmolzen«, schüttelte der Gruppenführer den Kopf.

»Minen?«, rätselte der bärtige Soldat.

Der Gruppenführer wandte sich dem Soldat zu.

»Das waren keine Minen. Niemals«, war sich der Gruppenführer sicher. »Das war ein Waver.«

»Dann muss es aber ein verdammt starker Waver gewesen sein«, sagte der bärtige Soldat.

»Kannst du mir sonst eine Waffe nennen, die einen Kampfwagen zum Schmelzen bringt?«, fragte der Gruppenführer.

»Nein«, schüttelte der bärtige Soldat den Kopf.

»Was ist denn das, was sich da neben dem Konvoi aus dem Boden empor wühlt?«, fragte eine Soldatin und deutete in die Richtung des unbekannten Objekts.

Der Gruppenführer hob vorsichtig den Kopf und lugte über den Sandwall. Ein glänzender, rechteckiger

Gegenstand war nun mit bloßem Auge neben dem Konvoi zu erkennen.

»Keine Ahnung«, sagte er, steckte das Fernglas weg und griff nach dem Lasergewehr.

»Wir sollten zum Stützpunkt zurückkehren und umgehend Bericht erstatten«, schlug die Soldatin dem Gruppenführer vor. Ihre Stimme war dünn wie ein Flüstern.

»Wir warten noch ab«, sagte der Gruppenführer. »Ich will zuerst wissen, was das da für ein Ding ist«, ergänzte er.

»Scheiß was drauf«, knurrte der bärtige Soldat neben ihm. »Wir sollten zum Stützpunkt ...«

Der Gruppenführer wandte sich dem Soldaten zu. »Wir bleiben hier in Deckung«, befahl er mit strenger Stimme.

Der Soldat schwieg.

Das rechteckige Objekt sendete einen roten Lichtstrahl aus, der auf das Raumschiff gerichtet war.

»Kopf runter«, sagte der Gruppenführer.

»Ja«, hauchte der bärtige Soldat, als der Lichtstrahl an Breite zunahm.

»Ob es eine Waffe ist?«, fragte die Soldatin an den Gruppenführer gewandt, der daraufhin mit der Schulter zuckte.

Der Lichtstrahl erlosch ganz plötzlich. Der Gruppenführer schwieg und versuchte den Kloß, der sich in seiner trockenen Kehl gebildet hatte, herunterzuschlucken.

»Sollen wir angreifen?«, fragte ein junger Soldat.

»Hast du 'nen Knall?«, fauchte die Soldatin ihn an. »Wir werden alle draufgehen.«

»Wir können den Feind doch nicht entkommen lassen«, fauchte er zurück. »Oder hat dich der Mut verlassen?«, warf er ihr an den Kopf.

»Pass mal auf du kleiner Schei... «

»Haltet beide die Klappe!«, befahl der Gruppenführer streng. »Wir werden auf gar keinen Fall angreifen! Wir wissen nicht, womit wir es zu tun haben.«

Der bärtige Soldat räusperte sich nervös. Der Gruppenführer musterte ihn.

»So ein Ding habe ich noch nie gesehen«, hauchte der bärtige Soldat dem Gruppenführer entgegen.

Der Gruppenführer musste an seinen letzten Einsatz denken, bei dem seine komplette Einheit durch den Feind vernichtet worden war. Nach dem Massaker hatte der Feind sich alle Leichname seiner Einheit geholt. Lauerte dieser Feind etwa da vorne, um seine jetzige Einheit ebenfalls zu vernichten und die Leichname an sich zu nehmen? Sollte er vielleicht doch der Aufforderung des jungen Soldaten folgen und den Befehl zum Angriff geben? Er schüttelte sich bei dem Gedanken.

Der Lichtstrahl erschien wieder, viel breiter noch als vorhin. Als er die Hülle des Raumschiffes erreichte, ertönte ein Summton, und es schien so, als würde der Wüstensand anfangen zu dampfen.

»Wow«, staunte die Soldatin.

Der Gruppenführer wusste nicht, was dort geschah, aber er hatte dasselbe ungute Gefühl wie damals, als er seine ganze Einheit verloren hatte. *Denk nicht darüber nach*, sagte er sich im Stillen vor. *Einfach nicht darüber nachdenken!* Damals war er der einzige Überlebende gewesen. *Hoffentlich wiederholt sich so ein Drama nicht noch einmal.*

Der rote Lichtstrahl kreiste langsam über der Oberfläche des Raumschiffes. Ringsum das glänzende, rechteckige Objekt fing der sandige Boden dabei an zu brodeln.

Der Gruppenführer hielt den Atem an. Nadelstiche aus Wärme trafen ihn mitten ins Gesicht. Er fragte sich, ob es seinen Kameraden auch so erging? Er wandte sich dem bärtige Soldaten neben ihm zu.

»Es wird unangenehm heiß«, sagte er.

»Ja«, nickte der Gruppenführer.

Etwas war tief dort unten im Erdboden verborgen … eine Wärmequelle, tief vergraben im Wüstensand.

»Wir werden alle verbrennen«, jammerte der junge Soldat.

Die Soldatin rümpfte die Stirn und wandte sich ihm mit einem verachtenden Blick zu.

»Hat dich etwa dein Mut verlassen?«, sprach die Soldatin ihn an.

Der junge Soldat warf ihr einen zerschmetternden Blick zurück.

»Seht!«, sagte der Gruppenführer.

Eine Kuppel aus Sand erhob sich neben dem glänzenden Objekt und sprudelte in die Höhe. Ein Gegenstand, der aussah wie ein großer, runder Spiegel, schoss aus der Sandkuppel aufwärts und fing an zu leuchten.

»Was ist das?«, hauchte der junge Soldat.

Rechts neben dem Spiegel schossen Flammen in die Höhe. Eine Druckwelle presste die Soldaten in den Sand.

»Alle in Deckung!«, rief der Gruppenführer, der mit einem Angriff rechnete.

Die Prozedur wiederholte sich ein zweites Mal, und ein weiterer Spiegel schoss aus dem Wüstensand empor. Die beiden leuchtenden Flächen standen sich parallel gegenüber.

Der Summton wurde für die Soldaten unerträglich.

Ein Angriff war für sie unmöglich geworden. Es gab nur noch eins, was sie tun konnten: Abwarten bis der Tod sie holte.

Der rote Lichtstrahl war weiterhin auf das Raumschiff gerichtet, das sich wie in Zeitlupe aufwärts bewegte, bis es lautlos über dem Erdboden schwebte. Der Gruppenführer vermutete, dass der rote Lichtstrahl das Anheben des Raumschiffs bewirkte. Der unangenehme Summton verstummte. Blitzschnell steuerte das Raumschiff zwischen die leuchtenden Flächen und verschwand mit einem Mal.

Die Leuchtkraft der Spiegel ließ nach, und die gewaltigen Spiegel versanken wieder im Boden. Sekunden später versank auch das glänzende Objekt. Zurück blieb glühender und geschmolzener Wüstensand.

Der Gruppenführer legte schnell das Lasergewehr beiseite, blickte durch das Fernglas und betätigte eine unscheinbare Taste. Daraufhin erschien eine Reihe von Zahlen und Symbolen im Objektiv.

Jetzt überfiel ein wirklich beschissenes Gefühl den Gruppenführer. *Sollte es sich hierbei um ein ...,* dachte er und wollte gerade seine Vermutung äußern, doch die Soldatin kam ihm zuvor: »Das ist ein Basrato?«, hauchte sie ehrfürchtig.

»Ja«, bestätigte der Gruppenführer.

»Das ist doch unmöglich«, sagte der junge Soldat. »Wo ist die Station dafür?«

»Könnte sie vielleicht unterirdisch liegen?«, fragte die Soldatin.

»Nein«, schüttelte der Gruppenführer den Kopf. »Ich habe gerade eine Messung durchgeführt, da ist nichts unter der Erde, außer dieses rechteckige Objekt und die beiden Spiegel.«

Ihre Feinde hatten es also geschafft, das Basrato

weiterzuentwickeln. Sie brauchten nun keine zwei festen Station mehr und konnten auch Raumschiffe durch ein Basrato transportieren.

»Wir kehren sofort zum Stützpunkt zurück!«, befahl der Gruppenführer.

»Wenn das Ding funktioniert, haben wir den Krieg verloren«, stellte der junge Soldat fest.

»Es funktioniert doch! Oder etwa nicht?«, sagte die Soldatin.

***

»Es geht um Leben und Tod, und dieser verdammte Hurensohn Clayton weiß mehr, als er zugibt«, fluchte Michael Zink leise.

Helmut Berger blieb stumm. Die beiden Männer gingen die Frauenstraße in der Münchner Innenstadt entlang. Ihre dunkelbraunen Mäntel schützten sie vor dem kalten Wind, der durch die Straßen pfiff.

Niemand achtete auf die beiden Männer, die mit finsterer Miene und hochgeschlagenem Mantelkragen an den Geschäftshäusern vorbeigingen. Und niemand ahnte, dass sie beim Militärischen Abschirmdienst in der Abteilung II: Extremismus-, Terrorismus-, Spionage- und Sabotageabwehr arbeiteten.

Berger und Zink bogen nach rechts in die nächste Straße ein. Es fiel immer noch kein Wort zwischen ihnen. Sie waren beide in Gedanken versunken. Als sie an einer Fußgängerampel angekommen waren, sprang sie auf Rot. Berger wandte sich nach links und blickte seinem etwas jüngeren Kollegen ernst ins Gesicht.

»Machen wir einen Fehler, wenn wir diesem Bill Clayton vertrauen?«, fragte Berger mit gedämpfter Stimme.

Zink schüttelte stumm den Kopf und sah an Berger vorbei. Ein junger Mann stand in unmittelbarer Hörweite neben ihnen.

Berger warf einen kurzen Blick nach rechts und schwieg. Die Ampel zeigte Grün. Der junge Mann ging zuerst über die Straße. Berger und Zink warteten kurz.

»Wir wissen noch nicht, welche Gefahr unserer Erde droht«, sagte Zink im Flüsterton an Berger gewandt, dann überquerten sie die Straße.

»Ich habe weitere Nachforschungen über diesen Bill Clayton angestellt«, sagte Berger. Seine blauen Augen leuchteten wissend.

»Was hast du dabei herausgefunden?«, fragte Zink fordernd.

Berger schwieg wieder, als zwei Passanten an ihnen vorbeigingen.

»Was?«, murmelte Zink.

»Viele Hinweise über Clayton gibt es leider nicht«, fing Berger an, »aber er hatte ja vor fünf Jahren einen Verkehrsunfall ...«

»Weiß ich doch schon«, unterbrach Zink seinen Kollegen ungeduldig.

Berger schwieg.

»Mach es doch nicht so spannend, Helmut«, sagte Zink etwas wehleidig. »Sag schon!«, forderte er seinen Kollegen auf.

»Das war's«, lächelte Berger.

»Das war's?«, stutzte Zink.

»Es gibt keine Unterlagen von Clayton vor dem Unfall«, sagte Berger.

»Ich weiß«, nickte Zink. »Durch den Unfall hatte Clayton sein Gedächtnis verloren.«

»Ja«, stöhnte Berger und fuhr sich mit der Hand

durch seine graumelierten Haare. »Kein Ausweis. Kein Identitätsnachweis. Neuanfang«, ergänzte er stirnrunzelnd. »Findest du das denn nicht seltsam?«

»Tja, das ist wirklich sehr seltsam«, nickte Zink nachdenklich.

»Nach dem Unfall wurde Clayton im Krankenhaus Blut abgenommen«, sagte Berger.

»Ja, aber die Krankenhausunterlagen sind leider abhanden gekommen«, stellte Zink klar.

»Es gibt noch ein paar handschriftliche Notizen, unter anderem auch über einige Blutwerte von Clayton«, erzählte Berger seelenruhig.

Zink horchte gespannt.

»Ich habe mir eine Kopie der Notizen von den Kollegen in London zukommen lassen«, Berger holte kurz Luft, »und diese mit den Analysen der beiden Blutspuren aus Gillers Büro verglichen.«

»Okay«, nickte Zink.

»Beide Blutanalysen aus Gillers Büro scheinen nicht menschlichen Ursprungs zu sein und eine davon deckt sich nahezu mit der von Clayton.«

»Wow«, staunte Zink und überlegte. »Aber was ist, wenn das Ergebnis der Laboruntersuchung falsch ist?«, hakte Zink nach.

Berger schüttelte den Kopf.

»Es wurden insgesamt drei Tests durchgeführt und alle mit dem gleichen Ergebnis«, erklärte Berger. »Und außerdem wirst du, diese Blutwerte bei keinem Menschen finden«, betonte Berger nochmals.

»Oh!«, sagte Zink und kratzte sich am Ohr. »Soll das heißen, dass Clayton ein Außerirdischer ist?«

Berger nickte.

»Und er war an diesem Kampf in Gillers Büro beteiligt«, stellte Zink weiter fest.

Berger nickte wieder.

»Wenn wir ganz sicher gehen wollen, müssen wir von Clayton eine DNA-Probe nehmen und diese mit den DNA-Spuren aus Gillers Büro vergleichen«, sagte Berger.

»Okay«, nickte Zink.

»Aber ich glaube, das wird nicht nötig sein«, sagte Berger zuversichtlich. »Clayton hat keine andere Möglichkeit mehr, als uns die Wahrheit zu sagen.«

Ein kurzes Schweigen trat zwischen den beiden Agenten ein.

»Warum ist das denn damals bei der Untersuchung im Krankenhaus niemandem aufgefallen«, stutzte Zink, »dass Clayton keine menschlichen Blutwerte hat?«

Berger zuckte mit den Schultern. »Die Unterlagen hatte damals jemand verschwinden lassen«, sagte Berger.

»Aber wer?«, fragte Zink.

»Keine Ahnung«, antwortete Berger. »Vielleicht war es Clayton.«

»Was sollen wir tun?«, fragte Zink.

»Ihn zur Rede stellen!«

»Er ist ein Außerirdischer«, wiederholte Zink ruhig. »Können wir ihm denn vertrauen?«

»Um das herauszufinden, werden wir ihn im Hotel aufsuchen«, sagte Berger.

»Okay«, kam es von Zink. »Finden wir heraus, ob dieser Clayton vertrauenswürdig ist.«

»Scheiß Wetter heute«, brummte Berger leise.

»Ja, das kannst du laut sagen«, schmunzelte Zink. »Soll aber im Laufe des Tages wieder besser werden.«

»Was machen wir, falls Clayton nicht kooperieren will oder sich herausstellt, dass Clayton zu den Bösen gehört?«, fragte Zink.

»Wir nehmen ihn fest!«

»Wir beide allein?«, stutzte Zink.

»Für diesen Fall steht uns eine Einheit zur Verfügung«, lächelte Berger.

Berger warf einen Blick auf seine Armbanduhr.

»Nervös?«, fragte Zink.

»Ja«, gab Berger zu.

»Was ist mit Giller?«, fragte Zink. »Du hast ja eben mit ihm telefoniert.«

»Was soll mit ihm sein?«

»Kommt er auch zum Verhör dazu?«

»Er wollte auch vorbeikommen«, antwortete Berger missmutig.

»Dieser Giller ist ein Idiot«, schimpfte Zink.

»Mag schon sein.«

»Lass uns einen Schritt zulegen!«, schlug Zink vor. »Hast mich ja früh über alles informiert«, warf Zink seinem Kollegen an den Kopf.

»Habe ja auch erst vor einer Stunde alles erfahren«, verteidigte sich Berger.

Berger hob kurz den Kopf. Dunkle Wolken zogen vorüber.

»Das Wetter passt zu meiner Stimmung«, knurrte Berger.

»Mir geht es da nicht anders«, sagte Zink.

Berger holte den Autoschlüssel aus der Jackentasche und öffnete die Türen von seinem Ersatzdienstwagen, der am Straßenrand parkte.

*Manche Männer bemühen sich lebenslang, das Wesen
einer Frau zu verstehen.
Andere befassen sich mit weniger schwierigen Dingen
z.B. der Relativitätstheorie.*
ALBERT EINSTEIN

Haifischflossensuppe

1 Ich stand wie gelähmt im Hotelzimmer, den Blick starr auf das Fenster gerichtet, und versuchte mich an mein früheres Leben vor dem Gedächtnisverlust zu erinnern.

Nichts.

Gar nichts.

Es war als starrte ich in eine finstere Vergangenheit – einer Vergangenheit ohne Erinnerungen. Ich musste an den Traum denken, den ich vor einigen Minuten hatte. Konnte der Traum eine Erinnerung aus meinem früheren Leben sein? Mir wurde es mulmig im Magen. Oder war der Traum nur ein Hirngespinst? Ich atmete schwer aus und erinnerte mich an diesen Traum – an jedes Detail.

Ich erinnerte mich genau daran, dass ich mitten in der Menge stand und hörte, dass kurzfristig eine Ratsversammlung einberufen worden war. Der karge Saal war erfüllt von grellen Lichtern, die sich an den glatten Metallwänden widerspiegelten. Das ganze Drumherum machte einen trostlosen Eindruck auf mich, außerdem fehlten Stühle und Tische. Das Gedränge im Saal war nicht sonderlich dicht, aber dennoch wirkte es auf mich irgendwie erschlagend.

Die rechte Metallwand flackerte hell auf, und ein

Bild erschien. Alle starrten wie angewurzelt auf die zwei Kreaturen, die auf der Metallwand erschienen waren. Sie trugen schwarze Kampfanzüge und waren mit Lichtschwertern bewaffnet. Sie bewegten sich schnell durch das unebene Gelände, direkt auf einen schmalen Pfad zu, der in einen riesigen, zerklüfteten Krater hineinführte.

Von einem Mann, der neben mir stand, erfuhr ich, dass die Aufnahmen auf dem Planeten Pelos gemacht wurden. Dann wurde es still, und ein bärtiger Mann eröffnete die Rede. Er erzählte etwas über einen Krieg und eine feindliche Basis, die sich auf dem Planeten Pelos befinden sollte. Dann erzählte er etwas über ein schreckliches Ereignis und deutete auf die Metallwand rechts von mir. Ich sah ein schneeweißes Gebäude inmitten eines bunten Laubwaldes. Das Gebäude kam mir auch bekannt vor. Woher? Ich überlegte fieberhaft, doch meine Erinnerung daran war verschwunden. Ich zuckte zusammen, als ein greller Blitz das Gebäude zerstörte. Etwas später erfuhr ich, dass es sich um ein Geheimlabor gehandelt hatte.

Dann sprach mich ein jüngerer Mann an, und ich erfuhr von ihm etwas über einen Wissenschaftler namens Reolan Leeonex. Er hatte wohl eine Erfindung gemacht, die in die Hände des Feindes gelangt war. Der Feind hatte diese Erfindung rasant weiterentwickelt und ein sogenanntes Basrato erschaffen, das unbedingt von irgendjemandem zerstört werden musste.

Als Unruhe in den Saal hineinkam, trat eine junge Frau namens Ranja an das Rednerpult und sorgte für Ruhe. Dann erklärte sie kurz und knapp, dass ein gewisser Andor das Kommando übernehmen sollte, um das Basrato zu zerstören. *Diese arme Sau*, hatte ich gedachte, und jemand neben mir meinte, dass dieses

Himmelfahrtskommando niemand überleben würde.

Ranja forderte jemanden mit dem Namen Andor auf nach vorne zu treten und eine Rede zu halten. Ich war gespannt, wer dieser arme Teufel war, der das Kommando über eine aussichtslose Mission führen sollte.

Abermals forderte Ranja den armen Teufel auf, nach vorne an das Rednerpult zu kommen, und in diesem schweißtreibenden Augenblick bemerkte ich, dass sie mich damit meinte.

Ich schüttelte mich. Scheiße, falls das kein Alptraum war, sondern Erinnerungen an mein früheres Leben – Scheiße. Ich schüttelte mich abermals.

Ein kurzer Blick auf meine Armbanduhr verriet mir, dass ich in zwanzig Minuten mit Jennifer verabredet war. Ich hatte wohl doch länger geträumt, als ich dachte. Mist, und geduscht hatte ich auch noch nicht. Ich rief Jennifer an und teilte ihr mit, dass es etwas später würde. Wir verabredeten uns in dreißig Minuten in der Hotelbar.

Als ich das geräumige Badezimmer betrat, staunte ich über den erlesenen Luxus. Die schwarze Marmorumrandung des Waschbeckens und der Badewanne hob sich von dem hellen Marmorboden ab. Ich staunte auch über die riesige, separate Dusche aus Marmor. Als ich in den großen Spiegel über dem Waschbecken blickte, ergriff mich ein angstvolles Schaudern.

Mir stellte sich nun die Frage: Duschen oder Baden? Als ich wieder einen kurzen Blick auf meine Armbanduhr warf, entschied ich mich für das Duschen. Also, raus aus den Klamotten und ab unter die Dusche.

Langsam drehte ich das Wasser auf und stellte es auf eine angenehme Temperatur ein. Das tat gut – verdammt gut. Ich schloss die Augen und ließ mir das Wasser über mein Gesicht laufen.

ZISCH!

»Andor ist tot.«

Es war kaum mehr als ein Flüstern, das an meine Ohren drang. Ich wandte mich schnell nach links der männlichen Stimme zu, doch niemand war da.

»Ja, er ist tot«, flüsterte eine Frauenstimme.

Ich wandte mich nach rechts, aber auch dort war niemand.

Wurde ich langsam verrückt oder war ich es schon?

»Äh, na ja, dann bin ich eben tot«, sagte ich leise.

Eine Welle kam direkt von der Seite auf mich zu und überschwemmte mich. Ich wurde unter Wasser gedrückt, mein Mund füllte sich, ich strampelte verzweifelt mit den Beinen und tauchte wieder auf. Hastig spie ich das Wasser aus, schwamm auf der Stelle und hustete.

Mist!

Wie kam ich hierher? Ich überlegte. Vorhin stand ich noch unter der Dusche, und nun war ich irgendwo in einem tosenden Meer. *Ich träume mal wieder*, ging es mir durch den Kopf.

Die nächste Welle rollte auf mich zu. Es war nur eine Frage der Zeit, bis meine Kräfte versagen und ich ertrinken würde. Ertrinken? So ein Quatsch. Wie sollte ich in einem Traum ertrinken? Ich musste nur warten, bis ich wieder wach wurde. Die Woge kam und trug mich in die Höhe. Ich hustete abermals, als ich Wasser schluckte. Es fühlte sich verdammt lebensecht an. Als ich wieder Wasser schluckte, war ich mir nicht mehr sicher, ob es ein Traum war.

Was sollte ich tun? Wohin sollte ich schwimmen? Die nächste Welle trug mich wieder in die Höhe. Ich hoffte Land oder ein rettendes Schiff zu entdecken, doch ich sah nur unendliche Wassermassen.

Ich war verloren.

Was war das? Dort vor mir schwamm etwas im Wasser. Ein Hai? Das hätte mir zu all meinem Unglück noch gefehlt. Ich versuchte Ruhe zu bewahren. Vielleicht würde mich der Fisch auch gar nicht bemerken.

Die Weite des Meeres, die Einsamkeit, die langsam in meinen Körper kriechende Kälte, die schwindenden Kräfte und das Wissen keine Menschenseele anzutreffen, machten mir Angst. Aufgeben wollte ich aber lange noch nicht. Ich kämpfte ums nackte Überleben. Das Meer sollte mich nicht als Opfer bekommen. Vermutlich waren es diese Vorsätze und Gedanken, die meine Kräfte beflügelten und mich vorantrieben.

Ich schwamm – zügig, gleichmäßig. Der Hai war noch nicht ganz vergessen. Was wäre, wenn diese Bestie mich entdeckt hätte und abgetaucht wäre, um mich unter Wasser anzugreifen? Er könnte mit Leichtigkeit zubeißen und mich mit in die Tiefe ziehen. Ich schwamm weiter und betete, dass der Hai mir nicht folgen würde. Ich hielt wieder Ausschau nach Rettung.

Land sah ich immer noch nicht.

Und auch kein Schiff.

Also war ich weiterhin auf mich allein gestellt. Allein mit dem unendlichen Meer, den Wellen, der aufkommenden Dämmerung – und einem Hai.

Scheiße! Ich war verloren. Dem Tod geweiht. Doch mein Leben kampflos aufgeben wollte ich auf gar keinen Fall.

Rechts von mir sah ich kurz eine Flosse auftauchen. Der Hai war wieder da und lauerte seiner Beute auf. Ich legte eine Pause ein und bewegte die Beine dabei unter Wasser. Ein Fehler, wie mir etwas später bewusst wurde, denn für den Hai gab es nun keinen Halt mehr. Blitzschnell schoss er dicht unter der Wasseroberfläche heran. Er sah mich und meine strampelnden Beine.

Komm nur her du doofer Fisch! Ich mache aus dir eine Haifischflossensuppe, fluchte ich im Stillen.

Ich versuchte mich mit wenigen Bewegungen über Wasser zu halten. Nur nicht die Nerven verlieren, sagte ich mir vor. Etwas schwamm dicht unter mir vorbei – vermutlich der Hai. Ich verharrte und ließ mich von den Wellen treiben.

Ich begriff überhaupt nicht, was geschah. Mit einem Angriff durch einen Hai hatte ich gerechnet, aber nicht damit, dass etwas meinen linken Knöchel umgreifen und mich mit einem kräftigen Ruck mit in die Tiefe zerren würde. Die Augen hatte ich vor Schreck weit aufgerissen, schloss aber zum Glück rechtzeitig den Mund, als das Wasser über mir zusammenschlug. Verzweifelt versuchte ich wieder an die Wasseroberfläche zu gelangen, doch wer immer mich gepackt hielt, hatte die Kraft eines Bären. Meine Arme und Hände schlugen nur durch das Wasser ohne jeglichen Erfolg, denn ich wurde immer weiter in die Tiefe gezogen.

Als die erste Panik vorbei war, reagierte ich wieder besonnener. Mein Gehirn arbeitete auf Hochtouren und entschloss sich, meinen Körper zusammenzukrümmen. Meine Augen waren weiterhin geöffnet, deshalb glaubte ich zu erkennen, wer mich am Knöchel gepackt hielt.

Es war **HORYET**.

Wie kam dieser Schurke hierher? Er verfolgte mich immer noch und war hinter einem Kopfgeld her, das angeblich auf mich ausgesetzt war. Der Typ trug immer noch den altmodischen braunen Anzug. Und das hier im Meer, im Wasser. Der hatte ja nicht mehr alle Tassen beieinander.

Spinner!

Scheißkerl!

Scheiß Situation!

Verdammt, Bill, reiß dich zusammen! Es ist ein Traum, sagte ich mir vor.

Ich konnte es immer noch nicht fassen, vor wenigen Minuten stand ich doch noch unter der Dusche, und nun schwamm ich im Meer und kämpfte ums nackte Überleben. Es war ein Traum! Ich stutzte und der Schreck fuhr durch meine Glieder. Ich war nackt. Dann schluckte ich Wasser. Mit diesem Kerl hatte ich schon einige seltsame Begegnungen gehabt. Das hier war kein Traum, schoss es mir durch den Kopf.

Du kriegst mich nicht. Du nicht! Scheißkerl!

Ich war mir sicher: Horyet wollte mich in die Tiefe zerren, um mich zu töten.

Die Gedanken strömten mir in Sekundenschnelle durch mein Gehirn. Sollte ich etwa aufgeben? Doch mein Lebenswille war wie eine lodernde Flamme, die nicht erlöschen wollte. Horyet durfte nicht siegen.

Ich krümmte meinen Körper zusammen und streckte meine Händen aus, um Horyets Finger zu greifen und sie auseinander zu biegen.

Biegen oder brechen? Das war hier die Frage, die mir durch mein Gehirn schoss.

Brechen, jubelte ich im Stillen. Ja, ich wollte ihm jeden einzelnen Finger brechen und ihm in sein dämliches Gesicht blicken, wenn es sich vor Schmerzen verzog. Ich musste mich beeilen, denn jedes weitere Zögern bedeutete den sichern Tod für mich.

Verdammt! Ich kam nicht an seine Hand heran. Langsam wurde es kritisch. Der Luftmangel machte mir zu schaffen. Bei einem erneuten Versuch an die Hand von Horyet zu gelangen, hätte ich mir fast den Rücken verrenkt.

Scheiße! Ich war verloren. Ersoffen im offenen Meer ...

Ein Jubel durchbrach meine düsteren Gedanken, als ich Horyets Handgelenk zu fassen bekam. Ich riss und zerrte mit beiden Händen daran.

Verdammt noch mal! Es tat sich absolut nichts. Wie eine Schraubzwinge blieb Horyets Hand an meinem Knöchel kleben. Ich hatte nicht mehr lange Zeit, um lebendig an die Oberfläche zu kommen.

Was konnte ich tun? Horyets Griff bekam ich nicht gelöst. Dieser verdammte Hurensohn war stark wie ein Bär.

Dick und Doof, schoss es mir durch den Kopf.

Warum mir gerade diese beiden Komiker in meiner Situation durch den Geist schwirrten, wusste ich nicht, doch eine Sekunde später war es mir klar geworden. Ich liebte diese Figuren über alles, und nun konnten sie mir das Leben retten. Ich löste meine Hände von Horyets Handgelenk, spreizte die Finger, zielte damit auf die Augen meines Feindes und stieß zu.

Volltreffer!

Das tat bestimmt weh, denn Horyets eiserner Griff an meinem Fußgelenk löste sich etwas. Mit aller Kraft riss ich mein Bein aus der jetzt lockeren Umklammerung heraus.

Sofort auftauchen und an der Oberfläche Luft holen, sagte mir meine innere Stimme, doch zuvor rammte ich mein Bein mit voller Wucht nach unten und traf Horyets Gesicht mit meinem Fuß.

Wieder ein Volltreffer. Zwar wurde der Aufprall durch das Wasser gebremst, doch der Tritt zeigte Wirkung. Horyet sackte in die Tiefe, und ich versuchte an die Oberfläche zu gelangen. Mir wurde langsam schwarz vor Augen. Bloß nicht das Bewusstsein verlieren, ermahnte ich mich.

Du musst es schaffen!, hämmerte es in meinem Kopf. *Du musst am Leben bleiben!* Ich nahm meine letzten Kräfte zusammen und durchbrach erschöpft die Wasseroberfläche. Mit weit aufgerissenem Mund, saugte ich die Luft gierig ein.

Plumps!

Ich spürte einen dumpfen Aufprall, hustete, keuchte und spie Wasser, dann schnappte ich wieder nach Luft. Als ich den Blick hob, bemerkte ich, dass ich auf dem Marmorboden in der Duschkabine lag. Das Wasser aus dem Duschkopf spritzte mir ins Gesicht.

Ich versuchte langsam und gleichmäßig zu atmen, dabei blieb ich auf dem Boden liegen. *Was für eine abgefahrene Scheiße war das denn? Ein Traum war das auf keinen Fall, oder doch?*

Ich betrachtete mir mein linkes Fußgelenk und stellte fest, dass es wirklich kein Traum gewesen war. Wie hatte Horyet das gemacht? War ich vor ihm denn nirgendwo sicher?

Langsam erhob ich mich, stellte das Wasser ab und humpelte aus der Dusche. Dann schnappte ich mir ein frisches Handtuch vom beheizten Handtuchhalter und trocknete mich ab. Meine Hände zitterten leicht. Mein nächster Griff holte den weichen Frottee-Bademantel vom Haken, den ich mir schnell überzog.

Ich blickte rasch in den Spiegel. Soll ich mich noch rasieren? Nein, schüttelte ich den Kopf. Mein Herz hämmerte. Wer weiß, was dann geschehen würde. Ich malte mir aus, wie Horyets Hand aus dem Spiegel hervorschoss und wie er mich am Hals packte, würgte und versuchte mich in den Spiegel hineinzuziehen. Nein danke! Auf diese Tortur hatte ich keinen Bock, also verließ ich das Bad und wollte mich kurz in den Sessel setzen und mich von der Strapaze erholen.

Die Polsterung des Sessels war bequem und der Stoffbezug weich. Ich legte meine Füße auf die gepolsterte Fußbank und wollte kurz die Augen schließen.

NEIN! Bloß das nicht! Meine Augen müssen offen bleiben, sagte ich mir im Stillen vor und versuchte mich mit anderen Gedanken ein wenig abzulenken. *Das Zimmer ist ganz nett eingerichtet,* nickte ich zufrieden und warf einen Blick auf die flauschigen Teppiche, die auf dem hellbraunen Parkettfußboden lagen. *Die braunen Möbel sind im Biedermeier Stil und vermutlich aus Kirschbaumholz,* dachte ich. Ich warf einen Blick zur Seite und bewunderte den großen Schreibtisch.

Erinnerungen wirbelten durch meinen Kopf wie ein Blitzgewitter: Mein Leben war eine Lüge, meine Vergangenheit ein Rätsel. Wer war ich in Wirklichkeit? Waren meine Träume Erinnerungen an mein früheres Leben? War ich wirklich von einem anderen Planeten? Es war zum Kotzen. Mein Leben war völlig aus den Fugen geraten. Ich war hier, um ein dämliches Tor zu finden, das in eine andere Welt führen sollte. Und dann? Was sollte ich tun, wenn ich dieses verflixte Tor, wie immer es auch aussehen mochte, gefunden hatte?

Als ich einen Blick auf meine Armbanduhr werfen wollte, stellte ich fest, dass ich sie nicht angezogen hatte. Sie musste noch im Bad liegen. Ich ging sie holen und kehrte in den Sessel zurück. Ein wenig Zeit blieb mir noch.

Natürlich konnte ich eine Bombe bauen und das verdammte Tor in die Luft jagen. Als ich weiter darüber nachdachte, kam mir der Gedanke: Was wäre, wenn dieses verflixte Tor in einem bewohnten Gebiet auftauchen würde? Oder in einem Bahnhof, oder auf einem Flugplatz, oder in einem Park? Sollte ich dann immer noch dieses verfluchte Ding in die Luft sprengen? Nein! Also musste ich mir eine Alternative überlegen. Aber wie sah sie aus? *Kommt Zeit, kommt Alternative,* sagte ich mir im Stillen vor und erhob mich aus dem Sessel. Langsam wurde es Zeit sich fertig zu machen und in die Bar zu gehen. Also zog ich mich an. Ich entschied mich für das blaue Hemd und den dunkelbraunen Anzug.

Was sollte ich mitnehmen? Die Visitenkarte von John Smith dem Privatdetektiv hatte ich in meinem Portemonnaie verstaut.

Ich nahm die technische Kugel aus meinem Reisekoffer und betrachtete mir die silbrig glatte Oberfläche, die sich kalt anfühlte. Wofür dieses Ding gut war, wusste ich immer noch nicht. Ich wusste nur, dass es einen Ton abgeben konnte. Ich verstaute das Ding wieder im Reisekoffer.

Mein Blick fiel auf den quadratischen Behälter aus Leder, in dem sich ein weiteres technisches Gerät befand. Wozu dieses Gerät benutzt werden konnte, wusste ich auch nicht. Ich ließ das Ding ebenfalls im Reisekoffer liegen.

Okay, die Laptoptasche wollte ich nicht auf dem Zimmer lassen. Darin befand sich unter anderem ein rätselhaftes, goldenes Medaillon mit einer ovalen silbernen Fläche. Noch ein Rätsel, das ich lösen musste.

Ich schnappte mir das Larat aus dem Reisekoffer. Sollte ich es in die Innentasche meines Jacketts stecken? Etwas zu schwer dafür, stellte ich fest und verstaute es in der Laptoptasche.

Bei dem Gedanken, dass jemand in das Zimmer eindringen könnte und den Reisekoffer durchwühlen würde, schauderte es mich. Was wäre, wenn derjenige die technischen Geräte einstecken und damit verschwinden würde? Wozu ich sie brauchte, wusste ich im Moment noch nicht, aber ich vermutete, dass sie irgendwann wichtig sein würden. Also nahm ich schnell die technische Kugel und den quadratischen Lederbehälter mit dem technischen Gerät aus dem Reisekoffer heraus und verstaute sie ebenfalls in der Laptoptasche.

Noch ein kurzer Blick in den Spiegel, dann verließ ich das Zimmer.

Nicht lügen, sondern beichten

2 Völlig aufgewühlt hastete ich durch den edlen Flur. Meine Armbanduhr verriet mir, dass ich schon vor zwei Minuten in der Hotelbar hätte sein sollen, dennoch ging ich rasch am Aufzug vorbei in Richtung Treppenhaus.

Mit einem Mal hatte ich das Gefühl beobachtet zu werden und die Vermutung, dass hinter der nächsten Tür mein größter Feind auf mich lauern würde – **Horyet**.

In letzter Zeit hatte ich schon allerlei ausgeflippten Kram erlebt. Vor ein paar Tagen glaubte ich noch, dass ich vor meinem Gedächtnisverlust ein bürgerliches Leben geführt und eine Familie hatte – eine Frau, vielleicht sogar Kinder. Auch hatte ich nie die Hoffnung aufgegeben, dass meine Eltern vielleicht noch lebten.

Neben mir öffnete jemand eine Zimmertür. Ich erschrak und trat einen Schritt zur Seite. Ein älterer Mann kam aus dem Zimmer heraus, musterte mich und hob die buschigen Augenbrauen. Dann warf er den Kopf ein Stück in den Nacken und grinste mich an.

»Schreckhaft?«, fragte er.

»Einen langen und schlechten Flug gehabt«, log ich ihn an.

»Der Aufzug ist gleich da vorne«, sagte er und deutete in die Richtung, aus der ich gekommen war.

»Ich nehme die Treppe«, sagte ich. »Will mich ein wenig bewegen.«

Er nickte stumm und ging in Richtung Aufzug.

Schreckhaft, dachte ich. *Wenn du den Mist erlebt hättest, der mir widerfahren ist, dann wärst du auch ein wenig schreckhaft, alter Mann.*

Okay. Alter Mann war jetzt nicht ganz nett von mir, aber im Augenblick lagen meine Nerven blank. Im Treppenhaus stutzte ich, weil mich Jennifer noch nicht auf dem Handy angerufen hatte.

Mir knurrte leicht der Magen. Wir hätten uns besser im Restaurant verabredet. Na ja, gut, dann nehmen wir erst einmal einen Drink, und dann gehen wir in ein schönes Restaurant.

Wieder warf ich einen Blick auf meine Armbanduhr. Sechs Minuten Verspätung. Der Weg hierhin hatte doch länger gedauert, als ich gedacht hatte. Ich hätte wohl doch besser den Aufzug nehmen sollen. Die elegante, bronzefarbene Ausstattung der Hotelbar war die perfekte Umgebung, um einen inspirierenden Cocktail zu genießen. Und genau das sollte ich auch tun. Vielleicht kam ich dann wieder auf andere Gedanken und konnte so meine Schreckhaftigkeit überwinden.

Jennifer saß an der Bar und sah zu mir hinüber. Ihr Blick verriet mir, dass ihr meine Verspätung wohl nichts ausmachte. Sie hatte sich schon ein Getränk bestellt, einen Martini vermutete ich. Als ich näher kam, sah ich in ihrem Gesichtsausdruck, dass gleich eine Flut von Fragen mich überschwemmen würde. Hoffentlich gelang es mir an der Oberfläche zu bleiben und nicht jämmerlich zu ersaufen.

»Hallo, da bin ich«, sagte ich ein wenig verlegen.

»Wird ja auch Zeit«, warf sie mir an den Kopf, aber zwei Sekunden später zeigte sie zu meinem Glück ein leichtes Lächeln. Gleich würde sie loslegen: *Wer bist du in Wirklichkeit? Wer war die Kreatur in dem Büro von Giller? Was wird hier gespielt, Bill? Hast du mich die ganzen Jahre über angelogen? Kann ich dir jemals wieder vertrauen?*

»Trinkst du etwas?«, fragte sie mit sanfter Stimme.

Ich musste sie wohl verdutzt angestarrt haben, denn sie fragte sofort: »Hast du irgendetwas, Bill?«

»Nein«, schüttelte ich den Kopf.

Ich stellte die Laptoptasche auf dem Boden vor der Theke ab und nahm links neben Jennifer Platz.

»Ist das jetzt die Antwort auf meine erste oder zweite Frage?« Sie zog die Augenbrauen hoch.

Ich lächelte und sagte, als ich gleichzeitig nach der Getränkekarte griff: »Ich werde mir einen Cocktail bestellen, und es ist alles in Ordnung.«

Ich lehnte mich zurück und studierte die Karte. Obwohl Jennifer, wie ich vermutete, massenweise Fragen auf den Lippen lagen, schwieg sie und ließ mich in Ruhe einen Cocktail aussuchen.

Der Barkeeper kam auf uns zu, und ich bestellte einen Snowball.

»Gute Wahl«, sagte Jennifer.

Wir beobachteten wie der Barkeeper Eiswürfel, Zitronensaft, Zucker und Whisky in einen Shaker gab und ihn kräftig schüttelte.

»Hätte mir statt einen Martini besser auch einen Cocktail bestellt«, sagte sie.

»Kannst dir ja danach noch einen Cocktail bestellen.«

»Okay«, gab sie mir zu verstehen, als der Barkeeper mit dem großen Becherglas Snowball ankam.

»Ihr Drink«, sagte der Barkeeper.

»Danke«, nickte ich ihm leicht zu.

Ich stieß mit Jennifer an.

»Der ist verdammt gut«, schwärmte ich und stellte das Glas wieder auf der Theke ab.

»Und?«, fragte sie nur.

Der Barkeeper bereitete zwei weitere Cocktails zu. Vermutlich für die beiden Gäste am Tisch rechts hinter uns.

»Das Zimmer ist hervorragend«, lenkte ich ab und warf einen kurzen Blick zum Barkeeper hinüber.

»Ja«, sagte Jennifer langsam und merkte wohl, dass ich wegen dem Barkeeper nicht näher auf ihre Frage eingehen wollte.

Wir beobachteten stumm, wie der Barkeeper einen Caipirinha und einen Sunrise zubereitete. Als er die Cocktails auf ein Tablett stellte und an den Tisch brachte, fragte ich: »Was willst du denn wissen?«

»Alles«, sagte sie leise. »Ich will alles wissen.«

»Okay«, flüsterte ich und griff nachdenklich nach meinem Cocktail, dann erzählte ich ihr, wie ich mein Gedächtnis verloren hatte. Obwohl sie das ja bereits wusste, unterbrach sie mich nicht.

Als ich einen Blick zurück über die Schulter warf, sah ich, wie der Barkeeper durch die Tür verschwand.

Dann erzählte ich kurz von der Katastrophe im Verlag und kam schnell auf mein Erlebnis mit Tricia im Aufzug zu sprechen. Jennifer erfuhr von mir, dass dort ein Monster versucht hatte, Tricia in den Spiegel hineinzuziehen.

»Und warum hatte Tricia nichts davon gesagt?«, unterbrach sie mich, als ich ihr gerade von dem Vorfall mit dem Privatdetektiv John Smith erzählen wollte.

»Sie hatte das Bewusstsein verloren«, antwortete ich kurz.

Der Barkeeper kam pfeifend mit zwei Flaschen Rum zurück.

Jennifer trank ihren Martini aus und griff nach der Getränkekarte.

»Passt bei Ihnen noch alles?«, fragte der Barkeeper freundlich, als Jennifer die Karte beiseite gelegt hatte.

»Einen Blackest Russian«, bestellte sich Jennifer.

»Wow«, sagte ich nur.

»Ja, nach deinen Geständnissen brauche ich einen stärkeren Drink.«

Der Barkeeper schaute mir kurz vorwurfsvoll in die Augen, dann fragte er mich: »Möchten Sie auch noch etwas bestellen?«

»Einen Tequila Caliente, bitte.«

Der Barkeeper nickte mir zu und machte sich an die Arbeit.

»Hast aber einen guten Schluck drauf«, lächelte Jennifer breit.

»Schmeckt mir«, nickte ich.

Mist, dachte ich, *ausgerechnet jetzt bekomme ich wieder diese verdammten Kopfschmerzen. Ich werde sie einfach nicht los.*

»Ist was, Bill?«, fragte Jennifer.

»Wieder diese blöden Kopfscherzen«, sagte ich.

»Hast du keine Tabletten?«

»Oben im Zimmer vergessen.«

Jennifer öffnete ihre Handtasche und gab mir eine Schmerztablette.

»Danke.«

Ich ließ mir vom Barkeeper ein Glas Wasser geben,

dann deutete ich auf den Tisch in der hinteren Ecke.

»Sollen wir uns dorthin setzen?«, fragte ich.

Jennifer nickte mir zu.

Wir warteten geduldig auf unsere Cocktails und beobachteten den Barkeeper bei der Zubereitung des Blackest Russian. Er füllte Tequila, Johannisbeerlikör, Limettensaft, Grenadine und Eiswürfel in ein Becherglas und verrührte es. Dann gab er einen Schuss Sodawasser dazu.

»Wenn ich wieder zu Hause bin, muss ich unbedingt so ein Cocktailseminar besuchen«, schwärmte ich Jennifer vor.

»Ja, das wäre bestimmt interessant und lustig«, lächelte Jennifer vergnügt »Da mache ich sofort mit«, ergänzte sie.

Der Barkeeper bereitete den Tequila Caliente zu und gab Kaffeelikör und Wodka in ein kleines Becherglas, ließ die Eiswürfel vorsichtig hineingleiten und rührte das Ganze mit dem Barlöffel um. Zack, den Trinkhalm ins Glas und fertig war der Cocktail.

»Bitte sehr«, sagte er.

»Vielen Dank«, nickte Jennifer.

»Danke«, sagte ich und schnappte mir anschließend die Laptoptasche.

Zusammen mit den Cocktails gingen wir an den ausgesuchten Tisch. Hier saßen wir etwas ungestörter, außer Hörweite des Barkeepers und der beiden Gäste am Tisch.

Jennifer probierte ihren Cocktail.

»Super«, schwärmte sie und verdrehte leicht die Augen. »So, Bill, jetzt will ich aber alle Informationen von dir bekommen!« Ihre Stimme klang sanft aber fordernd.

Ich erzählte ihr etwas über den Privatdetektiv John

Smith und wie er Anfang der Woche mit einem Aktenkoffer vor meiner Haustür gestanden hatte.

Jennifer hörte mir aufmerksam zu.

Dann erzählte ich ihr von meinen Fundstücken und was ich bis zum derzeitigen Zeitpunkt darüber erfahren hatte. Sie hörte mir sehr interessiert zu und unterbrach mich mit der Frage: »Wäre es vielleicht denkbar, dass die technischen Geräte für deine Kopfschmerzen oder das Brummen in deinem Kopf verantwortlich sind?«

Ich stutzte und schlürfte an meinem Cocktail.

»Entschuldigung«, sagte ich gedankenvoll. »Daran habe ich noch gar nicht gedacht«, antwortete ich auf ihre Frage.

An der Geschichte mit dem goldenen Medaillon war sie sehr interessiert und wollte unbedingt wissen, wie es mir gelungen war, in diese Bank einzudringen. Ich erzählte ihr von dem Brief, der mit Geheimtinte geschrieben war, und dem Schließfachschlüssel mit der Nummer 418.

Dann erfuhr ich von Jennifer, dass ihr früher schon so manche Dinge an mir geheimnisvoll vorgekommen waren. Ihre Stimme klang leicht wütend. Welche Dinge meinte sie wohl? Ich wollte sie später danach fragen. Dann machte sie mir Vorwürfe, weil ich sie die ganze Zeit über angelogen hatte.

Ich bemerkte, wie sich ein Gefühl der Unruhe in ihre Wut mischte. Was sollten die Vorwürfe? Ich hatte sie keineswegs angelogen. Obwohl ich doch zugeben musste, dass ich mich ihr wesentlich früher hätte anvertrauen sollen.

»Entschuldigung«, sagte sie leise. »Eigentlich habe ich kein Recht dazu ...«

»Ist schon gut, Jennifer«, winkte ich ab. »Ich hätte

dir schon ...«

»Wer war dieser Typ, der wieder von den Toten auferstanden war?«, unterbrach sie mich. »Erzähl mir von ihm«, forderte sie mich auf.

»Dieser Mistkerl«, flüsterte ich und bemerkte, dass ich dabei eine finstere Miene aufgesetzt hatte. »Sein Name ist Horyet«, sagte ich mit fester Stimme.

Jennifer trank an ihrem Cocktail und sah mich erwartungsvoll an. Natürlich wollte ich ihr die Geschichte über diesen mysteriösen Horyet nicht vorenthalten und überlegte, wo ich anfangen sollte.

»Wo ist er dir zum ersten Mal begegnet?«, fragte Jennifer.

Genau, dachte ich. *Damit fange ich an.* Ich begann damit, wie ich diesem Horyet im Londoner Park begegnet war. Jennifer hörte mir schweigsam zu, und ich wusste in diesem Augenblick nicht, ob sie mir die Geschichte abnahm. Als ich fertig war, trat ein kurzes Schweigen ein.

»Da hattest du aber Glück gehabt, dass diese beiden Männer aufgetaucht waren«, sagte sie. »Wer waren sie?«

Ich zuckte mit den Schultern.

»Vermutlich vom Geheimdienst«, flachste ich und lachte. »Keine Ahnung, wirklich«, sagte ich mit ernster Miene und ergänzte: »Aber, wenn ich so über alles nachdenke, hätten sie von irgendeiner Sondereinheit sein können.«

Zum krönenden Abschluss kamen wir auf den Namen **ANDOR** zu sprechen. Als sie von mir erfuhr, dass es sich dabei vermutlich um mich handeln könnte, verlor ihr Gesicht an Farbe. Sie wollte sofort etwas über die außerirdischen Monster und den Krieg erfahren, doch darüber konnte ich ihr nichts berichten.

40

Unsere Cocktails neigten sich dem Ende zu. Ich überlegte, ob ich noch einen Tequila Caliente bestellen sollte. Jennifer entschied sich für ein Wasser. Es war wohl vernünftiger nicht noch mehr Alkohol zu trinken, also wollte ich mir eine Cola bestellen und winkte den Barkeeper an unseren Tisch.

»Du bist also vermutlich, nun ja, dieser mysteriöse Andor?«, fragte sie nach, als der Barkeeper gegangen war.

»Ja«, nickte ich.

»Das ist alles schwer zu glauben«, schüttelte sie den Kopf.

»Kann ich nachvollziehen. Ich selbst verstehe so vieles noch nicht«, antwortete ich und schüttelte leicht den Kopf dabei.

»Warum wird dieser Krieg geführt? In welchem Sonnensystem befindet sich *dein* Planet?«, fragte sie.

»Es steht ja noch nicht fest, dass ich von einem anderen Planeten komme«, gab ich ihr zu verstehen. »Ich habe bis jetzt nur davon geträumt, einen Beweis gibt es nicht.«

»Aha.«

»Schau mich an, Jennifer. Sehe ich etwa wie ein Außerirdischer aus?«, flüsterte ich ihr zu.

Sie zögerte.

»Nein«, sagte sie schließlich. »Wie sieht denn ein richtiger Außerirdischer aus?«, lächelte sie charmant.

»Tja«, flüsterte ich. »Also ...«

Dann blitzten düstere Gedanken durch meinen Kopf. Konnte ein Außerirdischer einem Menschen ähneln? Die seltsamen Monster, die ich zu Gesicht bekommen hatte, hatten jedenfalls keine Ähnlichkeit mit einem Menschen. Aber dieser Horyet konnte sich verwandeln und war dann äußerlich nicht von einem

Menschen zu unterscheiden.

Der Barkeeper brachte die Getränke und stellte sie auf den Tisch.

»Danke«, sagte ich und griff nach der Cola. Das tat gut. Jennifer griff nach dem Wasser und trank.

»Also, weißt du nichts über einen Krieg?«, hakte sie nach und kniff misstrauisch die Augen zusammen.

»Nein ... ehrlich nicht«, antwortete ich. »Ich habe wirklich keine Ahnung«, betonte ich.

»Ich habe da noch eine Frage ... Bill«, sagte sie gedehnt. »Warum gerade München?«

Die Frage kam spät, aber ... sie kam, dachte ich.

»Willst du es mir nicht verraten?«

Natürlich wollte ich Jennifer darüber nicht im Ungewissen lassen und erzählte ihr, dass ich auf der Suche nach irgend so einem *Tor zur Ewigkeit* war, das sich irgendwo in München auftun sollte. Wie dieses Tor aber genau aussah und wo es sich öffnen würde, konnte ich ihr nicht sagen. Ich wusste es einfach nicht.

Sie nippte nachdenklich an ihrem Wasserglas.

»Alles in Ordnung?«, fragte ich.

Blöde Frage, ging es mir durch den Kopf.

»Ja«, antwortete sie.

»Gut. Dann können wir ja ein Taxi rufen.«

»Taxi?«, fragte Jennifer erstaunt.

»Ich dachte, du bist vielleicht auch hungrig«, sagte ich.

»Okay, und wohin gehen wir?«, fragte sie gespannt.

Ich bemerkte, wie ich die Stirn krauste.

»Möchtest du thailändisch Essen gehen?«, fragte ich.

»Gerne«, nickte sie.

»Sollen wir zahlen?«, fragte ich.

Sie nickte und griff in die Handtasche.

»Ich lade dich ein«, sagte ich.

»Das ist aber nicht nötig.«

»Lass mich zahlen!«, sagte ich.

»Okay«, lächelte sie. »Danke.«

»Ich hab da eine Idee«, sagte ich und winkte dem Barkeeper zu.

Als er mir die Rechnung präsentierte, blieb mir für einen kurzen Moment die Luft weg. Ich wollte doch nicht die Einrichtung hier erwerben, lediglich die Getränke bezahlen. Dann fragte ich den Barkeeper nach einem thailändischen Restaurant. Natürlich empfahl er zuerst das Hotelrestaurant.

»Haben Sie noch einen anderen Tipp?«, fragte ich höflich.

»Das YUM kann ich sehr empfehlen«, sagte er und erzählte uns etwas von dem Restaurant und der thailändischen Küche dort.

Das Restaurant lag nicht weit von unserem Hotel entfernt – ungefähr zehn Minuten zu Fuß. Wir waren begeistert und ließen uns vom Barkeeper den Weg beschreiben. Dann verabschiedeten wir uns von ihm.

Der Barkeeper ging wieder zur Bar und bereitete für einen Gast einen Cappuccino zu.

»So ein Mist!«, fluchte ich leise, als wir gerade aufstehen und gehen wollten und ich hinter Jennifer jemanden auf uns zukommen sah.

Unerklärliche Phänomene

3 Ich blickte in Jennifers entsetzte Miene, als eine kräftige Männerstimme hinter ihr sagte: »Wo wollen sie beide denn so schnell hin?«

Giller, dieser Vollidiot, ging es mir durch den Kopf, *kommt im falschen Moment.*

»Wir wollten gerade gehen«, sagte ich ernst.

»Sie sind verhaftet, Clayton!«, sagte Giller in einem scharfen Ton.

Mir blieben die Worte im Hals stecken. Was sollte ich darauf antworten?

Jennifer runzelte die Stirn und betrachtete Giller gründlich, dann sagte sie in einem scharfen Ton: »Sie können nicht einfach jemanden verhaften!«

Die beiden Gäste am Tisch sahen schon zu uns herüber. Dieser dämliche Giller hielt wohl nichts von Diskretion.

»Haben Sie einen Haftbefehl?«, fuhr Jennifer den Polizeibeamten an.

Toll! Ganz toll! Das war mir jetzt aber wirklich peinlich. Damit hatten wir auch die Aufmerksamkeit des Barkeepers auf uns gezogen. Dieser Zwischenfall würde sich im ganzen Hotel herumsprechen. Ich malte mir schon aus, dass wir sicherlich bald von einer Flutwelle hungriger Reporter attackiert würden, die alles über Andor den Außerirdischen erfahren wollten. Ein

Fressen für die Geier.

Jennifers stechender Blick, ließ Giller einen langen Augenblick zögern, doch dann sagte er mit fester Stimme zu Jennifer: »Meine Kollegen kommen gleich und bringen den Haftbefehl mit.« Giller wandte sich mir zu und zischte: »Was ist in meinem Büro passiert?«

Ich dachte in diesem Augenblick, dass es keinen Sinn machte, Giller die Wahrheit zu erzählen, denn ich ahnte, dass er mir eh nicht glauben würde, also schwieg ich.

»Sie haben alles demoliert«, fuhr Giller mich an. »Warum?«

Was konnte er schon machen? Er hatte keine Beweise, dass ich damit etwas zu tun hatte. Giller konnte mir nichts anhängen, davon war ich fest überzeugt.

»Sie sind für die Verwüstungen in meinem Büro und«, Giller holte Luft und beugte seinen Kopf vor, »in der Herrentoilette verantwortlich, Clayton.« Giller rümpfte die Nase.

Warum sollte ich die Tat gestehen und allein die Verantwortung für diesen ganzen Mist übernehmen? Schließlich war dieser Horyet an allem Schuld. Wäre er nicht aufgetaucht, wäre auch nichts passiert.

»Sie überlegen sich ein Geständnis«, mutmaßte Giller.

»Wer? Ich?«, stutzte ich und schäumte leicht vor Wut.

Der Typ hatte ja wirklich nicht mehr alle Tassen im Schrank.

»Ich weiß zwar noch nicht, was hier gespielt wird, aber ich werde es herausfinden«, drohte Giller mir mit einem eiskalten Blick.

Hoffentlich nicht, dachte ich und sagte: »Ich weiß gar

nicht, wovon Sie reden.«

Giller schwieg. Dennoch bemerkte ich, dass meine Antwort ihn nicht überzeugt hatte. Giller würde mich und Jennifer abführen lassen. Ich dachte nach. Aber von wem? Giller war allein gekommen. Sollten wir einfach davonlaufen? Ich überlegte kurz. Natürlich, ich konnte vom Stuhl aufspringen, mir Jennifers Hand schnappen, und wir flohen zusammen aus der Bar wie Bonnie und Clyde. Aber was dann?

»Kommen Sie nicht auf dumme Gedanken«, warnte Giller mich eindringlich.

Hatte er etwa meine Gedanken gelesen?

Sein langjähriger Instinkt als Polizeibeamter, dachte ich. *Verflucht! Dieser Giller weiß genau, dass ich etwas verschweige.*

Ich wandte meinen Blick von Giller ab und Jennifer zu. Sie zuckte nur leicht mit den Schultern und verwickelte Giller rasch in ein Streitgespräch. Sie protestierte und forderte Giller auf, uns in Ruhe zu lassen, weil wir absolut nichts mit der Sache zu tun hatten, die er uns vorwarf.

Giller mein Vertrauen zu schenken, hielt ich für keine gute Idee. Ich könnte ihm sagen: *Warten Sie, Giller! Hören Sie mir nur kurz zu. Also, mein Name ist Andor, und vermutlich komme ich von einem anderen Planeten. Natürlich war ich für die Verwüstung in Ihrem Büro mitverantwortlich. Schuld an allem ist aber Horyet. Wer ist Horyet?, würde er mich fragen. Er verfolgt mich schon eine ganze Weile und versucht mich zu töten. Ich habe ihn schon aus dem Flugzeug geworfen. Wie ich das gemacht habe, fragen Sie mich? Horyet ist durch die Flugzeugwand gefallen und hinabgestürzt, auf der Erde aufgeschlagen, hat überlebt und ist mir am Flugplatz auf der Herrentoilette wieder über den Weg gelaufen. Giller alles in Ordnung? Glauben Sie mir etwa nicht?*

Also hielt ich es für das Beste den Mund zu halten, wollte ich nicht in der Klapsmühle landen.

Mist, das Brummen in einem Kopf geht wieder los, dachte ich.

Jennifer wandte sich von Giller ab.

»Ist dir nicht gut, Bill?«, fragte Jennifer besorgt, die wohl bemerkt hatte, dass mit mir etwas nicht stimmte.

»Kopfschmerzen«, antwortete ich nur und warf einen Blick auf meine Armbanduhr.

»Haben Sie noch einen wichtigen Termin?«, fauchte Giller mich an.

»Ja«, nickte ich. »Wenn Sie kurz erlauben, würde ich gerne mein Raumschiff umparken. Ich stehe nämlich im Halteverbot.«

»Die dämlichen Bemerkungen werden Ihnen in der Zelle vergehen«, drohte Giller mir mit einem finsteren Blick, der einen Zombie hätte töten können.

»Denken Sie daran, Clayton, bevor Sie den Warp-Antrieb einschalten«, hörte ich eine bekannte und ruhige Stimme hinter mir sagen, »hier gibt es eine Geschwindigkeitsbegrenzung.«

Na, das ist ja super. Schlimmer kann es ja wohl nicht mehr kommen, dachte ich. *Berger und Zink kommen mit dem Haftbefehl.*

»Wie ich sehe, haben Sie schon mit dem Verhör angefangen, Giller«, sagte Berger missgelaunt.

»Ja«, stotterte Giller. »Ich dachte, dass wäre in Ihrem Interesse.«

Berger zog die Augenbrauen hoch, während Zink vorwurfsvoll sagte: »Natürlich war das in unserem Interesse, Giller.«

Das hörte sich für mich so an: *Das hast du wirklich gut gemacht, Giller, du Idiot.*

»Sie wollten doch nicht gerade gehen?«, sprach Berger mich an.

Ich überlegte kurz und sagte: »Hatten wir eigentlich vorgehabt.«

»Wir hatten gerade vorgehabt, in ein thailändisches Restaurant zu gehen«, sagte Jennifer.

Berger horchte.

»Das YUM«, sagte ich kurz. »Hat uns der Barkeeper empfohlen«, ergänzte ich.

»Eine sehr gute Wahl«, sagte Berger.

»Daraus wird ja wohl jetzt nichts mehr«, warf Giller ein.

Berger ignorierte die Bemerkung und sagte: »Ich habe noch ein paar Fragen an Sie, Clayton.«

Ich horchte.

»Ich nehme dann mal kurz an Ihrem Tisch Platz«, sagte Berger. »Kannst du bitte mit Giller an die Bar gehen?«, wandte sich Berger seinem Kollegen Zink zu.

»Okay«, sagte Zink.

»Was soll denn das?«, empörte sich Giller.

»Ich habe mit Herrn Clayton etwas zu bereden.«

»Ja, aber ...«, fing Giller an. »Kommen Sie!«, forderte Zink Giller auf.

Natürlich war ich in diesem Augenblick etwas verwirrt. Warum wollte Berger mit mir reden? Warum wollte er mich nicht festnehmen und verhören?

Giller und Zink gingen zur Bar. Ich hätte niemals gedacht, dass Berger in der Position war, Giller Befehle zu erteilen. Wie man sich doch irren konnte. Als der Barkeeper Zink ein Glas Wasser servierte, sah ich, wie die beiden Gäste am Tisch aufstanden, uns noch einen kurzen Blick zuwarfen und die Bar verließen.

»Auch Sie, Frau Parker, darf ich bitten, mich mit Herrn Clayton kurz allein zu lassen«, sagte Berger höflich.

»Das kommt nicht in Frage!«, zischte Jennifer ihn mit festem Blickkontakt an.

»Ich habe nicht vor Herrn Clayton zu verhaften«, erwiderte Berger mit gelassener Stimme.

Jennifer sah mich an. Ich nickte ihr zu.

»Okay«, sagte Jennifer und ging zur Bar.

Ich sah, wie sie zögerte, bevor sie sich neben Zink auf einem Barhocker niederließ.

Berger saß mir gegenüber. Sein Blick verriet mir, dass er neugierig war.

»Gab es in den letzten Tagen außergewöhnliche Vorfälle, über die Sie mir berichten möchten?«, fragte er freundlich.

»Was wollen Sie denn hören?«

»Die Wahrheit.«

»Wahrheit?«

»Soll ich Giller zurück an den Tisch bitten?«

Ich wandte mich kurz der Bar zu.

»Nein«, sagte ich nur.

»Gut«, sagte Berger gelassen, »dann fang ich mal an.« Ich erfuhr von Berger, dass er und sein Kollege Zink für den Militärischen Abschirmdienst arbeiteten.

»Ein Geheimagent?«, fragte ich erstaunt.

»Ja, kann man so sagen. Ich und mein Kollege sind in der Abteilung II: Extremismus-, Terrorismus-, Spionage- und Sabotageabwehr tätig«, erklärte Berger mir und musterte mich dabei.

»Sollten wir uns dann nicht ein geheimeres Örtchen für unsere Unterhaltung suchen?«, scherzte ich.

»Außer dem Barkeeper ist ja niemand mehr hier«, sagte Berger mit ernster Miene. »Und er kann uns von hieraus nicht verstehen.«

Seine Stimme klang ruhig. Wenn ich so darüber

nachdachte, machte er auf mich einen ehrlichen Eindruck. Berger erzählte, dass beide Blutanalysen aus Gillers Büro nicht menschlichen Ursprungs waren und eine der Blutanalysen nahezu mit der Blutanalyse von meinem damaligen Krankenhausaufenthalt übereinstimmte. Dann sagte er: »Sie sind nicht von hier.«

Natürlich bin ich nicht von hier, dachte ich. »Ich komme aus London«, sagte ich.

»Das meine ich nicht, Clayton«, sagte Berger und beugte seinen Oberkörper vor. »Sie kommen nicht von der Erde.«

Bums.

Ein Schlag ins Gesicht hätte nicht schlimmer sein können. Ich wusste nicht so recht, was ich auf diese Bemerkung antworten sollte. Berger glaubte also, dass ich ein Außerirdischer war. Waren die Blutanalysen wirklich ein Beweis dafür? Eine der Blutanalysen gehörte zu Horyet, und er war ganz bestimmt ein Außerirdischer. Im Moment fühlte ich mich gar nicht wohl in meiner Haut.

»Sprachlos?«, fragte Berger.

»Tja.«

Meine Träume. Die Begegnungen mit Horyet. Andor. Vielleicht hatte Berger ...

»Sie wissen es nicht?«, unterbrach Berger meine Gedanken.

»Ich hab keine Ahnung, wer ich bin«, sagte ich schließlich.

»Dann erzählen Sie mir, was Sie wissen, Herr Clayton.«

Konnte ich Berger und seinem Kollegen wirklich vertrauen? Was wäre, wenn ich ein Außerirdischer wäre, würden Berger und Zink mich dann ...

»Irgendjemandem müssen Sie vertrauen, Herr Clayton«, sprach Berger mich an. »Wenn ich Sie hätte einsperren wollen, wäre ich hier mit einer Einheit aufgetaucht.«

Okay, das klang irgendwie plausibel, ging es mir durch den Kopf.

»Sie würden mir sowieso nicht glauben. Das können wir uns alles sparen«, erwiderte ich.

»Hat sie Ihnen geglaubt?«, fragte Berger und deutete auf Jennifer.

»Wie kommen Sie darauf, dass ich ihr etwas erzählt haben könnte?«

»Nur so ein Gefühl von mir, als ich Sie beide eben zusammen gesehen hatte.«

Dieser Berger war mir ein wenig unheimlich.

»Ich kann Ihnen etwas über meine seltsamen Träume erzählen.«

Berger hob die Augenbrauen. Dann warf er den Kopf in den Nacken und lachte.

»Ich meinte über meine ... wie soll ich es sagen ... meine unerklärlichen Träume.« Ich holte Luft, und mir wurde klar, dass ich wieder nicht die richtigen Worte gefunden hatte. »Ich kann Ihnen etwas über Horyet erzählen und berichten, was wirklich in Gillers Büro passiert ist.«

»Okay, das ist doch schon mal ein Anfang«, sagte Berger mit erwartungsvollem Blick.

Da wir immer noch ungestört und keine Gäste nachgekommen waren, erzählte ich Berger alles, was ich eben auch Jennifer berichtet hatte. Berger war ein aufmerksamer Zuhörer. Er unterbrach mich nur selten.

Ich konnte es kaum glauben und schaute Berger verwundert an. Machte Berger mir etwas vor, oder glaubte er mir tatsächlich? Er hatte immerhin meine

Verhaftung verhindert. Als ich Berger alles erzählt hatte, was ich wusste, sagte ich: »Ich hoffe, Sie halten Ihr Wort.«

»Ich kann Ihnen versichern, Herr Clayton, dass niemand etwas hierüber erfahren wird.«

Ich warf einen skeptischen Blick zur Bar.

»Meinen Kollegen muss ich einweihen«, gestand Berger mir, »aber Giller erfährt kein einziges Wort von unserem Gespräch.«

Gut! Ich konnte verstehen, dass er seinem Kollegen meine Geschichte nicht verschweigen konnte.

»Es ist klar, dass ich meinen Vorgesetzten auch informieren muss«, sagte Berger.

»Einverstanden«, sagte ich.

»Aber sonst wird niemand von unserem Gespräch etwas erfahren«, bestätigte Berger mir mit einem festen Blick.

Ich nickte.

»Ich denke, wir sollten zusammenarbeiten. Was halten Sie davon?«, fragte Berger und wartete auf meine Antwort.

»Wieso glauben Sie mir?«, fragte ich.

Irgendwie kam mir das seltsam vor.

»Ich habe Ihnen noch nicht alles erzählt.« Er rückte ein Stück näher. »Ich bin kein Wissenschaftler, deswegen versuche ich es mal mit meinen Worten zu erklären. Also, in der Nähe des Saturns haben unsere Wissenschaftler eine ungewöhnliche Erscheinung entdeckt.« Jetzt hörte ich gespannt zu. »Dort wird an einem Punkt im Weltraum Licht angezogen. Man hat mir erklärt, dass sich dort ein Schwarzes Loch oder ein Wurmloch befinden könnte. Dann tauchte aus diesem Punkt ein Lichtstrahl auf, und danach verschwand das Phänomen wieder. Etwas später haben Wissenschaftler eigenartige Messwerte in der oberen Erdatmosphäre erhalten. Nach all diesen seltsamen Ereignissen, glaube ich Ihnen, Herr Clayton. Sonst wäre ich wohl ein überaus großer Dummkopf.«

Mir fiel ein Stein vom Herzen. Mit Berger und Zink an meiner Seite, konnte ich mich glücklich fühlen. Nicht auszudenken, was passiert wäre, wenn Giller das Sagen gehabt hätte.

Berger überreichte mir eine Visitenkarte.

Cool! Eine Visitenkarte vom Geheimdienst, dachte ich. *Ob ich sie geheim halten muss?*

»Ach, noch etwas Herr Clayton.« Ich hörte ihm wieder aufmerksam zu. »Verdrücken Sie sich nicht! Ich finde Sie, darauf können Sie sich verlassen, und dann behüte Sie Gott.«

Warum sollte ich das tun? Aber irgend so eine oder andere Bemerkung musste ein Geheimagent wohl loswerden.

»Dann werde ich mal gehen«, sagte Berger.

»Äh … okay.«

Berger stand auf und ging an die Bar. Ich folgte ihm schnell. Jennifer sah erwartungsvoll zu mir herüber. Ich konnte ihr die Aufregung ansehen.

»Herr Clayton wird sich wieder mit uns in Verbindung setzen«, sagte Berger, als er seine Kollegen erreicht hatte.

»Nehmen wir ihn nicht mit aufs Revier?«, fragte Giller und machte einen verstörten Eindruck.

»Nein«, antwortete Berger höflich, »das ist nicht mehr nötig.«

Ich sah Giller an, dass er mit dieser Aussage nicht zufrieden war, dennoch gab er keine Widerworte.

Zink schien weniger überrascht zu sein. Er griff in aller Ruhe nach seinem Glas Wasser und trank es aus.

Dann verabschiedeten sich Berger und Zink von mir und Jennifer. Giller schwieg.

Bevor sie die Bar verließen, ermahnte Berger mich nochmals: »Vergessen Sie nicht, mich anzurufen!«

»Wie kommt es, dass Berger dich einfach so gehen lässt?«, fragte Jennifer.

»Wir beide haben ein intensives Gespräch geführt«, antwortete ich.

Jennifer sah verwundert aus.

»Ich werde dir beim Essen alles erzählen«, sagte ich.

Sie nickte einverstanden.

»Übrigens, Berger und Zink arbeiten für den Militärischen Abschirmdienst.«

Jennifer machte große Augen.

»Oh!«, sagte sie erstaunt. »Bin gespannt, was du mir zu berichten hast.«

Rendezvous mit Hindernissen

4 Hunde, die viel bellen, beißen nicht? So war das auch bei Giller. Dieser dämliche Bulle gab sich besonderes lautstark und hatte doch nichts in der Hand, um mich zu verhaften.

Wir verließen etwas bedrückt das Hotel in Richtung Hochbrückenstraße und stürzten uns in das Abenteuer: Entdeckungsreise neues Restaurant. In exotischen Ländern, abseits der touristischen Metropolen, war die Suche nach einem guten Essen wie ein Glücksspiel, wusste man vorher doch nicht, ob man nachher über der Kloschüssel das Essen wieder hergeben musste. Doch wir waren in Deutschland, und da war ich ziemlich zuversichtlich, dass uns hier so eine Sauerei nicht so leicht passieren konnte – jedoch auszuschließen war es nicht. Aber das YUM wird schon gut sein, schließlich hatte der Barkeeper es empfohlen, und auch Berger fand die Wahl sehr gut.

Der Fußweg bis zum YUM würde ungefähr zehn Minuten dauern, also erzählte ich Jennifer, was ich mit Berger eben besprochen hatte. Sie hakte sich bei mir ein und lauschte neugierig. Ich wurde ein wenig nervös, so nahe war ich ihr noch nie gewesen.

Kopf frei machen und weitererzählen, sagte ich mir streng vor. Wir überquerten eine Straße und gingen dann den Radlsteg entlang.

»Wann willst du Rossellini die Wahrheit sagen?«, fragte Jennifer ganz unerwartet.

»Tja«, fing ich langsam an und kam ins Stottern. Auf diese Frage war ich nicht vorbereitet. »Ich werde wohl noch etwas damit warten, bis ich genaueres erfahren habe.«

War das jetzt eine korrekte Antwort auf ihre Frage?

»Ich denke, Roberto sollte die Wahrheit erfahren.«

»Da bin ich ganz deiner Meinung, Jennifer«, stimmte ich ihr zu. »Doch ich glaube, es ist noch nicht der richtige Zeitpunkt dafür.«

»Warum?«

Ich zuckte mit den Schulter.

Wir waren am Ende der Straße angekommen.

»Links oder rechts?«, fragte ich.

»Oh!«, sagte Jennifer. »Auf jeden Fall müssen wir in Richtung Viktualienmarkt gehen«, ergänzte sie.

»Ja«, sagte ich langsam und schaute nach links die Westenriederstraße hinunter.

»Nach rechts«, sagte sie.

»Wie kommst du darauf?«

»Weibliche Intuition.«

Ich lächelte leicht, und wir bogen nach rechts in die Westenriederstraße ein. Sollte ich die Passantin fragen, die uns gerade entgegenkam? Ich ließ sie an uns vorbeigehen und wollte mich auf die weibliche Intuition verlassen.

Ein kurzer Blick auf meine Armbanduhr verriet mir, dass es schon 19:00 Uhr war.

»Berger hat verdammt viele Fragen gestellt«, knurrte ich.

»Ein Glück, dass er dir geglaubt hat.«

»Ja, sonst hätten wir unser Abendessen hinter Gittern einnehmen können.«

»Hoffentlich ist das Restaurant nicht ausgebucht«, lenkte Jennifer auf ein anderes Thema ab.

Ups. Das wäre nicht so gut. Mein Magen rebellierte schon. Der Hunger quälte mich.

»Hm«, kam es mir über die Lippen.

»Lassen wir uns mal überraschen«, sagte sie lässig. »Ah, der Viktualienmarkt«, sagte sie fröhlich.

Okay, wir waren also auf dem richtigen Weg.

»Jetzt müssen wir zur Blumenstraße«, sagte ich.

Sie nickte mir stumm zu.

»Tja ...«, rätselte ich und fragte den nächsten Passanten nach dem Weg. So kurz vor dem Ziel wollte ich kein Risiko mehr eingehen. Die Blumenstraße war schnell gefunden. Die Spannung in mir wuchs, als wir nach links in die Utzschneiderstraße einbogen.

»Das hier soll es sein?«, fragte ich nachdenklich, als wir vor dem Restaurant standen.

Normales Haus. Normaler Eingang. Was hatte ich mir vorgestellt? Ich wusste es auch nicht, als ich kurz darüber nachdachte. Ich hob den Blick und schaute mir die Aufschrift an: **YUM THAI KITCHEN & Bar**.

»Was hast du?«, fragte Jennifer.

»Nichts.«

»Nichts?«

»Na ja«, kam es langsam aus mir heraus, »den Eingang hatte ich mir irgendwie anders vorgestellt. Pompöser.«

»Lass uns hineingehen.«

»Okay«, sagte ich leise und hoffte, das Richtige zu tun.

Ich öffnete die Eingangstür und ließ Jennifer den

Vortritt. Wir betraten den Gastraum.

Oh! Es war wirklich erstaunlich. Der erste Eindruck überwältigte mich. Mein Blick fiel nach links auf die Bar, an der schon vier Gäste saßen. Auch ansonsten war das Lokal gut besucht, und ich hoffte, dass nicht alle freien Tische reserviert waren.

Ein Kellner kam und fragte, ob wir reserviert hätten. Nachdem Jennifer die Frage verneinte, brachte er uns zu einem freien Tisch. Wir folgten dem Kellner durch einen Durchgang, der sich rechts neben der Eingangstür befand. Der kleine Raum war sehr gemütlich eingerichtet, und die Tische waren grün eingedeckt, dennoch bat ich den Kellner um einen anderen Platz. Die großen Wandspiegel sagten mir im Augenblick nicht zu.

Der Kellner lächelte freundlich und zeigte uns einen Tisch am Fenster mit Blick auf die Bar. Okay, der Platz sagte mir zu. Als Jennifer zufrieden nickte, zogen wir unsere Jacken aus. Ich stellte die Laptoptasche auf den freien Stuhl, dann legten wir die Jacken darüber und nahmen Platz. Ich hatte den Stuhl am Fenster gewählt und Jennifer den neben mir.

Hätte ich ihr aus der Jacke helfen sollen?

»Es ist schön hier«, sagte sie.

»Ja«, antwortete ich.

Der Kellner kam mit zwei Speisekarten zurück.

Ich überlegte, wann mein letztes Date gewesen war. Es war schon solange her, dass ich mich nicht daran erinnern konnte.

»Alles in Ordnung, Bill?«

Als ich Jennifers sanfte Stimme hörte, schrak ich zusammen.

»Natürlich«, stammelte ich verlegen.

Ich wandte mich dem Kellner zu.

»Dankeschön«, sagte Jennifer, als sie die Speisekarte entgegennahm.

Ich bedankte mich ebenfalls, als der Kellner mir die Karte gab. Der Kellner verschwand. Der Mann war mir schon mal sympathisch, da er nicht sofort nach unseren Getränkewünschen fragte und uns in Ruhe aussuchen ließ.

An der Theke führte noch ein Gang vorbei. An dieser Wand standen Tische für zwei Personen, soweit ich das erkennen konnte. Ich vermutete, dass sich im hinteren Teil die Küche und Toilettenräume befanden. Die gemauerte Wand mit Nischen war rabenschwarz. Die Dekoration passte gut zu der dunkelbraunen Holzeinrichtung.

»Hast du keinen Hunger?«, fragte Jennifer.

»'tschuldigung«, sagte ich verlegen. »Habe gerade die Einrichtung bewundert«, erklärte ich.

Ich bemerkte, wie der Kellner einen Blick zu uns herüberwarf. Jetzt hatte ich meine Chance vertan. Er würde gleich kommen und fragen, was wir bestellen wollten. Doch er brachte nur Getränke an den Nachbartisch und ließ uns in Ruhe aussuchen. Die Gerichte klangen alle sehr verlockend. Wofür sollte ich mich entscheiden? Auf jeden Fall nahm ich mir vor, das komplette Programm zu bestellen: Vorspeise, Hauptgericht und Dessert.

Wein oder Bier? Ich warf einen kurzen Blick auf den Getränketeil und entschied mich für einen Weißwein. Als ich Jennifer meine Getränkewahl mitteilte, nickte sie mir zu und suchte sich auch einen Weißwein aus.

Okay. Getränke haben wir ausgesucht. Ja, das nehme ich, dachte ich und sagte: »Satay Gai.«

»Wie bitte?«

»Ich nehme als Vorspeise Satay Gai«, antwortete ich

freudig und las noch mal im Stillen den Text dazu: *Hähnchenfilet-Streifen auf Holzspieß, in Thai-Kräutern und Kokosmilch mariniert, am Tisch gegrillt, dazu Thai-Pickles und hausgemachte Erdnuss-Sauce.*

Ich wandte mich Jennifer zu, die sich wohl auch den Text durchgelesen hatte, denn sie schwärmte: »Hört sich verdammt gut an.« Jennifer schwieg. »Ich nehme die Tom Kha Gai Suppe«, teilte sie mir ihre Wahl mit.

Jennifer hatte sich für eine aromatische Hähnchen-Kokos-Suppe mit Galanga, Pilzen, Zwiebeln, Tomaten, Kaffir-Blättern und Limetten entschieden.

Schweigsam studierten wir die Hauptgerichte. Mir fiel die Auswahl schwer. Jennifer war schneller als ich und sagte deutlich: »Ich nehme die Entenbrust mit schwarzen Bohnen.«

Die Entengerichte waren mir auch schon ins Auge gefallen. Ich kratzte mich am Ohr. Was sollte ich bloß bestellen?

»Und du?«, fragte Jennifer.

»Tja, also ...«, sagte ich und las mir gerade die Empfehlungen des Hauses durch.

»Ich glaube ...«, sagte ich langsam und überlegte noch, »... ich nehme die gebratenen Meeresfrüchte mit Chili-Sauce.« *Oh, da ist Knoblauch drin!*, stutzte ich.

»Hatte ich mir auch zuerst bestellen wollen«, sagte Jennifer.

Knoblauch war bestimmt in allen Gerichten enthalten. Aber in diesem hier war es extra erwähnt. Hatte sich Jennifer wegen der extra Portion Knoblauch ein anderes Gericht ausgesucht?

»Ich nehme doch die gebratene Hähnchenbrust mit Curry und frischem Chili«, entschied ich schließlich.

»Hört sich auch sehr verlockend an«, nickte Jennifer

mir zu.

»Bestellst du dir auch einen Nachtisch?«, fragte sie.

»Ja«, antwortete ich. »Und du?«, fragte ich schnell.

»Später«, sagte sie.

»Dann lassen wir uns später noch einmal die Karte geben«, schlug ich vor.

»Ja.«

»Sollen wir bestellen?«, fragte ich.

»Ja, gerne.«

Ich wandte mich der Bar zu und suchte den Kellner. Er bediente gerade an einem Tisch neben der Theke.

Jennifer lächelte mich an und sagte mit glänzendem Blick: » Es gefällt mir hier.«

Der Kellner kam an unseren Tisch und fragte uns freundlich nach unseren Wünschen. Wir gaben die Bestellung auf.

Soll ich mit einem Gespräch über mich oder diesen Horyet beginnen?, überlegte ich. Jennifer schwieg, und ich tat es ihr nach.

Der Kellner brachte die Getränke, danach sagte Jennifer: »Ich komme gleich wieder.«

»Okay.«

Jennifer stand auf und ging in Richtung Toilette. Ich blickte ihr auffällig hinterher.

Was machst du denn da, Bill?, ermahnte ich mich eindringlich.

Nun blieb mir ein wenig Zeit. Sollte ich ein Gespräch über die Arbeit mit ihr anfangen? Nein, dann würden wir sicherlich wieder auf mich und Horyet zu sprechen kommen. Mit einem Mal regten sich Zweifel in mir. Wäre ich doch allein nach München geflogen. Ich hätte bei Rossellini darauf bestehen sollen. Sollte ich Jennifer verlassen und mich allein auf die Suche nach diesem verflixten Tor machen? Was wäre, wenn

ich Horyet begegnen würde und Jennifer dann bei mir
wäre? Ihr könnte etwas zustoßen. Das würde ich mir
nie verzeihen.

»Ja«, sagte ich und hob den Blick.
Ups.
Ich hätte schwören können, dass jemand etwas zu
mir gesagt hatte.
Blödsinn.
Hirngespinst.
Doch da war wieder diese Stimme. Sie war in mei-
nem Kopf. Wurde ich langsam verrückt?
Bill, Bill, du musst dich zusammenreißen, dachte ich,
sonst landest du eines Tages in der Klapsmühle.
»Du kannst nicht sterben«, sagte die Stimme zu mir.
»Wie bitte?«, flüsterte ich und hoffte, dass ich nicht
zu laut gesprochen hatte. »Wer bist du?«
»Deine Mutter«, sagte die Stimme.
*Mutter? Ich habe eine Mutter? Natürlich habe ich eine
Mutter. Jeder Mensch hat eine Mutter ...* Nur war ich kein
Mensch. Was waren das wieder für unsinnige Gedan-
ken?
»Du kannst nicht so sterben, wie andere Lebewe-
sen«, bläute mir meine Mutter wieder ein. »Hundert-
prozentig, Bill.«
War ich vielleicht wie Horyet? Konnte ich aus einem
Flugzeug springen und würde überleben? Wahnsinn,
Bill, das war ein wahnsinniges Gefühl.
Stopp! Mutter sagte, ich könnte nicht so sterben wie
andere Lebewesen. Aber sie sagte nicht, dass ich ein
Unsterblicher wäre. Also konnte der Tod auch bei mir
zuschlagen. Aus der Traum vom ewigen Leben. Aus
und vorbei, Bill!
Ich stutzte plötzlich. Wo blieb Jennifer? Wo waren

die anderen Gäste abgeblieben? Ich saß immer noch auf dem Stuhl – jedoch war ich ganz allein im Restaurant. Niemand war hier, außer mir. Ich wandte mich rasch zur Theke. Wo war das ganze Personal? Verschwunden?

HORYET, schoss es mir durch den Kopf.

Hatte dieser Typ seine Finger im Spiel? Würde er gleich auftauchen und mir wieder einen Kampf aufzwingen. Ich musste an mein Erlebnis mit diesem Scheißkerl im Flugzeug denken und beschloss, ihn ein für allemal loszuwerden.

Ich kratzte mich am Ohr und war total verwirrt.

Oder träumte ich etwa wieder?

»Andor«, sagte eine weibliche Stimme.

Ich wandte mich nach rechts der Stimme zu. Wer war diese Frau und woher kam sie so plötzlich? Ich hatte sie irgendwo schon einmal gesehen.

»Ja«, sagte ich gespannt und stand verwundert auf.

Ja, dachte ich. *Sie ist mir schon oft in meinen Träumen begegnet.*

Also lag die Vermutung nicht fern, dass ich wieder einmal träumte.

Sie kam auf mich zu und umarmte mich stürmisch. Es fühlte sich total echt an. »Ich habe immer fest daran geglaubt, dass du am Leben bist.«

Sie ließ mich wieder los. Ich war so überrascht, dass ich wie angewurzelt dastand und sie anstarrte.

»Komm mit mir, Andor«, sagte sie sanft. »Ich will dir etwas zeigen.« Sie strahlte ein vertrautes Lächeln aus.

Konnte ich ihr denn wirklich vertrauen? Horyet könnte sie geschickt haben, um mir eine tödliche Falle zu stellen. Trotzdem griff ich nach ihrer Hand, und plötzlich standen wir an einem kleinen See. Es war ein warmer Tag, mit einer kühlen Brise, die durch die Laubbäume am Seeufer wehte.

»Erinnerst du dich an diesen Ort?«, fragte sie leise.

»Er kommt mir bekannt vor«, antwortete ich. »Wie ist dein Name?«, fragte ich.

»Ranja«, sagte sie nur.

»Aha«, sagte ich. »Mein Name ist Bill«, stellte ich mich ihr vor. »Bill Clayton.«

»Bill?«, stutzte Ranja und sah mich verwundert an. »Hast du deinen Namen geändert?«, fragte sie nach.

»Nein«, schüttelte ich den Kopf und wunderte mich über ihre Frage, während sie wieder stutzte.

Sie war eine zierliche, junge Frau, mit kurzen blonden Haaren und grünen Augen. Sie lächelte glücklich und sprühte nur so vor guter Laune. Ich betrachtete mir die vielen Sommersprossen auf ihrer Nase.

»Es hat lange gedauert«, sagte sie und hob einen Stein auf und ließ ihn über das Wasser hüpfen.

»Was?«, fragte ich.

»Bis wir dich gefunden haben«, sagte sie, »und mit dir Kontakt aufnehmen konnten.«

Ich verstand nicht ganz und war verwirrt.

»Du bist sehr weit weg von Zuhause, Bill.« Ihre Fröhlichkeit verschwand. »Wir wissen noch nicht, wie wir dich zurückholen können.«

Ich schwieg.

»Aber wenigstens können wir zusammen reden«, sagte sie und zeigte mir ein zartes Lächeln.

»Und wie ist das möglich?«, fragte ich, obwohl mir noch viele andere Fragen durch den Kopf schossen, aber irgendwo musste ich ja anfangen.

»Wir haben eine Sonde durch ein Wurmloch geschickt und dein Signal empfangen ...«, erklärte sie.

Wurmloch? Sonde? Signal?

»... dein Kommunikator«, hörte ich sie sagen.

»Was für ein Kommunikator? Wie sieht er aus?«

»Er ist rund und ...«

»Ah, das Ding«, unterbrach ich sie.

»Du weißt, wovon ich rede?«

»Ja«, nickte ich.

»Wie kommt es, dass ich jetzt an einem See stehe?«

»Ich dachte, es würde dir gefallen.«

»Ja, das tut es«, sagte ich, aber das war eigentlich nicht die Antwort, die ich erwartet hatte.

»Wir haben leider nicht mehr viel Zeit.«

»Warum?«

»Ich melde mich später wieder bei dir, wenn sich das Wurmloch wieder stabilisiert hat.«

Ich fragte nicht weiter nach. Ich verstand sowieso nichts von dem, was sie mir da versuchte zu erklären. Wurmloch. Kommunikator. Sonde. Ich war ein Reporter und kein Ingenieur.

»Du musst entschuldigen, aber ich verstehe nicht alles, was du mir da sagst. Ich habe durch einen Unfall mein Gedächtnis verloren.«

»Oh!«

»Tja. Blöde Sache.«

»Das erklärt natürlich so einiges«, sagte sie.

»Aber mir kommt es so vor, als wenn mein Gedächtnis so allmählich zurückkehrt.«

Sie lachte wieder fröhlich und umarmte mich und sagte: »Bis bald, **Andor**, mein Bruder.«

»Wie bitte?«, fragte ich verstört.

Die Umgebung um mich herum verschwand.

»Warte!«, befahl ich. »**Warte!**«

Scheiß instabile Wurmlöcher, ging es mir durch den Kopf.

Es fröstelte mich, als ob mir jemand einen Eiswürfel

in den Nacken halten würde. Dann hörte ich ein Stimmengewirr.

Als ich mich umsah, stand ich wieder vor dem Tisch im YUM. Die Gäste saßen wieder an ihren Plätzen, und ich sah, den Kellner mit einem Tablett an mir vorbeihuschen.

»Wohin willst du?«, fragte Jennifer mich.

»Eigentlich ...«, stotterte ich und nahm wieder Platz.

Als Jennifer neben mir saß, fragte sie erstaunt: »Was ist passiert?«

»Das wüsste ich auch gern.«

»Du bist so komisch.«

»Die silbrige Kugel in meiner Laptoptasche ist ein Kommunikator«, sagte ich.

»Woher ...«, fing sie an.

»Keine Ahnung, was da eben mit mir geschehen ist«, unterbrach ich sie höflich.

Ich hoffte inständig, dass Jennifer sagen würde: *Ich bin gespannt auf das Essen.* Oder etwas anderes in der Art.

»Leg los!«, sagte sie in einem Befehlston, dem ich nichts entgegenzusetzen hatte.

»Okay«, sagte ich und legte los. Es war zwar keine lange Geschichte, dennoch wurde ich nicht ganz fertig damit, bevor der Kellner die Vorspeise brachte.

»Danke«, sagte Jennifer, als der Kellner die Tom Kha Gai Suppe vor ihr auf den Tisch stellte. Ich bekam die Satay Gai Spieße vorgesetzt. Über einem Stövchen, das mit einer Brennpaste gefüllt war, konnte ich die Spieße grillen.

»Ganz vorzüglich«, schwärmte Jennifer, als sie die Suppe probiert hatte.

Bei mir dauerte es noch ein wenig, bis das Fleisch

fertig war.

»Und macht's Spaß?«, fragte Jennifer.

»Ja«, sagte ich fröhlich, während ich den Spieß über der Flamme drehte.

»Die Spieße sehen sehr gut aus.«

»Ja.« Das war eine einsilbige Konversation von mir.

Dann kam Jennifer wieder auf die technische Kugel zu sprechen, und ich erzählte ihr begeistert den Rest der Geschichte.

»Kann es vielleicht sein, dass du eingenickt bist?«, fragte sie vorsichtig.

Ich zuckte mit den Schultern. Der Spieß war fertig.

»Möchtest du probieren?«, fragte ich.

»Gerne.«

»Wenn wir wieder im Hotel sind, werde ich das Ding mal genauer unter die Lupe nehmen«, sagte ich. »Hast du dieses Jahr noch Urlaub geplant?«, wollte ich vom Thema ablenken.

Jennifer nickte mir zu und lächelte.

»Natürlich«, sagte sie.

»Und wohin soll's gehen?«

Mein Handy klingelte. Verflucht, ich hatte vergessen, es auszuschalten. Nichts konnte in diesem Moment so wichtig sein, dass ich abheben musste. Aber der Anrufer ließ nicht locker. Mein Handy dudelte weiter in der Innentasche meines Jacketts. Ich kratzte mich am Ohr. Es müsste doch bald die Mailbox angehen.

»Willst du nicht mal nachsehen, wer das ist?«

»Ungern«, gab ich zurück.

Ich nahm das Handy hervor und warf einen kurzen Blick auf das Display.

»Es ist Rossellini«, sagte ich. »Entschuldigung.«

»Hallo Roberto«, begrüßte ich ihn.

Jennifer war gerade mit der Suppe fertig geworden. Ich hatte noch einen halben Spieß auf dem Teller liegen. Jennifer blickte mich fragend an, und ich deutete es so: *Soll ich den Spieß essen, bevor er kalt wird?* Ich nickte ihr zu und Jennifer nahm sich meinen Teller.

»Wir sind gerade beim Essen«, antwortete ich Rossellini.

Ich wartete ab, was Rossellini zu sagen hatte.

»Beim Thailänder«, antwortete ich kurz.

Nachdem ich Rossellini von unserer Ankunft und dem schönen Hotel berichtet hatte, hörte ich zu, was er mir noch zu sagen hatte.

Jennifer hatte inzwischen den Spieß aufgegessen.

»Wie ist das Essen?«, fragte Rossellini noch.

»Ist sehr gut hier«, sagte ich und beobachtete, wie sich Jennifer die Lippen ableckte.

»Will nicht länger stören«, sagte Rossellini.

»Du störst nicht«, sagte ich, doch Jennifer nickte mir zu. »Er stört schon ein bisschen«, flüsterte sie.

Mir wurde warm, und ich spürte, dass mir die Röte ins Gesicht stieg.

»Okay«, sagte ich, »dann melde ich mich morgen bei dir.«

Rossellini sagte, dass wir vorsichtig sein und keine unnötigen Risiken eingehen sollten.

»Werden wir machen«, sagte ich und legte auf.

Der Kellner kam und fragte, wie uns das Essen geschmeckt hatte. Wir teilten ihm unsere Begeisterung über das Essen mit, während er den Tisch abräumte.

»Ich soll dir einen schönen Gruß von Rossellini bestellen.«

»Danke«, sagte Jennifer.

Dann schaltete ich das Handy ganz aus und steckte es wieder in die Innentasche zurück.

»So, jetzt kann uns niemand mehr stören«, nickte ich zufrieden.

Der Kellner brachte die Hauptgerichte.

»Entenbrust mit schwarzen Bohnen?«, fragte er.

»Hier«, sagte Jennifer schnell.

Ich bekam die gebratene Hähnchenbrust mit Curry und frischem Chili vorgesetzt.

Wow. Das Essen würde perfekt schmecken, war ich fest überzeugt. Das Restaurant war schon mal kein Fehlgriff, nickte ich zufrieden. Mein Magen wurde jetzt ungeduldig, deshalb legte ich los.

»'tschuldigung«, sagte ich, als ich die erste Gabel zu mir genommen hatte und bemerkte, dass Jennifer mit mir anstoßen wollte.

Die Wandbeleuchtung erhellte ihr langes, lockiges Haar. Ich spürte, wie mein Magen bebte, als ich in ihre Augen blickte. *Habe ich mich etwa in sie verliebt? Blödsinn. Bill, du Hornochse,* sagte ich mir im Stillen vor.

Wir tranken beide einen Schluck Wein.

»Mir schmeckt es ganz hervorragend«, schwärmte Jennifer. »Möchtest du probieren?«, fragte sie.

»Gerne.«

Sie hatte nicht übertrieben. Die Entenbrust war zart und hatte gerade den richtigen Geschmack zwischen würzig und leicht scharf.

Meine Hähnchenbrust mit Curry und frischem Chili war ebenfalls würzig, jedoch um einiges schärfer als die Entenbrust. Mein Weinglas war leer. Jennifer trank aus, und ich bestellte zwei neue Gläser Wein.

Wir unterhielten uns prächtig, lachten viel und vergaßen die schrecklichen Erlebnisse der vergangen Stunden. Dieser Abend würde mir noch lange in positiver Erinnerung bleiben.

Die Stunde des Desserts war gekommen. Wir ließen

uns die Speisekarten bringen. Mir war ja vorhin schon der Thai Pudding ins Auge gefallen. Nachdem ich die Desserts nochmals durchgegangen war, blieb ich bei meiner ersten Entscheidung. Jennifer wählte ein Mango Sorbet mit Thai-Minze und Chili. Als der Kellner kam, bestellte ich die beiden Desserts.

»Möchtest du auch noch etwas trinken?«, fragte ich Jennifer.

»Ja«, nickte Jennifer sofort, »ich nehme nochmal den gleichen Wein.«

»Okay, ich auch«, sagte ich und bestellte zwei Gläser Weißwein.

Zuerst brachte der Kellner die Getränke, dann den Nachtisch.

»Das schmeckt verdammt gut«, nickte ich und war sehr zufrieden mit meiner Wahl.

»Meins auch.« Jennifer verdrehte die Augen.

Wir stießen zusammen an.

»Möchtest du probieren?«, fragte Jennifer.

Ich nickte.

»Vorsichtig«, sagte Jennifer warnend, »ist ein wenig scharf.«

An meiner Hähnchenbrust mit Chili kam die Schärfe bestimmt nicht heran. Na ja, so ganz unscharf war das Sorbet ja nicht.

»Hier, den Pudding musst du auch probieren.«

Jennifers Augen blitzten auf.

»Schmeckt etwas süß«, erklärte ich, »ist Kokosmilch und Fruchtfleisch von einer Kokosnuss drin.«

Jennifer probierte den Pudding.

»Super lecker.«

Der Nachtisch war schnell aufgegessen. Und zum Abschluss bestellten wir uns einen Bambusschnaps.

Schreck, lass nach!

5 Obwohl der Abend mit Jennifer so schön war, schwirrten mir allerlei düstere Gedanken im Kopf herum. Sie nisteten sich unerwünscht bei mir ein wie ein bösartiges Geschwür. Was wäre, wenn Horyet nicht mein größter Feind war, sondern ein viel größerer und mächtigerer Feind dort oben im Universum auf mich wartete?

Wir hatten gerade das Restaurant verlassen und machten uns auf den Rückweg ins Hotel. Natürlich brannte die Neugierde in mir wie ein loderndes Feuer. Wir mussten herausfinden, wie die technische Kugel funktionierte.

Traum – Vision – Wirklichkeit. So langsam schien es mir schwierig, sie eindeutig auseinanderzuhalten.

Ich hörte Jennifer lachen. Sie machte gerade einen Witz über Rossellini. Ich hatte nicht richtig zugehört, trotzdem lachte ich mit. Egal, ich war glücklich mit ihr hier zusammen zu sein. *So, jetzt aber weg mit den schrecklichen Gedanken an Horyet und feindliche Welten!*

Jennifer hakte sich wieder bei mir ein. Ich wurde ein wenig verlegen, aber ich fand es schön, ihr so nahe zu kommen. Mir war vorhin schon aufgefallen, dass sie unwahrscheinlich gut roch.

Bill, Bill, du Hirni, ermahnte ich mich im Stillen, *unterlass diese Gedanken! Sie ist nur eine Kollegin, eine gute*

Freundin, mehr nicht!

Als wir über den Viktualienmarkt gingen, kam es mir in den Sinn, irgendwo noch auf ein kleines Bier einzukehren. Es war noch nicht allzu spät, denn genau um 22:38 Uhr hatten wir das YUM verlassen.

Gerade hatte ich all meinen Mut zusammengenommen und wollte Jennifer fragen, ob sie irgendein Lokal empfehlen könnte, da fing sie an, von irgendeinem Randolf zu erzählen, und sie sagte lachend, dass dieser Typ sie den ganzen Abend lang angebaggert hätte, um sie herumzukriegen, aber ...

Ab hier flogen die Worte an mir vorbei und der Mut verließ mich.

Bill, halt jetzt bloß deine Klappe, ermahnte ich mich.

»Willst du noch auf ein kleines Bier ins Zwickl?«, fragte Jennifer mit einem lauerndem Blick.

Boah. Ich war sprachlos. Meine Stimme war wie gelähmt. Kein Wort drang über meine Lippen.

»Es ist gleich da drüben«, ergänzte sie und wartete auf meine Antwort. »Keine Lust mehr?«, fragte sie, als ich immer noch stumm blieb.

»Doch ... natürlich ... gehen wir auf ein Bier ins Zwickl«, nickte ich zufrieden. »Ist sowieso noch früh am Abend.«

»Der Kommunikator läuft uns ja nicht weg«, grinste Jennifer breit. »Können ihn ja sofort morgen früh ausprobieren«, ergänzte sie.

Das war eine gute Idee, die sofort meine Zustimmung fand. Meine Kehle war eh ziemlich trocken, musste von dem scharfen Essen kommen. Also, auf ein kleines Bier ins Zwickl gehen, konnte nicht schaden.

Es war ein schwankender Rückweg. Der Abend hatte einen schönen Ausklang gefunden. Wir hätten fast den Radlsteg verpasst, obwohl die Straße nicht zu übersehen war. Nun konnten wir uns eigentlich nicht mehr verlaufen und folgten dem Radlsteg, der auf die Hochbrückenstraße führte.

Der Fußmarsch tat uns gut, doch so langsam wünschte ich mir, dass wir es gelassen und ein Taxi genommen hätten. Es war mittlerweile nach Mitternacht, und auf unserem Weg ins Hotel begegneten wir zwielichtigen Gestalten, die um Geld und Zigaretten bettelten. Kurz bevor wir die Ledererstraße kreuzten, stellte sich uns ein junger Mann in den Weg, der einen altmodischen braunen Anzug trug. Der Anzug sah so aus, wie der, den Horyet getragen hatte.

Es musste dieser **Horyet** sein. Er sah zwar anders aus, aber der schäbige Anzug war unverkennbar. Er musste es einfach sein. Vielleicht konnte Horyet ja seine Gestalt verändern. Ja, dieser Horyet musste ein *Formwandler* sein. Das war die einzig logische Erklärung.

»Ich stecke in einem Dilemma«, sagte der junge Mann mit flatternden Augenlidern.

Sollte ich mein Larat zur Hand nehmen? Es steckte in der Laptoptasche. Horyet könnte schneller sein als ich. Er könnte mit seinem Larat Jennifer …

»Komm, lass uns weitergehen«, flüsterte Jennifer mir zu.

Der Vorschlag kam mir entgegen, doch dafür mussten wir an diesem Kerl vorbei. Was dann? Wir hätten ihn im Rücken.

»Ich brauch ein paar Euro«, sagte der junge Mann.

Für was?, dachte ich. *Den nächsten Joint.* Ich ließ den Kerl nicht aus den Augen und beobachtete ganz genau, was er mit den Händen machte. Er schien nervös zu sein, denn er spielte mit den Fingern.

»Verzieh dich!«, knurrte Jennifer ihn laut an. Sie versuchte den Tiger zu mimen, obwohl sie eigentlich der Hase war.

Oh, wenn das mal kein Fehler war! Die Augenlider des jungen Mannes zuckten nervös.

»Bitte, nur ein paar Euro«, plapperte er weiter. »Sie verstehen nicht, ich tue das nicht für mich.«

»So, und für wen tun Sie es sonst?«, fragte Jennifer nervös.

»Für meine Kinder«, stotterte er.

Natürlich tut er das für seine Kinder. Natürlich!, lästerte ich im Stillen. *Horyet, du führst mich nicht hinters Licht. Du nicht. Du altmodisch braun gekleideter Affe.*

»Such dir Arbeit«, brummte ein dicker Mann den jungen Mann an. Er tauchte wie aus dem Nichts auf und blieb kurzentschlossen neben uns stehen.

»Ich krieg keine ...«, fuhr der junge Mann ihn an.

Ich bereitete mich geistig schon mal auf einen Kampf mit Horyet vor und überlegte, wie schnell ich das Larat aus meiner Laptoptasche herausbekommen würde.

»Hau ab du Junkie und lass die Leute in Ruhe!«, fuhr der Dicke ihn scharf an.

Ups. Volle Breitseite, dachte ich.

»Okay, will keinen Ärger haben«, leierte der junge Mann herunter und ging davon.

»Danke«, sagte Jennifer.

»Passt schon. Na ja, als Türsteher bekomme ich einige solcher Typen zu Gesicht«, grinste der Dicke uns breit an. »Dann noch einen schönen Abend«, verabschiedete er sich von uns und verschwand auf der Ledererstraße.

Waren das die einfühlsamen Worte eines Münchner Tür-

stehers?, ging es mir schlagartig durch den Kopf. Mich jedenfalls überfiel ein schlechtes Gewissen.

»Waren wir zu dem jungen Mann zu hart?«, fragte Jennifer.

Diese Frage verhalf mir jedenfalls nicht zur seelischen Besserung.

»Warten Sie!«, rief ich dem jungen Mann nach.

Er wandte sich ruckartig um.

»Einen Augenblick«, sagte ich zu Jennifer und ging auf ihn zu.

Der jungen Mann zuckte unwillkürlich zusammen. Er schien Angst vor mir zu haben. Okay, ich hatte mich wohl geirrt, und wir hatten ihn fies behandelt. Horyet hätte mich schon längst angegriffen. Aber nach dem schrecklichen Erlebnis in meinem Hotelzimmer war ich überzeugt, dass Horyet alle Möglichkeiten der irrationalen Welt besaß, um mich zu jagen und zu bekämpfen.

»Ich will keinen Ärger«, zuckte der junge Mann wieder zusammen. »Ehrlich nicht.«

»Hier, nehmen Sie«, sagte ich nur und übergab ihm einen Schein.

Er starrte den Zwanziger an und blieb stumm. Was hatte er? Hatte ich mich doch geirrt? Würde nun der Horyet aus ihm hervorkommen?

Bill, du Idiot, bist deinem Feind auf den Leim gegangen, dachte ich.

»Vielen Dank«, stotterte der junge Mann schließlich und verneigte sich leicht. »Nochmals, vielen Dank«, rief er mir nach, als ich zu Jennifer zurückging. »Ich habe nicht gelogen«, hörte ich ihn laut sagen. »Ich sammle das Geld wirklich für meine beiden Kinder«, betonte er.

Der junge Mann war wirklich harmlos, aber ob er

die Wahrheit gesagt hatte, würde ich wohl nie erfahren.

Jennifer lächelte zufrieden.

»Hast ein gutes Herz«, sagte sie.

»Wie viel hast du ihm denn gegeben? Er sah so glücklich aus.«

»Einen Zwanziger.«

»Wow«, stöhnte sie. »Großzügig von dir.«

»Ob er denn wirklich das Geld für seine Kinder braucht?«, fragte Jennifer.

Ich zuckte mit den Schultern.

»Egal«, sagte ich schließlich. »Er kann es so oder so gebrauchen.«

Jennifer legte einen Schritt zu. Ich merkte, dass sie so schnell wie möglich das Hotel erreichen wollte.

»Ich habe ihn zuerst für Horyet gehalten«, fing ich an.

»Wen?«

»Na, den Typ eben.«

»Ach so.«

»Ich glaube, wir waren ...«

»Ich war ja auch nicht gerade freundlich zu ihm«, sagte Jennifer.

Wir ließen das Erlebnis ruhen und verloren kein Wort mehr darüber. Ohne weiteren Zwischenfall erreichten wir den Hoteleingang. Ein junger Mann stand hinter der Rezeption und begrüßte uns. Er übergab uns die Zimmerschlüssel. Gedankenvoll verabschiedete ich mich vom Rezeptionisten.

»Willst du nicht den Aufzug nehmen?«, fragte Jennifer erstaunt.

»Eigentlich ... wollte ich zu Fuß ...«

»Okay«, gab Jennifer mir zu verstehen.

Wir gingen an sechs Sesseln vorbei und steuerten

auf den exklusiven Treppenaufgang zu. Wortlos stiegen wir die Treppe hinauf. Ein untersetzter, blonder Mann kam uns entgegen. Wieder wurde ich nervös. Meine Nerven waren wieder zum Zerreißen gespannt. Mir war es immer noch ein Rätsel, wie dieser Horyet mich in das Meer ziehen konnte. Ein Traum war es nicht. Aber war es denn Realität? Verfluchter Mistkerl.

»Guten Abend«, sagte der blonde Mann.

Warum fuhr er nicht mit dem Aufzug? Er sah nicht so aus, als ob ihm das Treppengehen Spaß machen würde.

»Guten Abend«, grüße Jennifer freundlich zurück.

Über meine Lippen drang kein einziges Wort. Hier und jetzt würde es zum Kampf zwischen mir und Horyet kommen.

Die Entscheidung!

Der blonde Mann lächelte mich an, als er an uns vorbeiging.

Ich bin bereit, dachte ich. *Wie bekomme ich Jennifer aus der Gefahrenzone?*

»Was hast du, Bill?«, fragte Jennifer.

Ich blickte dem Mann misstrauisch hinterher. Er ging schwerfällig die Treppe hinunter.

»Ich glaube, ich werde langsam paranoid«, gab ich zu.

»Die letzten Tage waren nicht einfach für dich ...«, fing Jennifer an.

Das war ja wohl noch milde ausgedrückt. Sie waren ganz miserabel gewesen. Der blonde Mann war verschwunden. Was hatte Jennifer gerade zu mir gesagt? Ich wandte mich ihr zu.

»... komm, du musst dich etwas ausruhen.«

Wir gingen weiter hinauf, und kurze Zeit später standen wir vor Jennifers Zimmertür.

»Sollen wir noch zu mir aufs Zimmer gehen und uns die technischen Geräte ansehen?«, fragte ich.

Wie komme ich denn auf so eine bescheuerte Idee? In meinem Kopf loderten die Gedanken auf wie in einem Flammenmeer. *Und wieder einmal habe ich nicht die richtigen Worte gefunden.*

»Es ist besser, wenn wir ...«

»Okay«, unterbrach ich sie mitten im Satz. »Wir werden uns morgen die Sachen ansehen.«

Schon wieder hatte ich Mist gebaut und sie nicht ausreden lassen. Ich konnte ja nicht wissen, was sie mir sagen wollte.

»Gute Nacht, Bill«, sagte sie sanft.

»Na, dann gute Nacht!«, leierte ich herunter.

»Bist du enttäuscht, dass wir ...«

»**Nein**«, sagte ich schnell und hatte sie wieder unterbrochen.

»Gute Nacht, Bill«, sagte sie noch einmal, als sie die Zimmertür öffnete.

»Gute Nacht, Jennifer.«

»Wann sollen wir uns zum Frühstück treffen?«, fragte sie plötzlich.

»So um halb neun«, schlug ich vor.

»Okay.«

Ich wandte mich von ihr ab und hörte, wie sie die Tür schloss.

Noch mehr Geheimnisse

6 *Himmel, Arsch und Zwirn! Das war ja jetzt wohl absolut ungeschickt von mir gewesen. Ich habe mich wie ein Trottel aufgeführt.*

Ich stand vor meiner Zimmertür und öffnete sie ganz vorsichtig und lugte hinein. Dann schaltete ich das Licht an und betrat das Zimmer.

Ich stellte die Laptoptasche neben das Bett, dann zog ich die Jacke und das Jackett aus. Sollte ich wirklich schon ins Bett gehen? Bei dem Gedanken spürte ich Horyets Hände an meinem Hals. Ich stellte mir vor, wie sie mich zu Tode würgten. Schlafen gehen war also abgesagt.

Als mein Blick auf den Sessel fiel, nickte ich und beschloss noch ein Weilchen wach zu bleiben. Ich schlüpfte in den Schlafanzug und nahm die technische Kugel aus der Laptoptasche. Ich ließ sie in meiner Hand rollen, während ich im Sessel Platz nahm. Die Füße legte ich auf die Fußbank und ging meinen Gedanken nach.

Mein irdisches Leben war wohl futsch. Ich hatte mich daran gewöhnt. Mir gefiel mein Beruf, meine Freunde, mein Zuhause. Jetzt, wo ich wusste, dass ich ein Außerirdischer war, stand all dies auf dem Spiel. Konnte ich so ohne weiteres an meinen Arbeitsplatz zurückkehren und so tun, als wenn nichts gewesen wäre?

Ich musste leicht lächeln, als ich daran dachte, wie ich meinem Chef die Neuigkeit beibringen sollte. *Hallo, Roberto, ich bin's, Bill Clayton, der Außerirdische. Hast du einen neuen Auftrag für mich? Natürlich, klar, würde Roberto sagen, auf dem Mars gibt es einen Aufstand, wenn du daran interessiert bist, kannst du die Reportage machen.*

Was würden meine Freunde sagen?

Ich stand vor einem ernsthaften Problem. *He, toll, du bist also ein Außerirdischer. Würdest du mich mal mit nach Hause nehmen, auf deinen Planeten? Natürlich, klar doch, mache ich gerne. Hinein ins Raumschiff und ab nach Hause.*

Mein Zuhause?

Als ich daran dachte, wurde mein Herz von einer großen Traurigkeit erfüllt. *Ich fühle mich wohl in London. Warum sollte ich es verlassen? Wenn meine Freunde erfahren, dass ich ein Außerirdischer bin, muss ich sicherlich gehen! Presse. Rummel. Keine Ahnung, was da alles auf mich zukommen würde. Scheiße, mein Leben, wie ich es seit dem Unfall kenne, ist völlig am Arsch.*

»Das Gerät in meiner Hand ist also ein sogenannter Kommunikator ...«, flüsterte ich und spielte mit der Kugel herum, »... und ein Zeitmesser«, erinnerte ich mich, denn durch dieses Gerät wurde Smith aktiviert, um mich aufzusuchen.

War das Ding in meiner Hand auch für meine Träume und Kopfschmerzen verantwortlich? Hatte ich ... Nein, das konnte nicht sein, denn ich hatte es erst von John Smith bekommen. Diese unerklärlichen Albträume und Kopfschmerzen hatte ich vorher schon gehabt.

Tja, wie funktionierte die silberne Kugel? Was musste ich tun, um sie zu aktivieren? Die glatte Oberfläche fühlte sich kalt an, als würde sie aus dem Kühlschrank kommen.

Ich rutschte auf dem Sessel hin und her, während ich die Kugel anstarrte. Verdammt, es fing wieder an.

Das Brummen in meinem Kopf nahm zu.

War vielleicht doch diese geheimnisvolle Kugel dafür verantwortlich? Wurde sie etwa aktiviert? Und wenn ja, von wem? Wollte vielleicht diese fremde Frau, die behauptet hatte, meine Schwester zu sein, mit mir Kontakt aufnehmen?

Ich konnte es nicht fassen, dass es Wurmlöcher wirklich geben sollte. Ich hatte bis zum heutigen Tag geglaubt, dass solche Wurmlöcher reine Fiktion waren. Etwas, dass sich Science-Fiction-Autoren ausgedacht hatten, um andere Galaxien erreichen zu können. Reisen in fremde Galaxien hatte ich bis zum heutigen Tag für Hirngespinste genialer Schriftsteller gehalten, und nun wurde ich eines Besseren belehrt.

Sollte ich eine Kopfschmerztablette einnehmen? Ich ließ es bleiben, denn das Zeug half mir sowieso nicht. Stattdessen nahm ich mir die kleine Flasche Mineralwasser vom Schreibtisch und öffnete sie.

Vor meinen Augen blitzte es plötzlich. Das Brummen in meinem Kopf wurde unerträglich. Mir kam es so vor, als müsste jeden Augenblick mein Schädel explodieren.

Habe ich da gerade einen Wassertropfen abbekommen? **Horyet**, *dachte ich und wollte gerade aus dem Sessel aufspringen, als ich plötzlich wieder vor diesem mysteriösen See stand. Traum? Vision? Realität? Wenn das so weitergehen würde, würde ich mit Sicherheit bald verrückt. Bill Clayton, der Außerirdische, ein Fall für die Klapsmühle.*

Ich wandte mich nach rechts, dann nach links. Niemand außer mir war hier am See. Das Brummen in meinem Kopf war verschwunden.

»Hallo«, rief ich.

Niemand antwortete mir. Ich spürte eine sanfte Brise und roch die frische Luft, dann klappte ich zusammen. Das Brummen in meinem Kopf kam zurück und war wieder so stark, dass ich glaubte, dass mein Kopf jeden Augenblick platzen würde. Ich schloss für einen Moment die Augen, als ich sie öffnete, kniete ich am Rand eines riesigen Kraters.

Wow.

Das Gelände ringsherum war flach und kahl. Ich erhob mich und ließ den Blick schweifen. In allen Richtungen sah ich aufgewühlte Erde bis zum Horizont. Ich bemerkte einen schmalen Pfad, der in den Krater hineinführte.

Sollte ich ihm folgen? In der Ferne war eine gewaltige Detonation zu hören. Ich blickte an mir herunter und bemerkte, dass ich militärische Kleidung trug und eine Waffe in meiner Hand hielt. War es ein Gewehr? Sollte ich es abfeuern, um herauszufinden, was es konnte? Ich ließ es sein und sah, dass alles an mir mit Schlamm besudelt war.

Okay, wenn ich herausfinden will, was hier geschieht, dann muss ich dem Pfad folgen, dachte ich.

Ich rannte hinab und stand auf einmal vor einem eisernen Eingang. Was für Kreaturen waren das? Sie lagen auf dem Boden und rührten sich nicht mehr. Sie waren alle tot. Die eiserne Tür stand weit offen. Auch dahinter lagen Leichen. Ich blickte einem Toten direkt ins Gesicht. Ja, so eine Kreatur hatte ich schon einmal gesehen. Ich erinnerte mich an den Tag, als in unserem Verlag alles drunter und drüber ging. Es wurde vermutet, dass es sich um einen Anschlag gehandelt hatte, aber ich ahnte, dass es keiner war. Als ich mich nämlich mit Tricia im Aufzug befand, fingen die Spiegel an zu leuchten und genauso eine widerliche Kreatur, wie die, die hier vor mir lag, erschien im Spiegel und hatte versucht, Tricia in den Spiegel hineinzuziehen. Ich brach meine Gedanken ab und folgte dem breiten Gang.

Befand ich mich im Vorhof zur Hölle? Sollte ich wirklich den Weg fortsetzen? Es war mir bewusst, dass es ein Himmelfahrtskommando werden könnte.

Es blitzte wieder vor meinen Augen, und plötzlich stand ich vor einer gewaltigen Maschine, die aussah wie ein überdimensionaler Generator. Überall verliefen Rohre und Energieleitungen, und es standen zahlreiche Schaltpulte um diese Maschine herum. Keine Ahnung, was man mit dieser Maschine anstellen konnte. Sie machte mir eine höllische Angst.

Noch ehe ich mich versah, hatte ich ein kleines Paket an einer Stelle der Maschine deponiert.

Mein Herz schlug schnell, und als mir dann durch den Kopf schoss, *Bill, du hast gerade einen Sprengsatz deponiert*, bekam ich es wieder mit der Angst zu tun.

Mist. Was wäre, wenn das hier kein Traum wäre? Ich würde zerfetzt. Zerstückelt. Von der Druckwelle in alle Richtungen zerstreut. Wie konnte ich den Sprengsatz wieder deaktivieren?

Scheiße. Keine Ahnung. Ich floh, obwohl ich überzeugt war, dass es keinen Sinn hatte. Nur noch wenige Schritte trennten mich vom rettenden Ausgang.

Ja, du schaffst es, jubelte ich und hörte eine gewaltige Detonation hinter mir. *Oh, verflucht!*

Das Beben unter meinen Füßen nahm von Moment zu Moment an Stärke zu. Ein Grollen stieg tief aus der

Erde empor.

Ich blieb stehen, senkte den Kopf und atmete kräftig ein.

SIEG?

Die Mission war wohl erfolgreich.

Ich schloss die Augen. Dann spürte ich eine enorme Druckwelle, die mich von den Beinen riss.

Würde ich jetzt sterben?

Vor mir wurde es schlagartig dunkel. Auf einmal hatte ich das Gefühl, in Etwas hineingezogen zu werden. Ich stellt mir vor, dass es ein rotierender Strudel war, weil ich auch das Gefühl hatte, mich um die eigene Achse zu drehen. Sekunden später schien alles vorbei zu sein, doch ich konnte immer noch nichts sehen. Trotzdem spürte ich das Leben noch in mir. Wie war das möglich? Nach der Druckwelle hatte ich gedacht, ich sei tot.

Ich hatte genug Absurditäten für heute erlebt. Ich musste durch dieses dunkle Etwas fliegen und ... überleben.

Es blitzte wieder vor meinen Augen, und plötzlich stand ich wieder am See.

Puh. *Lieber Gott, ich danke dir.*

Ich atmete kräftig ein und ließ die Ruhe auf mich wirken.

Ja, jubelte ich in meinen Gedanken, *ich lebe.*

Warum war ich hier? Hatte mich diese mysteriöse Frau zu sich gerufen? Wie war gleich ihr Name? Ach ja, sie hieß Ranja.

Es blitzte wieder vor meinen Augen. Das musste so langsam mal aufhören. Wenn das so weiterging, würde ich noch ...

»Willst du etwa ins Nichts fallen, Dummkopf?«,

sprach mich jemand von hinten an.

Ich hatte das Gefühl, dass mein Herz für einen Augenblick aufgehört hatte zu schlagen. Ich fuhr erschrocken herum.

»Ranja«, flüsterte ich.

»Ja«, sagte sie und umarmte mich kurz.

»Träume ich etwa wieder?«, fragte ich.

»Nein, aber du musst deinen Kommunikator besser unter Kontrolle halten«, schüttelte sie verständnislos den Kopf. »Komm mit mir«, sagte sie.

Sag mir, wie ich das tun soll, und ich tue es, dachte ich und folgte ihr stumm, und wir ließen uns am See nieder.

»Es ist schön hier«, lächelte ich sie an.

»Es ist deine Heimat.«

»Meine Heimat?«, stutzte ich.

»Ich werde dir alles erklären.«

»Haben wir denn genügend Zeit?«

»Ich hoffe es.«

»Bist du wirklich meine Schwester?«, stutzte ich.

»Ja, das bin ich, Andor«, bestätigte sie mir.

Ich kratzte mich am Nacken. In letzter Zeit machte mir mein Muttermal ziemlich zu schaffen. Es juckte unaufhörlich. Ich musste meine Gedanken ordnen und die richtigen Fragen stellen. Wo sollte ich anfangen? Doch Ranja nahm mir die Entscheidung ab.

Von ihr erfuhr ich, dass mein Heimatplanet Larg hieß und wir uns im Krieg mit den Palets befanden, die von dem Planeten Norog kamen.

Ich bin also ein Largianer, oder wie auch immer man die Bewohner dieses Planeten nennt. Diese grünen Kreaturen, die Palets, sind mir ja schon zu Gesicht gekommen.

»Hörst du mir zu, Andor?«

»Natürlich.«

Jetzt erfuhr ich auch, was eben geschehen war. Mein Kommunikator hatte verdrängte Erinnerungen in mein Gedächtnis gerufen. Ich hatte eine Eliteeinheit angeführt und hatte die Aufgabe eine feindliche Basis zu zerstören. Dort hatte der Feind eine Maschine weiterentwickelt, mit der er durch das Universum reisen konnte – ein Basrato.

Gut, schoss es mir durch den Kopf. *Wer auf der Erde kennt nicht die Serie Stargate? Aber das Ding, das ich eben gesehen und zerstört hatte, sah nicht aus wie ein Stargate, hatte aber die gleiche Funktion. Das Tor zur Ewigkeit? ... Könnte es sein, dass ...*

»Andor?«

Ist das hier jetzt ein Traum oder geschieht es wirklich? Wie ist das hier überhaupt möglich? Ah, Kommunikator.

»Bruder?«, hörte ich Ranjas Stimme. »Du bist nicht ganz bei der Sache.«

»Natürlich höre ich dir zu, aber ich muss die vielen Informationen erst einmal verarbeiten«, verteidigte ich mich impulsiv.

Man erfuhr ja schließlich nicht jeden Tag, dass man ein außerirdischer Soldat war, der zu einer Eliteeinheit gehörte und ...

»Okay«, sagte ich. »Ich bin ganz Ohr.«

»Wie bitte.«

»Ähm. Also, ab sofort höre ich dir aufmerksam zu«, nickte ich. »Versprochen. Aber ich hätte da noch eine Frage.«

»Ja?«, sagte Ranja.

»Kennst du den Begriff *Tor zur Ewigkeit*?«, fragte ich neugierig und erfuhr, dass mit diesem Ausdruck das Basrato gemeint war. Basrato war also der technische Begriff für eine Maschine, mit der ein künstliches Wurmloch erzeugt werden konnte, das zwei entfernte

Welten miteinander verbindet. Im Volksmund sprach man deswegen auch von einem *Tor zur Ewigkeit* oder auch von einem *Weltentor.*

Dann erfuhr ich, dass die Palets hinter mir her waren und deswegen versuchten die Erde zu erreichen. Das war möglich geworden, weil die Palets die Weiterentwicklung des Basratos mächtig vorangetrieben hatten. Die ersten Versuche waren zwar fehlgeschlagen, doch nun besaß der Feind ein mobiles Basrato, mit dem er andere Planeten problemlos erreichen konnte.

Ich drohte in der Informationsflut, mit der mich Ranja unaufhörlich überschüttete, zu ertrinken. Ich sortierte meine Gedanken und wiederholte kurz: »Ich komme also von dem Planeten Larg und bin durch die Explosion eines Basratos irgendwie auf die Erde gelangt?«

Ranja nickte mir zu.

»Hm, also, einige Träume sind Erinnerungen an mein früheres Leben, andere wiederum waren die Versuche mit mir Kontakt aufzunehmen«, sagte ich und holte kurz Luft. »Die Palets haben mich also ausfindig gemacht und versuchen deswegen auf die Erde zu kommen. Warum?«

Ich wartete auf eine Antwort und erinnerte mich an einen Traum, bei dem ich in einem Hotel war und ein Mann versucht hatte, mit mir telefonisch Kontakt aufzunehmen. Ob das auch ein Versuch von meinen Leuten war? Ich wollte gerade danach fragen, als Ranja sagte: »Du bist ein Elitesoldat und verfügst über wichtige Informationen.«

Okay, die Antwort ließ ich vorerst gelten.

»Alle Zusammenhänge sind mir im Augenblick noch nicht ganz klar. Was hat dieser John Smith mit der ganzen Sache zu tun?«

»Wer ist John Smith?«, fragte Ranja.

Okay, ich hatte ihn beauftragt.

»Nicht so wichtig«, winkte ich ab. »Also, meine Aufgabe hier ist es ein Tor zu zerstören, durch das die Palets auf die Erde gelangen können«, stellte ich fest.

»Ja«, bestätigte Ranja mir mit einem Nicken. »Denn sonst werden die Palets dich gefangen nehmen und versuchen die Erde zu erobern.«

Das durfte nicht geschehen, also musste ich sie irgendwie aufhalten.

»Verfügt ihr nicht auch über ein Basrato, mit dem ihr zur Erde reisen könnt?«, fragte ich.

»Ja, wir haben auch ein Basrato entwickelt«, nickte sie, »jedoch sind wir noch lange nicht soweit wie die Palets und ...«

»Okay«, unterbrach ich schnell, weil mir eine sehr wichtige Frage auf den Lippen lag. »Also, ich bin ja durch ein explodierendes Basrato zur Erde gelangt. Wie war das möglich?«

»Diese Frage haben wir uns auch gestellt. Dass du auf der Erde gelandet bist, war reiner Zufall. Zu dieser Zeit hatten die Palets noch kein mobiles Empfangsgerät zur Erde gesandt. Also, wie das technisch funktioniert hatte, wissen wir noch nicht.«

»Okay«, sagte ich. »Wer ist dieser Horyet?«, kam es mir in den Sinn. Ich erzählte kurz etwas über den mysteriösen Typen, der mich schon die ganze Zeit verfolgte und versuchte mich zu töten.

»Die Palets haben einen Kopfgeldjäger mit einem kleinen Raumschiff zusammen durch ein instabiles Basrato geschickt, und er ist tatsächlich lebend auf der Erde gelandet. Er versucht dich zu fangen, um dich an die Palets auszuliefern.«

»Zu fangen?«, stutzte ich. »Mir kommt es so vor, als
ob er mich töten will.«

Okay, ich wollte keine Fragen mehr über Horyet
stellen, sondern mehr über diesen Kommunikator und
die anderen technischen Geräte erfahren.

Nun erfuhr ich, dass nicht die silbrige Kugel sondern das dicke Muttermal in meinem Nacken das
Kommunikationsmodul war.

»Er ist direkt mit deinem Kortex verbunden«, erfuhr
ich von Ranja, und sie ergänzte: »Jeder Elitesoldat besitzt so einen Kommunikator.«

Es war zum Kotzen. Hätte ich nicht einfach ein irdi-
scher Spion sein können? Von mir aus auch ein Mafio-
so – egal. Oder ein berühmter Schriftsteller, der bei einem starken Seegang über Bord gegangen war, an
Land gespült wurde und dadurch sein Gedächtnis
verloren hatte. Nein, all das war ich nicht, sondern ich
musste ja unbedingt so ein außerirdischer Elitesoldat
sein, an dessen Kortex so ein teuflisches Kommunika-
tionsgerät haftete, mit dem man überall gefunden
werden …

»Moment«, stutzte ich plötzlich. »Könnte es sein,
dass dieser Horyet die Möglichkeit hat, mich über dieses Kommunikationsmodul zu orten oder mit mir
über dieses Modul in Kontakt zu treten?« Ich erzählte,
wie Horyet mir am See in London, der in der Nähe
meiner Firma lag, begegnet war. Dann tauchte er wieder auf dem Flug nach München auf. Schließlich
kämpfte ich gegen ihn auf der Herrentoilette am Flug-
hafen und in Gillers Büro. Horyet konnte mich sogar
in eine Art Traumwelt zerren, die für uns beide dann
zur Realität wurde.

»Wie kann ich dieses Kommunikationsding ausschalten?«, fragte ich schnell.

Ranja erklärte mir kurz, wie ich das Kommunikationsmodul mit der silbrigen Kugel aus- und wieder anschalten konnte.

Es war total verrückt. Was würde Jennifer sagen, wenn sie all diese Neuigkeiten von mir erfuhr?

Ranja erklärte mir, wie das Larat funktionierte. Dann kamen wir auf das technische Gerät zu sprechen, das ich in einem quadratischen Behälter aus Leder aufbewahrte. Ich erfuhr, dass dieses Gerät Delektron hieß und man mit ihm Raum- und Zeitverschiebung messen und unter anderem auch ein Basrato aufspüren konnte. Für mich sah das Ding immer noch wie ein misslungenes – etwas zu dick geratenes – Tablet aus.

»Warum wollen die Palets das Basrato unbedingt in München öffnen?«, fragte ich nach. »Sie haben es doch zuerst in London probiert.«

»Die ersten Versuche sind fehlgeschlagen«, sagte Ranja und erklärte: »Die Palets haben ihr neu entwickeltes Basrato in Betrieb genommen, dazu wird ein mobiles Empfangsgerät benötigt. Wir haben erfahren, dass die Empfangsgeräte in London, nachdem sie durch das Wurmloch geschickt wurden, alle defekt waren. Bei einem erneuten Versuch ist es den Palets gelungen, ein weiteres Empfangsgerät durch das Wurmloch zur Erde zu schicken. Doch statt in London ist es irgendwo in München gelandet.«

Alles mögliche ging mir durch den Kopf, als ich die seltsamen Geschehnisse überdachte.

»Warum braucht man überhaupt ein Basrato?«, fragte ich. »Warum fliegen die Palets nicht direkt mit ihren Raumschiffen durch das Wurmloch zur Erde?« Also, ich nahm an, dass eine so weit entwickelte Rasse über Raumschiffe verfügte.

Ranja schüttelte den Kopf. »Das ist technisch nicht machbar.«

»Warum?«

»Nur kleine Gegenstände oder Lebewesen können bis jetzt sicher durch ein Basrato transportiert werden. Nun ja, die Palets haben das Basrato weiterentwickelt, und es wird ihnen vielleicht bald möglich sein, auch größere Dinge durch ein Basrato zu transportieren.«

Es blitzte wieder vor meinen Augen.

»Die Verbindung bricht gleich zusammen«, sagte Ranja.

»Ich habe doch noch so viele Fragen«, stöhnte ich auf. »Wie komme ich an diesen See?«

»Durch den Kommunikator können nicht nur Stimmen, sondern auch Bilder übertragen werden.«

»Es fühlt sich total echt an.«

»Ja, das tut es«, nickte Ranja.

Lange hatte ich gerätselt, woher die ständigen Kopfschmerzen und das Brummen in meinem Kopf kamen. Nun vermutete ich, das dieser Kommunikator dafür verantwortlich war.

»Wie benutze ich das Delektron?«, fragte ich und ärgerte mich, dass mir diese wichtige Frage erst jetzt in den Sinn kam.

»Zuerst musst du nachsehen, ob es noch genügend Energie besitzt«, sagte sie, »dann musst du ...«

Ihr Körper flackerte im Licht, dann löste er sich auf.

»Bis bald, mein Bruder«, sagte Ranja.

»Bis bald, Ranja«, sagte ich und konnte mich noch nicht daran gewöhnen, dass ich eine Schwester hatte.

Es gab einen hellen Blitz, der mich blendete. Als ich wieder sehen konnte, saß ich im Sessel.

Hatte ich das eben wirklich erlebt? Ich fasste an

meinen Nacken. Das dicke Muttermal juckte wieder.

Okay, Bill, nur nicht die Nerven verlieren, sagte ich mir vor. *Dir kann nichts passieren. Schließlich bist du ein Elitesoldat.*

Ich nahm die Kugel, legte sie auf meinen Schoß und berührte sie nur mit Zeigefinger und Daumen. Nach einigen Sekunden änderte sich die silbrige Fläche, sie wurde bronzefarben.

Ich legte sie auf das Muttermal in meinem Nacken und dachte ganz fest an: **Kommunikator aus**. Die Kugel summte kurz. Dann nahm ich sie vom Nacken. Kurze Zeit später war sie wieder silbrig.

War es das schon? Eine Veränderung spürte ich nicht. Doch dann verschwand langsam das Brummen in meinem Kopf.

Ich atmete erleichtert auf. Für Horyet würde es von nun an schwieriger sein, mich ausfindig zu machen. Und seine absurden Spielchen, in denen er mich in eine Irrealität entführte, konnte er ein für allemal vergessen.

Ich hoffte, dass ich diese Nacht besser schlafen würde und morgen eine Dusche ohne Zwischenfälle nehmen konnte.

Gute Nacht, Bill, dachte ich und ging schlafen.

John Smith meldet sich

7 Als ich das Hotelzimmer um kurz vor halb neun verließ, fühlte ich mich trotz der kurzen Nacht extrem ausgeruht. Ich jubelte im Stillen und genoss diesen Augenblick. Endlich hatte ich durchgeschlafen und keinen Alptraum mehr gehabt. Auch von Horyet war ich verschont geblieben.

Ich war auf dem Weg ins Hotelrestaurant und wollte mich dort mit Jennifer zum Frühstück treffen. Meine Laptoptasche trug ich in der rechten Hand. Auf dem Zimmer lassen wollte ich sie nicht. Ich hatte viele Neuigkeiten zu erzählen und war gespannt, wie Jennifer darauf reagieren würde.

Jennifer hatte sich schon einen Tisch ausgesucht und wartete auf mich. Ich warf im Vorbeigehen einen freudigen Blick auf das reichhaltige Buffet.

»Guten Morgen, Jennifer.«

»Guten Morgen«, lächelte sie.

»Das Essen sieht gut aus.«

»Ja«, nickte sie. »Habe mir schon eine Tasse Kaffee und ein Brötchen geholt.«

»Dann werde ich auch mal ...«

»Okay«, sagte sie.

Ich ließ meine Laptoptasche bei Jennifer stehen und ging zum Buffet. Wo sollte ich hier bloß anfangen? Ein Angestellter kam auf mich zu, und ich konnte bei ihm frisch gemachte Eierspeisen bestellen. Ich entschied mich für zwei Spiegeleier. Dann nahm ich einen Teller und schritt das Buffet entlang. Ich nahm mir zwei Brötchen, Käse, Wurst und Honig. Dann griff ich nach zwei kleinen Tomaten und nahm mir ein paar Scheiben Gurken. Zum Schluss bereitete ich mir eine frische Tasse Kaffee am Kaffeeautomaten zu.

Freudig nahm ich Jennifer gegenüber Platz. Der Kellner brachte die Spiegeleier.

»Guten Appetit!«, wünschte Jennifer mir und trank einen Schluck Kaffee.

»Danke.«

Ich fing mit den Spiegeleiern an.

»Die sind verdammt gut«, schwärmte ich. »Willst du probieren?«

»Ich bestelle mir gleich auch eins.«

»Hast du gut geschlafen?«, fragte Jennifer.

»Wie ein Bär«, nickte ich.

»Und du?«, fragte ich nach.

»Bestens«, nickte sie mir zu.

»Sollen wir uns gleich die Kugel ansehen?«, fragte Jennifer interessiert und winkte dem Kellner zu, bei dem sie sich ein Spiegelei bestellte.

»Alle Geheimnisse schon gelöst«, sagte ich.

Jennifer runzelte die Stirn.

»Wie das?«, fragte sie.

»Du wirst staunen.«

»Schieß los!«

»Hast eine schöne Bluse an«, sagte ich.

Sie beugte sich leicht vor.

»Lenk nicht ab.«

»Okay.«

Die Spiegeleier hatte ich aufgegessen und bereitete mir ein Brötchen mit Wurst und Käse zu.

»Ich hole mir schnell noch eine Tasse Kaffee«, sagte ich. »Soll ich dir eine Tasse mitbringen?«

»Gerne.«

Ich sah, wie der Kellner ein Spiegelei an unseren Tisch brachte. Jennifer bedankte sich und fing an zu essen.

»Andor«, sagte ich nachdenklich, als ich zurückkam und Jennifer die Tasse Kaffee überreichte. »Das ist mein richtiger Name.«

»Ja«, flüstere sie und sah mich erstaunt an.

Ich erzählte ihr von meinem außergewöhnlichen Erlebnis gestern Abend. Jennifer erfuhr von mir, dass ich eine Schwester namens Ranja hatte.

»Ah ...«, sagte sie nur.

Als ich sagte, dass ich von einem anderen Planeten kommen würde, nahm sie das gelassen auf.

»Dann bist du kein Mensch?«, fragte sie lediglich.

»Äh ... nein.«

Ich erzählte ihr von dem Krieg, dem Basrato und etwas über diesen Horyet.

»Ein außerirdischer Kopfgeldjäger«, flüsterte sie.

Ich nickte ihr leicht zu. Dann sprach ich über die technischen Geräte, und sie hörte mir weiterhin aufmerksam zu.

»Willst du noch einen Kaffee?«, fragte ich.

»Gerne«, antwortete sie, und ich holte zwei Tassen frischen Kaffee und überlegte dabei, ob so viel Kaffee nicht Herzrasen verursachen würde.

»Was machen wir nun? Hast du einen Plan?«, fragte Jennifer, als ich ihr die Tasse Kaffee überreichte.

Das war eine gute Frage. Was sollte ich darauf antworten? Einen Plan hatte ich mir nämlich noch nicht zurechtgelegt.

»Tja ... also, ich ...«, stotterte ich leicht, »... weiß

nicht.«

»Du musst also dieses Basrato hier in München finden«, sagte Jennifer. »Und dazu brauchst du das Delektron.«

»Ja.«

»Und dann? Wie willst du es zerstören?«

»Na ja, danach wollte ich Ranja fragen«, erzählte ich
aufgebracht, »doch dann brach die Verbindung zwischen uns ab.«

»Das ist blöd«, bemerkte sie.

»Ja«, nickte ich. »Ich weiß nur, dass ich nachsehen
muss, ob dieses Delektron genügend Energie besitzt.«

»Und wie?«

»Das weiß ich auch nicht.«

Es war Jennifer anzusehen, dass sie mit meinen
Antworten unzufrieden war.

»Sollen wir München besichtigen?«, fragte ich.

»Du willst jetzt eine Besichtigungstour durch München machen?«, fragte sie verstört.

»Ja«, antwortete ich fest entschlossen. »Warum denn
nicht? Im Augenblick weiß ich nicht, was wir sonst
tun können.«

Jennifer überlegte, während ich genüsslich in das
Brötchen biss und Kaffee trank.

»Okay«, nickte sie mir zu. »Ich habe im Hotel ein
Prospekt über München gelesen«, sagte sie schließlich.

Plötzlich schwärmte sie mir von der Residenz und
deren Schatzkammer vor. Auch das Cuvilliés Theater
und den Münchner Hofgarten würde sie gerne besuchen und natürlich auch den Englischen Garten. Die
Feldherrnhalle stand natürlich auch auf ihrem Programm.

Da hatte sie sich einiges vorgenommen. Zum Glück
hatte ich noch legere Kleidung im Gepäck, damit wür-

de die Tour angenehmer sein als mit einem Anzug. Endlich kam ich wieder zu Wort.

»Ich gehe noch mal aufs Zimmer und ziehe mir eine Jeans und ein Hemd an«, sagte ich. »Dann können wir losgehen.«

»Ich werde mir auch etwas anders anziehen.«

»Womit willst du denn anfangen?«

»Ich würde gerne mit der Residenz beginnen.«

»Okay.«

»Super.«

»Gehen wir?«, fragte ich.

»Ja«, nickte sie und trank ihren Kaffee aus.

Mein Handy klingelte. Ich holte es rasch hervor und dachte es wäre Rossellini, aber auf dem Display stand John Smith.

»Oh ...«, wandte ich mich an Jennifer »... das ist John Smith, der Privatdetektiv!«

»Hallo, Mr. Smith«, meldete ich mich und war gespannt, was er mir zu berichten hatte.

»Prima«, staunte ich.

John Smith berichtete mir, dass er einen Kontakt beim Polizeilabor genutzt hatte, um den Brief zu bearbeiten. Als Smith die Polizei erwähnt hatte, erschrak ich. Das Papier wurde mit irgendwelchen Chemikalien behandelt, und ein technisches Gerät kam zum Einsatz. Ganz genau konnte Smith mir die Arbeit des Laboranten nicht erklären, aber das war mir auch egal. Mir reichte das Resultat völlig aus.

»Wie vertrauenswürdig ist denn ihr Kontakt?«, fragte ich ihn direkt.

»Keine Sorge, Mr. Clayton«, beruhigte Smith mich und ergänzte: »Ich kenne Tom schon eine Ewigkeit. Er hat den Brief bearbeitet, aber den Inhalt nicht gelesen.«

»Hm.«

»Ich war die ganze Zeit über bei ihm«, versicherte Smith mir nachdrücklich.

»Okay.«

»Was machen wir?«, fragte ich. »Sie können mir den Brief ja vorlesen«, sagte ich, denn ich war überzeugt, dass Smith ihn ja bereits kannte.

»Dann wüsste ich, was drin steht.«

»Sie haben ihn nicht gelesen?«

Ein unangenehmes Schweigen trat zwischen uns ein. Hatte ich etwas Falsches gesagt?

»Entschuldigen Sie, Mr. Smith. Ich wollte Sie keineswegs beleidigen.«

»Ist schon gut.«

Seine Stimme klang ein wenig enttäuscht ... zornig. So genau konnte ich das nicht ausmachen.

»Soll ich Ihnen den Brief mailen?«

»Das ist eine gute Idee.«

Ich wollte eh auf mein Zimmer gehen und mich umziehen, dann konnte ich auch gleich meine E-Mails abrufen.

»Schicken Sie mir die Rechnung mit«, schlug ich vor.

»Das hat Zeit.«

»Ich überweise Ihnen den Betrag dann sofort«, sagte ich.

»Wenn Sie es wollen.«

»Ja.«

»Okay.«

Als ich mich von Smith freundlich verabschiedet hatte, berichtete ich Jennifer von dem Gesprächsinhalt. Dann verließen wir das Restaurant und fuhren mit dem Aufzug nach oben.

»Bis gleich«, sagte Jennifer fröhlich, als sie die Tür

zu ihrem Zimmer öffnete. »Soll ich dich in zwanzig Minuten abholen?«, fragte sie.

»Mal überlegen«, antwortete ich. »Ich muss mich umziehen, die E-Mails abrufen. Dann will ich noch die Rechnung von Smith überweisen. Den Brief können wir uns ja zusammen ansehen … Okay, haut hin«, verabschiedete ich mich mit einem kleinen Lächeln.

Klar, da blieb mir nicht viel Zeit, ging es mir durch den Kopf, als ich die Zimmertür hinter mir schloss. Während ich mich umzog, fuhr mein Laptop hoch. Die E-Mails hatte ich schnell abgerufen. Auf Smith war verlass, denn seine beiden Nachrichten waren schon eingetroffen. Ich öffnete zuerst die E-Mail mit der Rechnung und überwies den Betrag. Es klopfte an der Tür.

»Einen Moment bitte!«, rief ich und meldete mich schnell beim Onlinebanking ab.

»Ich bin es«, hörte ich Jennifers Stimme.

Flink öffnete ich die Tür.

»Entschuldigung«, empfing ich Jennifer mit einem kleinen Lächeln. »Habe gerade Smith die Rechnung überwiesen.«

»Ist okay.«

»Sollen wir uns den Brief ansehen?«, fragte ich.

»Ja.«

Das Laptop stand auf dem Schreibtisch. Leider gab es nur einen Stuhl.

»Setz dich!«, sagte ich.

»Und du?«

»Ich nehme das hier«, grinste ich und rückte mir die gepolsterte Fußbank zurecht.

»Ich hoffe, du hast alles im Blick?«, sagte sie.

»Ähm.« Was wollte sie denn damit andeuten? »Tja, also …«

»Zeig schon her!«, forderte sie mich auf.

Ich atmete tief ein und öffnete das PDF-Dokument in der zweiten E-Mail von John Smith und zitterte leicht vor Aufregung, als der Brief sichtbar wurde.

»Soll ich laut vorlesen?«, fragte ich.

»Brauchst du nicht.«

»Okay.«

Hey, du alter Haudegen,

Also, ich schreibe mir diesen Brief, weil ich Langeweile habe – natürlich nicht.

Also, ich schreibe ihn für den Fall, dass du den Koffer nicht persönlich bei Smith abgeholt hast, sondern dass sich Smith bei dir gemeldet hat, um ihn dir zu geben. Das geschieht dann, wenn sich die silberne Kugel aktiviert hat und einen Ton aussendet.

Na ja, falls du das hier nicht verstehen solltest, dann hast du vermutlich dein Gedächtnis verloren. Wie das? Der Feind könnte dich gefunden und mit einem Desulator beschossen haben. Okay, wenn das passiert ist, dann funktioniert vermutlich auch dein Kommunikationsmodul nicht richtig. Aus diesem Grund wird dein Volk die silberne Kugel aktiviert haben, um auf diesem Weg Kontakt mit dir aufzunehmen.

Gut, dass alles in einem kurzen Brief zu erklären ist schwierig, deswegen enthält die silberne Kugel alle Informationen, die du benötigst. Also, du musst die Kugel mit deinem Kommunikationsmodul aktivieren, dass sich in deinem Nacken befindet und direkt mit deinem Kortex verbunden ist. Im folgenden findest du eine kleine Anleitung:

Berühre die Kugel nur mit Zeigefinger und Daumen, dann wird sie bronzefarben. Dann lege sie auf das Kommunikationsmodul in deinem Nacken, schließe die

*Augen und denke: **Informationen Andor abspielen**. Tja, das war es, und schon erfährst du alles über dich in Bild und Ton.*

Falls es nicht funktioniert, denke: **Kommunikationsmodul in Stand setzten.** *So, jetzt wollen wir hoffen, dass das Ding nicht völlig zerstört ist.*

Hier noch ein paar wichtige Informationen für den Notfall:

Du musst unbedingt zur Royal Bank of Scotland fahren und dir Zugang zu deinem Schließfach verschaffen. In ihm findest du ein Medaillon. Es ist sehr wichtig, denn es besitzt Informationen, mit dem der Krieg beendet werden kann. Falls du dich jetzt fragst, warum du dieses Medaillon in einer Bank deponiert hast. Na, ist doch klar, du wolltest es vor dem Feind in Sicherheit bringen.

Und das Larat hast du dem Privatdetektiv John Smith gegeben, weil du diese Waffe nicht zu Hause aufbewahren wolltest.

Also, im folgenden findest du die Bankadresse und die Codes:

The Royal Bank of Scotland, 135 Bishopsgate, London EC2M 3TP, Andor, 2842

Andor Largo

Ich wusste nicht, was ich erwartet hatte, aber hier stand es nun noch einmal schwarz auf weiß, von mir persönlich geschrieben: Mein Name war Andor, und ich war sehr wahrscheinlich ein Außerirdischer. Vielleicht hatte ich gehofft, dass ich etwas anderes über mich erfahren würde. Gerne hätte ich gelesen, dass ich kein Außerirdischer sondern ein Mensch wäre.

Sich jetzt weiter darüber Gedanken zu machen, fand ich nicht hilfreich, also nahm ich die Wahrheit an.

»Alles okay, Bill?«

»Ja«, nickte ich. »Eigentlich nicht«, gab ich zu.

»Dann sollten wir jetzt ein bisschen durch München spazieren gehen.« Jennifer sah mich frohgelaunt an, während mir der Inhalt des Briefes durch den Kopf ging. »Bringt dich vielleicht auf andere Gedanken.«

»Ich bin ein Soldat.«

»Na ja, ich meine ...«

»Alle meine Träume sind Erinnerungen an mein früheres Leben«, unterbrach ich Jennifer.

»Vermutlich sind sie das«, nickte Jennifer.

»Was soll ich denn jetzt tun?«, sprach ich sie an und fühlte mich irgendwie deprimiert.

»Komm schon!«, sagte sie scharf. »Du tust das, was du tun musst ...«

Ich blickte stumm in ihre Augen.

»... und das ist, dieses verflixte Tor ... zu finden und dann zu zerstören!«

»Also, ich weiß nicht ... «

»Du wirst doch wohl jetzt nicht deine Pläne aufgeben?«, schüttelte sie den Kopf und blickte mir für einen Moment schweigend in die Augen.

»Verdammt, Bill! Was hast du denn erwartet?«, sprach sie laut. »Hast du nach all dem, was du bis jetzt erlebt hast, denn wirklich gehofft, dass du erfahren würdest ...«, sie holte kurz Luft, »... dass du in deiner Vergangenheit ein normales, bürgerliches Leben geführt hattest?«

»Was?«

»Ich meine ... Was wolltest du denn erfahren?«

Wir sahen uns wieder schweigend an, dann fragte ich zögernd: »Macht es dir denn nichts aus, dass ich kein Mensch bin?«

»Jetzt hör mir mal zu!«, erwiderte Jennifer und blickte mich streng an. »Du bist Bill Clayton, mein

Freund, und ich halte auf jeden Fall zu dir – egal, ob du nun ein Mensch oder ein Largianer bist.«

»Largianer?«, stutzte ich und lächelte leicht.

Sie zuckte mit den Schultern und lächelte mich herzlich an.

»Danke«, sagte ich.

»Okay.«

»Sollen wir nun eine Stadtbesichtigung machen?«, fragte ich.

»Gerne.«

»Ich glaube, dass uns das ein wenig ablenken wird«, sagte ich.

»Ja«, stimmte sie mir zu.

Ich schaltete das Laptop aus und verstaute es in der Laptoptasche, dann verließen wir das Zimmer.

Vielleicht würde ein Fremder denken: *Ach, Bill Clayton, wie kannst du in so einer Situation so etwas machen? Du musst unbedingt das Basrato aufspüren und zerstören. Jaja, das muss ich wohl tun, aber im Augenblick steckten wir eh in einer Sackgasse.*

Da waren es nur noch drei

8 Dunkelheit – sie war für mich immer sehr bedrückend und auch beängstigend. Es war der Weg durch Raum und Zeit, dort wo die Gesetze der Physik nicht mehr galten.

»Der Tag hat mir sehr gut gefallen«, sagte Jennifer. »Und dir?«

»Ja, mir auch«, nickte ich ihr zu, obwohl uns eine ungewisse Zukunft erwartete, die mir große Sorgen bereitete.

Nachdem wir Jennifers lange Besichtigungsliste abgearbeitet hatten, wollten wir zum Ausklang des Tages noch einen Spaziergang durch den Englischen Garten unternehmen.

Mir ging gerade durch den Kopf, was Jennifer in der Feldherrnhalle zu mir gesagt hatte: *Um es zu schaffen, brauchst du Verbündete. Berger hat dir ein Angebot gemacht, du solltest es annehmen.*

Ja, vermutlich sollte ich das tun, dachte ich.

»Du bist so nachdenklich.«, sprach Jennifer mich an.

»Entschuldigung«, sagte ich und überlegte, was ich Jennifer fragen konnte, das nicht mit unserer Mission in München zu tun hatte. Da fiel mir ein, dass sie mir vor kurzem von Rom vorgeschwärmt hatte. »Du warst doch schon mal in Rom?«, fragte ich interessiert.

»Ja«, nickte Jennifer. »Vor zwei Jahren«, ergänzte

sie.

»Du hattest im Büro schon mal davon erzählt, aber Rossellini hatte uns unterbrochen«, sagte ich.

»Ja, stimmt«, nickte sie lächelnd. »Also, Rom hat mir sehr gut gefallen. Ich war zwar beruflich dort gewesen, habe aber viel von der Stadt zu sehen bekommen.« Dann erzählte Jennifer mir etwas über ihre Erlebnisse und Besichtigungen in Rom.

Rom hatte mich schon lange fasziniert, deswegen hörte ich ihr auch aufmerksam zu. Sie erzählte lebhaft, mit viel Gestik und Mimik, was mir durchaus gefiel.

»Ich habe auch viele Fotos in Rom gemacht«, sagte Jennifer. »Wenn du daran interessiert bist, können wir sie uns ja mal zusammen ansehen.«

»Ja, würde ich gerne«, sagte ich begeistert.

»Okay«, nickte sie.

»Willst du dir noch den Monopteros-Tempel ansehen?«, fragte ich, obwohl es schon 18:00 Uhr war und der Hunger mich quälte.

Wir hatten zwar schon so einiges von dem großen Park gesehen, aber ich war überzeugt, dass sich Jennifer für dieses Bauwerk sehr interessieren würde.

»Hast du denn Lust dafür?«

»Ja«, nickte ich.

»Du schummelst.«

»Nein«, schüttelte ich den Kopf. »Ja, gut, ich habe zwar Hunger, aber der Tempel würde mich schon noch interessieren.«

»Ja, gut«, lächelte sie mich zufrieden an.

»Englischer Garten?«, schüttelte ich den Kopf. »Hat nichts mit einem Garten zu tun, ist vielmehr eine riesige Parkanlage.«

»Ich habe gelesen, dass er 350 Hektar groß sein soll«, erzählte Jennifer.

»Wow«, staunte ich. »Hätte ich nicht gedacht.«

»Er wurde im 18. Jahrhundert angelegt«, erklärte sie.

»Ach ja«, sagte ich.

Wir gingen gemächlich einen Fußweg in Richtung Monopteros-Tempel entlang, der an einem Bach vorbeiführte.

»Gefällt es dir hier?«, fragte ich.

»Oh, ja!«

Dann erzählte sie mir, dass der Stadtrundgang ihr sehr gefallen hatte. Sie schwärmte vom Marienplatz und dem noch gut erhaltenen Rathaus, mit seinen unzähligen Türmchen. Natürlich war sie auch von der Frauenkirche sehr begeistert, die, wie sie mir erzählte, das architektonische Wahrzeichen Münchens bildete. Na ja, die Besichtigung der Kirche fand ich nicht so prickelnd – war mir einfach zu voll gewesen.

Sie blieb stehen, legte den Kopf in den Nacken und suchte in der Baumgruppe rechts von uns nach einem Eichhörnchen.

»Da ist es«, sagte sie fröhlich.

»Ja, ich sehe es auch.«

Wir gingen weiter in Richtung Monopteros-Tempel. Der Weg dorthin war länger als ich dachte. Hätte ich mir doch vorher bloß noch einen kleinen Snack geholt. Wir befanden uns auf einem Querweg und würden bald unser Ziel erreichen.

Was war das? Hatte ich gerade einen Blitz gesehen? Es wird doch jetzt nicht anfangen zu ... Ich sah zum wolkenlosen Himmel.

»Was hast du?«, fragte Jennifer.

»Nichts«, winkte ich ab. »Alles in Ordnung.«

Wieder nahm ich einen Blitz im rechten Waldstück wahr. Das war kein Zufall – niemals. Irgendetwas ging hier vor.

»Wie weit ist es denn noch?«, fragte ich ungeduldig.

»Also, falls du keine Lust mehr hast, können wir auch gerne gehen.«

»Das ist es nicht, aber ich habe da so ein komisches Gefühl«, sagte ich. »Hast du denn gerade keinen Blitz gesehen?«

»Meinst du das helle Leuchten da vorne?«, fragte sie und deutete auf das Waldstück rechts von uns.

»Ja«, sagte ich. »Was geht da vor?«

Das Leuchten erlosch. Jennifer zuckte nur mit den Schultern.

»Es ist wunderschön hier.« Jennifers Stimme klang begeistert, als wir den Monopteros-Tempel in der Ferne sahen. Es war keine große Tempelanlage – es war mehr ein Stück von einem großen Turmdach zu dem Stufen hinaufführten.

»Mir gefällt es auch hier«, sagte ich schließlich.

Zwei Frauen liefen kreischend die Treppe hinunter. Sie kamen in unsere Richtung gelaufen.

»Ob es hier einen Tempelgeist gibt?«, grinste ich Jennifer an.

»Oh!«

»Was ist?«, fragte Jennifer und blinzelte mir zu.

»Da«, sagte ich nur und deutete schnell in Richtung Tempel. »Verdammt!«

Jennifer blieb das Wort im Hals stecken, als vier Kreaturen links neben dem Tempel auftauchten, die aussahen wie Dämonen aus der Hölle. Solche Gestalten waren mir schon oft in meinen Träumen begegnet. Ich erinnerte mich auch an die Katastrophe im Verlag und daran, dass solch eine Kreatur Tricia in den Spiegel im Aufzug hineinziehen wollte.

Für mich bestand kein Zweifel mehr, das waren

meine größten Feinde, die Palets.

»Die sehen ja verdammt Scheiße aus«, sprach ich Jennifer an, die wohl immer noch unter Schock stand. »Komm wieder zu dir«, sagte ich laut.

»Jaja, schon gut«, gab sie mir zu verstehen. »Wie sind die denn hierher gekommen?«

»Vermutlich durch ein Basrato«, sagte ich. »Das grelle Blitzen von eben, es könnte eines gewesen sein.«

»Hoffentlich kommen nicht noch mehr.«

»Unwahrscheinlich.«

»Warum?«, stutzte sie.

»Ich nehme an, dass dieses Basrato noch nicht einwandfrei funktioniert, sonst wären wahrscheinlich mehr von diesen Kreaturen hier.«

Ich nahm das Larat aus der Laptoptasche.

»Was hast du vor?«, fragte Jennifer besorgt.

Ich brauchte ihr keine Antwort zu geben, denn sie sagte kurz darauf: »Ich nehme dir die Tasche ab.«

»Danke.«

»Sei bloß vorsichtig, Bill«, ermahnte sie mich eindringlich. »Das sind kampferfahrene Soldaten.«

»Ich werde schon aufpassen.«

Was sollte ich ihr auch sonst sagen?

Hipphipphurra, ich stürze mich in einen aussichtslosen Kampf.

Wenn ich einen offenen Kampf mit den vier Palets riskieren würde, würden Jennifer und ich nicht lange überleben. Also, musste ich mir schleunigst eine Strategie überlegen.

Meine Feinde trugen schwarze Kampfanzüge. Jeder Palet trug ein noch deaktiviertes Larat in der rechten Hand. Die dünnen, langen Finger fielen mir sofort ins Auge. Sie kamen nicht auf uns zu, sondern gingen in südlicher Richtung über die Wiese. Dass sie nicht von der Erde waren, sah man auch an ihrer hellgrünen, schuppenartigen Haut.

»Kannst du Berger anrufen und ihm sagen, was hier los ist?«

»Natürlich.«

»Mist«, fluchte ich, als meine Feinde losliefen.

Ich nahm die Verfolgung auf. Warum konnten sie nicht einfach hierbleiben? Nicht auszudenken, welchen Schaden die Palets in der Innenstadt anrichten könnten. Na ja, es war noch ein weiter Weg bis zur Straße, vielleicht gelang es mir ja doch, sie vorher aufzuhalten.

Der Abend hätte einen so schönen Ausklang finden können, doch nun zeichnete sich eine Katastrophe ab. Ich fluchte – nicht etwa, weil mir die Puste ausging, sondern weil eine ältere Frau auf der Flucht vor den Palets über ihre eigenen Füße stolperte und hinfiel.

Ich blieb kurz stehen, wandte mich Jennifer zu und sah, wie sie das Handy an ihr Ohr hielt. Vermutlich telefonierte sie gerade mit Berger. Dann wandte ich mich wieder den Palets zu. Der Frau konnte ich nicht helfen, sie war für mich in unerreichbarer Entfernung. Der erste Palet erreichte sie, und ich befürchtete das Schlimmste, doch er lief einfach an ihr vorbei. Seine drei Kampfgefährten folgten ihm, ohne die Frau zu beachten.

Nachdem ich tief Luft geholt hatte, folgte ich ihnen wieder. Die Frau stand auf, und noch bevor ich sie erreichen konnte, war sie in östlicher Richtung verschwunden.

Scheiße. Was macht denn dieser Idiot da? Hau ab! Verflucht!, dachte ich.

Ich war noch zu weit entfernt und konnte nicht hören, was der Mann den Palets zurief. Der Mann stand genau in der Laufrichtung der Palets und ballte die Fäuste. Der Anführer der Palets blieb lässig stehen, kurz bevor er den Mann erreicht hatte. Seine drei Kampfgefährten stoppten hinter ihm.

Der muskelbepackte Mann zischte den Palets wütende Drohungen entgegen. Er hatte zwar Muskeln wie ein Bodybuilder, aber ich bezweifelte, dass ihm das helfen würde. Ein bärtiger Mann kam hinzu und grüßte den Muskelprotz. Die beiden schienen sich zu kennen. Vermutlich waren sie im gleichen Verein.

Auf einmal trat der kräftige Anführer der Palets einen Schritt vor. Der Muskelprotz ging auf ihn zu, während der Bärtige abwartete. Das würde nicht gut ausgehen.

»Haut ab!«, rief ich ihnen zu. *Ob das eine gute Idee von mir war?*

Ein Palet wandte sich mir zu und sagte etwas zu seinem Gefährten. Daraufhin wandten sich alle drei in meine Richtung. Ich rechnete damit, dass sie mir entgegentraten. Drei kampferprobte Krieger gegen mich. Wie würde der Kampf ausgehen? Doch dann beachteten sie mich nicht mehr und wandten sich ihrem Anführer zu, der gerade etwas in seiner Sprache zu dem Muskelprotz gesagt hatte.

Dann fiel mir das verdutzte Gesicht des Muskelprotzes auf, und ich erschrak, als ich sah, dass der Anführer sein Larat aktiviert hatte und blitzschnell vortrat und dem Mann den rechten Brustkorb durchbohrte. Als der Anführer das Larat deaktivierte, fiel der Muskelprotz seitwärts zu Boden.

Sein Kumpel floh in östlicher Richtung. Was sollte er auch sonst tun? Er hätte keine Chance gehabt. Der Anführer sagte etwas zu seinen Gefährten, und zwei von ihnen folgten dem Bärtigen.

Der Anführer ging zielstrebig weiter in Richtung Süden. Der andere Kampfgefährte wandte sich mir zu.

Wir blieben nicht ganz unbeobachtet, denn andere Parkbesucher waren in der Nähe. Mist, mit Sicherheit würden einige von ihnen mit dem Smartphone Aufzeichnungen machen und in irgendwelchen sozialen Netzwerken einstellen. Dieser Scheiß moderne Kram konnte mir zum Verhängnis werden.

Okay, an einem Kampf kam ich nicht vorbei. Ich sah, dass der Anführer weiterhin in südlicher Richtung unterwegs war und zum Spurt ansetzte. Die beiden anderen Palets verfolgten den Bärtigen, der weiterhin in östlicher Richtung floh. Hoffentlich schaffte er es. Ich fragte mich, warum diese Palets unbedingt den Bärtigen erwischen wollten. Vielleicht, weil er sich ihnen in den Weg gestellt hatte?

Der Palet, der sich mir zugewandt hatte, stand mir nun direkt gegenüber. Aus seinem kahlköpfigen Gesicht stachen grüne Augen mit einer schwarzen Pupille hervor. Er sagte etwas zu mir, das ich aber nicht verstand. Mein Feind aktivierte sein Larat, und ich tat es ihm nach. Ich grinste über seinen verwunderten Blick, doch bevor er eine Warnung an seinen Anführer geben konnte, attackierte ich ihn mit dem Larat. Mein Gegner bewegte sich schnell, doch irgendwie schaffte ich es, ihn in Schach zu halten.

Ich hob mein Larat und wehrte einen Schlag ab.

»Hör mal, Paletblödie«, sprach ich ihn wütend an, »das hier wird dein letzter Kampf sein.«

Irgendetwas wollte ich sagen, obwohl mir bewusst war, dass dieser Armleuchter mich nicht verstand.

Mein Gegner attackierte mich heftig. Ich musste mich anstrengen, um am Leben zu bleiben. Das gelang mir bis jetzt auch gut, und dabei war ich über meine

Kampftechnik erstaunt. Jede Abwehr und Attacke von mir, kam mir so vertraut vor, dass ich überlegte, ob ich nicht doch ein Elitesoldat war.

Der Palet stach zu und verfehlte mich haarscharf. Blitzschnell drehte ich mich um meine eigene Achse und ... Scheibenkleister. Scheinbar hatte ich mein Larat zu hoch gehalten und meinen Gegner verfehlt. Von wegen Elitesoldat. Ich hatte eben wohl eher einen Schutzengel gehabt. Nun rechnete ich damit, dass er mir einen tödlichen Stoß versetzen würde, doch dann fiel ihm der Kopf von den Schultern. Sekunden später lag sein Körper auf dem Boden.

Im Nachhinein wunderte ich mich, dass ich beim Durchtrennen des Halses keinerlei Widerstand wahrgenommen hatte.

Ich gab Jennifer ein Zeichen und hoffte, dass sie es verstehen und Berger berichten würde, was hier vorgefallen war. Dann deaktivierte ich mein Larat und jagte dem Anführer hinterher.

Zu meiner Erleichterung sah ich, dass die beiden Palets die Verfolgung des Bärtigen abgebrochen hatten und wieder ihrem Anführer folgten.

Das Leben geht zu Ende

9 Ich wünschte, irgendwer hätte mich gewarnt, dass ich heute vielleicht sterben könnte. *He, hör mal Bill, heute ist dein letzter Tag auf Erden, genieße ihn.*

Und auf meinem Grabstein würde dann stehen: *Hier ruht Bill Clayton. Er starb eines sanften Todes – aufgeschlitzt von einem Lichtschwert.*

Mist! Meine negative Einstellung muss sich ändern. Ich kann mit diesem Larat umgehen, das habe ich ja bewiesen. Also, bin ich ein ernstzunehmender Gegner für diese Palets. Ja, ihr Scheißkerle, wenn es nötig ist und ich nur so die Erde und meine Heimatwelt retten kann, dann schlage ich jedem Einzelnen von euch den verdammten Schädel ab.

Mein Herz raste, und ich hechelte wie ein Hund im Sommer. *Wenn ich das hier überlebe,* dachte ich, *werde ich regelmäßig joggen.* Es hatte keinen Zweck, ich war völlig außer Puste und blieb stehen. Eine kurze Verschnaufpause konnte mir nicht schaden. Ich sah, wie auch die Palets abrupt stehen blieben.

Nein, nicht schon wieder. Wo kommen nur all diese Idioten her?

Fünf schwarz gekleidete Männer traten den Palets entgegen. Der Kleinste von ihnen trat aus der Menge heraus. Soweit ich das erkennen konnte, hatte er eine Bierflasche in der Hand und fuchtelte damit herum.

Noch waren ein paar Meter Luft zwischen ihm und den Palets.

Ich ging weiter. Was der kleine Mann zu den Palets sagte, konnte ich nicht hören, aber ich vermutete, dass es keine freundlichen Worte waren.

Wollten diese Typen etwa die Palets aufmischen? Bloß das nicht! Sie würden die Hucke vollkriegen.

Ich vermutete, dass die fünf jungen Männer Punks waren, da ihre Klamotten Risse und große Löcher hatten. Ihre Haarfarbe war unterschiedlich grell, und sie trugen Metallketten um ihren Hals.

Der Anführer der Palets trat wieder einen Schritt vor. Langsam kam ich in Hörweite. Noch hatten sie mich nicht bemerkt. Ich überlegte, ob ich jetzt schon die Aufmerksamkeit auf mich lenken sollte.

»Du Schießbudenfigur«, beschimpfte der kleine Punk, der wohl der Anführer der Gruppe zu sein schien, den Palet. »Wohl zu viel Krieg der Sterne gesehen, was?«, lachte er fies.

Ich bezweifelte stark, dass der Palet damit etwas anfangen konnte. Den fünf jungen Männern war überhaupt nicht bewusst, dass sie in Todesgefahr schwebten.

Der Anführer der Punks lachte abermals fies. Seine vier Freunde standen etwa drei Meter hinter ihm, lachten laut und tranken an ihren Bierflaschen.

»Gib uns ein paar Euros«, fuhr der Punk den Palet an. »Los, mach schon!«, sagte er. »Sonst kriegst du eins auf's Maul«, drohte er mit der Faust.

Eine unbehagliche Stille trat ein, die mir irgendwie Angst machte. Die Palets bewegten sich keinen Millimeter. Der Punk trank einen Schluck aus seiner Bierflasche.

»Leer«, fluchte er und warf sie nach dem Anführer

der Palets, der geschickt auswich. Die Flasche flog an ihm und mir vorbei und landete einige Meter hinter mir.

Du kleiner Arsch, dachte ich und befürchtete, dass die Typen nun handgreiflich werden würden.

Der Punk wandte sich seinen vier Kumpels zu und fragte: »Sollen wir die Typen aufmischen?«

»Jo«, grölten sie wie im Chor.

»Haut hier ab!«, rief ich den Jungs zu.

Die Blicke der Palets trafen mich. Ihr Anführer knurrte mich zornig an. Er vermutete bestimmt, dass seinem Kampfgefährten etwas zugestoßen sein musste, denn sonst wäre ich ja nicht hier.

»Halt dich da raus, du oller Sack«, schrie der Anführer der Punks mich an.

Ich sah, wie der Anführer der Palets mit dem deaktivierten Larat ein Zeichen gab. Kurz darauf bewegte sich einer seiner beiden Kampfgefährten auf mich zu. Ich wusste, was das bedeutete, die kleine Rockerbande jedoch nicht – ein Kampf auf Leben und Tod stand bevor.

»Pass auf«, rief ich dem Anführer der Punks zu.

»Los Jungs! Macht sie fertig! Und nehmt ihnen die Kohle ab!«, befahl der Anführer der Punks seinen Kameraden.

Hat der Anführer etwa Angst? Große Klappe und nichts dahinter, dachte ich und wollte gerade mein Larat aktivieren, als ich erschrak. Mein Gegner stand schon vor mir.

Ich sah, wie ein Punk ein Messer zog, während die anderen Punks mit ihren Bierflaschen auf die beiden Palets zugingen. Glaubten diese Idioten etwa, damit könnten sie den Palets Angst machen?

Ich kam gerade noch dazu, mich wegzuducken,

aber ich konnte dem Faustschlag meines Gegners nicht ganz entgehen, und er streifte meine Haare. Glück gehabt? Denkste! Der nächste Schlag schickte mich zu Boden.

Ich wälzte mich herum und sprang benommen auf die Beine. Als ich einen kurzen Blick zu den Punks warf, sah ich, wie einer von ihnen mit blutendem Gesicht laut aufschrie.

»Ich mach dich fertig«, drohte er dem Palet, der ihm das wohl angetan hatte. Im gleichen Augenblick erwischte ihn ein Faustschlag gegen den Kopf. Er brach fluchend zusammen.

Mein Gegner knurrte mich an. Ich ballte die Faust und holte aus. Dann jubelte ich leise, mein Schlag traf ihn mitten ins Gesicht.

Doch mein Gegner war völlig unbeeindruckt von meiner Attacke, und im nächsten Moment erwischte mich ein Stoß gegen die Brust. Ich konnte nicht sagen, dass er hart war, aber der Treffer reichte aus, um mich aus dem Gleichgewicht zu bringen. Warum aktivierten die Palets nicht ihre Lichtschwerter? Wollten sie sich einen Spaß mit uns gönnen? Ich fiel nach hinten und schlug mit dem Rücken auf der Wiese auf. Mein Kreuz schmerzte, als ich mich wieder erhob.

Mein Gegner und ich standen uns lauernd gegenüber, während ich einen flüchtigen Blick in Richtung der Punks riskierte.

Diese Rotzbengel, fluchte ich innerlich, als ich sah, dass die dämlichen Punks die beiden Palets immer noch angriffen. Sie hatten sich aufgeteilt jeweils zwei Punks gegen einen Palet. Der Anführer der Punks hielt sich allerdings zurück.

Ein dicker Punk schlug dem Anführer der Palets eine Bierflasche von hinten auf den Kopf, und sein Kamerad jubelte laut. Na ja, für eine Siegesfeier war es wohl noch etwas zu früh, denn der Palet wandte sich blitzartig dem Dicken zu, packte seine Kehle und drückte zu, unbeeindruckt davon, dass sein dünner Kollege ihn mit der Bierflasche bearbeitete.

Scheiß was drauf, ging es mir durch den Kopf, und ich wollte gerade mein Larat aktivieren, doch ich war abgelenkt und mein Gegner erwischte mich schon wieder. Der Schlag traf mich gegen die Schläfe, und im Nu lag ich wieder auf der Wiese. Ich wälzte mich benommen zur Seite. Ein intensiver Schmerz jagte durch meinen Kopf. Zum Glück war ich nicht zu hart getroffen worden, jedoch hatte ich für einen Schreckensmoment die Orientierung verloren. Dann sah ich, dass mein Gegner sein Larat aktivierte. Schnell sprang ich auf die Beine und wankte zunächst leicht, als hätte ich zu viel getrunken.

Wir belauerten uns, und ich sah, wie der dicke Punk zu Boden fiel. Hoffentlich war er nicht tot. Der dünne Punk stieß dem Anführer der Palets sein Messer in den Bauch und ließ es los. Das war ein großer Fehler, wie er feststellen musste, denn der Palet zog das Messer aus seinem Bauch heraus, leckte die Klinge ab und stieß dem Dünnen das Messer in die Brust. Er kippte wortlos zu Boden. Der Anführer der Palets hatte seine beiden Gegner bezwungen.

Der andere Palet *spielte* wohl noch mit seinen Gegnern. Als der Anführer der Palets ihm etwas zurief, aktivierte er blitzschnell sein Larat. Ein Punk verlor in der nächsten Sekunde, durch einen präzisen Stich mitten durch das Herz, sein Leben. Der andere Punk wurde durch einen Stich in den Bauch verletzt und kippte schreiend zu Boden.

Jetzt war nur noch der Anführer der Punks übrig.

Hau schon endlich ab, dachte ich, als ich einen Schlag meines Gegners abwehren musste.

Der Punk floh in westlicher Richtung. Ich atmete erleichtert auf. Der Anführer der Palets beobachtete mich, während der andere Palet die Verfolgung des Punks aufnahm.

Der Anführer der Palets rief etwas in meine Richtung, und mein Gegner wandte sich ihm zu. Dann ging der Anführer schnell weiter in Richtung Süden, und ich stand immer noch meinem Gegner gegenüber.

War das gerade ein Grinsen, das über das Gesicht meines Feindes gehuscht war? Na warte, das Grinsen wird dir gleich vergehen, du elender Hurensohn.

Er sagte etwas zu mir. Keine Ahnung, was er von mir wollte.

»Leck mich«, sagte ich unfreundlich, aktivierte mein Larat und attackierte meinen Gegner, doch er wehrte meine Schläge ab.

Ich fluchte, als ich bemerkte, dass ich zu nahe an ihn herangekommen war. Zu spät, schon hatte er mir einen festen Tritt in den Magen verpasst, der mich zurücktaumeln ließ.

»Unfairer Sack«, fluchte ich lauthals, und wäre ich nicht so schnell zur Seite ausgewichen, dann hätte er mich voll mit dem Lichtschwert erwischt.

Das Larat meines Gegners fuhr erneut auf mich zu, doch es gelang mir, den Hieb abzuwehren, und zugleich stieß ich mein Larat nach vorne, doch mein Gegner wich aus.

Ich trat einen Schritt zurück. Mein Gegner wartete ab. Die Chance nutzte ich und blickte an meinem Gegner vorbei. Mich interessierte es brennend, was mit dem Anführer der Punks geschah. Er wurde immer noch von dem Palet verfolgt. Der Punk war zwar schnell, aber nicht schnell genug. Sein Verfolger holte gefährlich auf.

Pass auf! Pass auf!, fieberte ich und sah, wie der Palet sein Larat tief über dem Boden schwang und auf die Beine zielte. Kurz darauf fiel der Punk im Lauf schreiend und kopfüber auf den Boden.

Scheiße, das hatte der Punk nicht verdient. Ein Schlag auf die Fresse, das war ja okay, aber das da … ich schüttelte den Kopf.

Der Palet trat an den Punk heran und blickte zu ihm herab. Dann folgte er seinem Anführer.

Von Glück konnte man hier nicht reden, aber immerhin ließ der Palet den Punk am Leben. Okay, wenn er keine Hilfe bekam, würde er bald verblutet sein.

Wo bleibt denn nur die Polizei? Irgendwer musste sie doch informiert haben. Wo sind Berger und Zink? Treffen die sich etwa alle zum Kaffeekränzchen?

In mir kochte die Wut, und in diesem Moment griff mein Gegner wieder an. Dieser Hurensohn von einem Palet war schnell. Ich bewegte mich an die rechte Seite meines Feindes und dabei wehrte ich einen Schlag von ihm ab, konterte sofort und stieß ihm das Lichtschwert mitten in die Brust.

Wie hatte ich das gemacht? Zufall. Egal. Mein Feind war irritiert, und das nutzte ich sofort aus. Ich zog das Lichtschwert blitzartig aus seinem Körper heraus und schlug gnadenlos zu.

So, das hätte ich erledigt. Kopflos gefiel der Mistkerl mir schon wesentlich besser. Gut, zugegeben, das war schon äußerst brutal. Aber was sollte ich sonst tun? Ein Risiko eingehen wollte ich nicht. Zwei waren noch übrig.

Ich wandte mich zurück und sah, dass Jennifer noch dastand. Sie winkte mir zu, dann folgte ich den Palets.

Der verstümmelte Punk schrie immer noch, doch es waren schon zwei Männer bei ihm, die ihn versorgten.

Wenn mich die Palets nicht umbrachten, dann schaffte es die Rennerei. Bei der Verfolgung der Palets quer über die Wiese, überquerte ich mehrere Wege, bis ich schließlich den Palets auf einem Weg folgte, der an einem Bach vorbeiführte. In der Ferne kreuzte ein Weg. Die Palets bogen nach rechts und dann den ersten Weg nach links ab, der gemäß einem Schild Richtung des Japanischen Teehauses führte.

Zum Glück legte sich niemand mehr mit den Palets an. Jeder ging ihnen aus dem Weg.

Was? Verfluchter Idiot! Nimm den Blick von deinem blöden Smartphone.

Ein junger Mann schlenderte den Palets entgegen, den Blick starr nach unten auf sein Smartphone gerichtet. Er trug sehr wahrscheinlich Kopfhörer, denn er bewegte den Kopf rhythmisch hin und her. Auch auf die Zurufe einer jungen Frau, die den Weg verlassen und in sicherer Entfernung stand, reagierte der junge Mann nicht.

Endlich hob er den Blick. Warum bleibt er stehen?

Idiot! Irrer! Schwachsinniger!

Smartphone-Junkie!

Er machte ein Foto mit seinem Smartphone und tippte wieder darauf herum. Der Anführer hatte mittlerweile sein Larat aktiviert und lief an dem jungen Mann vorbei, und ich sah, wie der junge Mann aufschrie und sein Smartphone fallen ließ.

Na ja, halb so wild, dachte ich.

Der Anführer hatte ihn mit dem Lichtschwert nur am Bein verletzt. Der andere Palet kam schnell gelaufen. Der junge Mann humpelte zur Seite, doch der Palet schlug zu. Die Faust traf den jungen Mann mitten ins Gesicht und schickte ihn rücklings auf die Wiese. Ob er Zähne bei diesem harten Schlag verloren hatte?

Besser es fehlen ein paar Zähne als der Kopf, dachte ich und war froh, als ich sah, dass er sich noch bewegte und somit noch am Leben war.

Wenn ich mich recht an den Stadtplan erinnerte, führte dieser Weg zur Königinstraße. Wollten die Palets etwa den Hofgarten oder die Residenz besichtigen? Mir war immer noch nicht klar, was eigentlich ihr Ziel war.

Nein, nicht schon wieder. Der Anführer lief weiter, doch sein Kamerad blieb stehen und wandte sich mir zu. Ich seufzte leicht und atmete durch, denn der Palet stürmte auf mich los. Ich hatte absolut keine Lust ihm entgegenzulaufen, deswegen blieb ich stehen und wartete, bis er mich erreicht hatte.

»Beelze«, schrie er, und gleichzeitig wehrte ich einen Hieb von ihm ab.

»Du blödes Arschloch«, rutschte es mir heraus, als ich zuschlug.

Der Palet wehrte meinen Schlag ab und stach mir mit dem Larat in den Oberschenkel. Ein rasender Schmerz schoss bis in meinen Hals hoch. Da hätte ich besser aufpassen müssen. Wieder schwang er sein Larat, und ich hatte große Mühe den Schlag abzuwehren.

»Super«, fluchte ich und humpelte zur Seite. Das Lichtschwert meines Feindes verfehlte mich nur um Zentimeter.

»Kruto tú Mekma!«, warf er mir an den Kopf.

»Alles klar«, antwortete ich. »Leck mich!«

Der Palet trat mir entgegen. Ich humpelte zurück und stolperte. Er stach zu und verfehlte mich. Ich nutzte die Chance, und eine Sekunde später stach mein Lichtschwert in seiner linken Brust.

Mein Lichtschwert flackerte. Hoffentlich war es nicht defekt. Jetzt summte es. Mein Feind war wie gelähmt. Ich fluchte laut und zog das Lichtschwert langsam aus seinem Körper heraus. Wenn mein Lichtschwert versagen sollte, musste ich mit den Fäusten auf meinen Feind losgehen. Aber hatte ich ohne mein Larat eine Chance gegen ihn?

Das Lichtschwert blitzte plötzlich kurz auf, und der Brustkorb meines Feindes flog auseinander. Ich atmete kräftig durch.

Wie hatte ich das gemacht?

Keine Ahnung.

Egal. Er fiel zu Boden und war besiegt.

Ich wandte mich dem Anführer zu, doch er war verschwunden. Vermutlich hatte er die Königinstraße erreicht. Ich nahm die Verfolgung wieder auf. Oh, meine Wunde am Bein tat mir gar nicht mehr weh! Als ich endlich die Straße erreichte, atmete ich erst einmal kräftig durch.

Keine Spur von dem Palet. Er war wie vom Erdboden verschwunden. Wohin sollte ich gehen? Nach links oder rechts? Okay, ich musste mich entscheiden. Ich deaktivierte mein Larat und ging nach links. Hinter mir kam ein Streifenwagen und fuhr langsam an mir vorbei. Er bog links in die Prinzregentenstraße ein. Das schien mir der richtige Weg zu sein, also folgte ich dem Wagen zu Fuß. Ich erinnerte mich an den Stadtplan, die Straße führte an der Staatsgalerie moderner Kunst vorbei, etwas weiter lag das Nationalmuseum.

Als ich die Prinzregentenstraße erreichte, sah ich, dass der Streifenwagen angehalten hatte, um den Anführer der Palets zu stellen. Ein schlaksiger Polizeibeamter stieg aus der Beifahrertür aus und forderte den Palet laut auf: »Bleiben Sie stehen!«

Genau das wird er jetzt tun, dachte ich. *Hatte der Kerl etwa nur Lehrbücher gelesen? Zieh endlich deine Waffe, und puste den Palet weg.*

Der Fahrer des Streifenwagens verließ ebenfalls das Fahrzeug. Er war wesentlich älter als sein Kollege. Er wandte sich mir zu und gab mir ein Handzeichen. Er wollte wohl damit andeuten, dass ich nicht näher kommen sollte.

Als ich näher kam, rief er mir zu: »Bleiben Sie da stehen. Hier läuft ein Einsatz.«

Dann bemerkte ich, wie er meine blutverschmierte Hose musterte. Er zog seine Waffe.

Hier läuft aber verdammt noch mal etwas schief, dachte ich. *Warum zielt der Bulle auf mich und nicht auf den Palet?*

»Stehen bleiben!«, forderte er mich auf.

Ich hielt es im Augenblick für das Klügste, die Anweisungen des Polizeibeamten zu befolgen.

»Was haben Sie denn?«, fragte ich.

»Sind Sie verletzt?«, fragte er.

»Wonach sieht es denn aus?«, antwortete ich und dachte: *Was soll diese blöde Frage?*

Der Polizist blieb stumm und zielte weiterhin auf mich.

»Ich bin im Park über einen Stein gestolpert, als ich fotografieren wollte«, erklärte ich. »Ist aber halb so wild. Sieht schlimmer aus als es ist«, winkte ich ab.

»Sind Sie Tourist?«, hakte er nach.

»Ja«, antwortete ich, was auch irgendwie stimmte. Schließlich hatten Jennifer und ich ja schon einige Sehenswürdigkeiten besichtigt.

»Okay. Bleiben Sie da stehen!«, befahl er mir wieder und wandte sich seinem Kollegen zu, der mittlerweile auch seine Waffe gezogen hatte.

Hoffentlich geriet die Situation nicht aus dem Ruder. Für einen Tag hatte es schon genug Tote gegeben.

Ich hörte Schüsse und sah, dass der schlaksige Polizist auf den Palet schoss. Das konnte nicht gut ausgehen. Der Palet brach getroffen zusammen.

»Bleiben Sie stehen!«, forderte nun ich den schlaksigen Polizisten auf, da er sich vorsichtig auf den Palet zubewegte. »Bleiben Sie endlich stehen!«, wiederholte ich und setzte mich in Bewegung.

Meine Befürchtungen wurden wahr. Der Palet kam wieder auf die Beine, und der schlaksige Polizist verharrte für Sekunden. Vermutlich begriff er nicht, dass der Palet wieder quicklebendig vor ihm stand.

»Er trägt eine schusssichere Weste!«, schrie der Ältere.

Die Vermutung lag ja nicht fern, war aber falsch, und obwohl der schlaksige Polizist jetzt wieder auf den Palet feuerte, und dieses Mal den Hals traf, fiel der Palet nicht um. Im Gegenteil, er rannte auf den schlaksigen Polizisten zu. Sekunden später sah ich, wie das Lichtschwert den Bauch des Polizisten durchbohrte. Er brach lautlos zusammen.

Ich aktivierte mein Lichtschwert und stürmte los. Der ältere Polizist feuerte zweimal auf mich.

»Hey, was soll das? Ich will Ihnen doch nur helfen«, rief ich ärgerlich, als die beiden Kugeln mich nur knapp verfehlten.

»Was ist das für ein Ding?«, fragte er mich, als ich ihn erreichte.

»Wohl noch nie Krieg der Sterne gesehen?«, zwinkerte ich ihm zu.

Der Palet kam auf uns zu.

»Halten Sie sich bitte zurück«, sagte ich, »und kümmern Sie sich um ihren Kollegen«, dann ging ich meinem Feind entgegen.

»Beelze«, knurrte er mich an.

»Jaja, das hat dein Kollege auch schon zu mir gesagt«, nickte ich, »und jetzt ist er tot«, grinste ich ihn an.

Wir belauerten uns wie Raubtiere. Sollte ich abwarten oder angreifen?

»Beelze«, knurrte er mich nochmals an.

Ich lachte. So langsam ging mir das *Beelze* auf den Sack.

Dann gingen wir aufeinander los. Der Palet versuchte mich aufzuschlitzen, aber ich wich dem Hieb mit einer Drehung aus. Dann rammte ich mein Lichtschwert nach vorne und stach dem Palet in den Bauch, was ihn aber keineswegs außer Gefecht setzte, denn er zuckte nur einmal zusammen und ging wieder auf mich los. Ich wich zurück, und sein Schlag verfehlte mich.

Wir standen uns gegenüber, und ich beobachtete meinen verhassten Feind und betrachtete dessen stechend grüne Augen mit den schwarzen Pupillen.

Der Polizist versorgte seinen verletzten Partner und hielt sich aus unserem Kampf heraus.

Doch plötzlich sprang der Palet auf mich zu. Ich war so überrascht und verharrte nur eine Sekunde, die ihm völlig genügte, um meine linke Schulter zu durchbohren. Ich wich zurück, drehte mich nach links und schlug zu. Der Palet wehrte den Schlag ab und stach mir in den linken Oberschenkel.

Während ich fluchte und mir bewusst wurde, dass er mit mir spielte, stolperte ich rückwärts und wäre fast zu Boden gegangen.

Irgendwie hatte ich das Gefühl, als würde es nun

zum Showdown zwischen mir und meinem Feind kommen. Der Palet führte sein Schwert von oben nach unten. Hatte er etwa vor mich zu spalten? In letzter Sekunde riss ich mein Lichtschwert nach oben und vereitelte das barbarische Vorhaben dieses verfluchten Schweinehundes.

Doch schon führte mein Gegner einen Schlag von schräg rechts an mich heran. Ich blockte den Schlag ab und drehte mich blitzschnell herum, riss mein Schwert in der Drehung mit, sprang dabei noch ein Stück nach oben und schlug zu. Wie durch ein Wunder erwischte ich den linken Arm meines Feindes und trennte ihn oberhalb des Ellenbogens ab. Er schrie und griff mich dabei an. Ich stolperte und trudelte rücklings, riss mein Lichtschwert hoch und stürzte zu Boden.

Aus und vorbei. Gnade konnte ich von meinem Feind gewiss nicht erwarten. Er würde mich töten.

Das gibt es doch nicht. Heute ist mein Glückstag, jubelte ich im Stillen, als ich sah, dass ich die Kehle des Palets durchtrennt hatte. Doch plötzlich spürte ich ein brennen in der Magengegend und fluchte lauthals, als ich sah, dass dieser Hurensohn mich mit einem sauberen Stich erwischt hatte.

Der Palet fiel auf die Knie, und ich glaubte, ein Lächeln in seiner Visage gesehen zu haben. Ein zweiter Streifenwagen kam angefahren. Die Türen schwangen auf, und eine Frau und ein Mann stürmten hinaus.

»Los Hände hoch, und lassen Sie die Waffe fallen!«, rief die Frau dem Palet zu. »Was ist denn das? Sei vorsichtig, Michael!«

Verdammt, die Kehle meines Feindes war fast vollständig verheilt. Der Palet richtete sich auf, blickte auf mich herab und holte zum tödlichen Schlag aus. Das Lichtschwert kam direkt auf mich zu. Ich hatte keine

Chance mehr, dem Schlag auszuweichen.

Ich hörte Schüsse. Kurz darauf wurde der Schädel des Palets durchlöchert, Blut spritzte mir ins Gesicht, und das Lichtschwert verfehlte mich knapp.

»Bleiben Sie einfach still liegen«, hörte ich die Stimme der Polizistin neben mir. »Schnell! Ruf den Notarzt, Michael!«

»Schon erledigt«, rief er.

»Wie geht es unserem Kollegen«, rief sie.

Michael stand neben dem älteren Polizisten und dem verletzten Kollegen.

»Keine Ahnung.«

»Mist«, hauchte sie.

»Wie geht es ihm?«, rief Michael.

»Sieht nicht so gut aus.«

Hey, was soll denn das heißen? Klar doch, ermutige mich zu sterben.

»Wie ist Ihr Name?«, hauchte ich. Keine Ahnung warum ich sie nach ihrem Namen fragte. Vermutlich wollte ich mich von meinen Schmerzen ablenken.

»Margot«, antwortete sie leise.

Mist. Ich sah alles nur noch verschwommen. Ich spürte, wie jemand meine Hand griff.

»Bleiben Sie bei mir!«, sagte Margot. »Sterben Sie mir bloß nicht!«

»Das wird er nicht überleben«, hörte ich die Stimme von Michael, der an meine Seite getreten war.

Elender Pessimist, dachte ich verärgert. *Nimm dir mal ein Beispiel an deiner Kollegin.*

Das Atmen fiel mir von Sekunde zu Sekunde immer schwerer.

»Der Notarzt ist gleich da«, sagte Margot.

Doch ich vernahm nur noch ein Flüstern.

Dann verlor ich mein Bewusstsein.

Stehaufmännchen

10 *Was für ein übler Tag*, schoss es mir durch den Kopf, als ich die Augen aufschlug und in das erschrockene Gesicht der Polizistin blickte, die schnell meine Hand losließ und schrie: »Michael! Michael! Er lebt.«

Das Atmen fiel mir noch schwer. Okay, ich lebte. Das war schon mal eine gute Nachricht. Aber wie war das möglich?

»Geh von ihm weg!«, rief Michael.

»Was hast du? Er hat uns doch geholfen«, hörte ich die Stimme des älteren Polizisten.

Vielleicht hatte ich mich ja getäuscht und das Lichtschwert meines Feindes hatte mich nur gestreift. Ja, so musste es gewesen sein, der Palet hatte mir nur eine Fleischwunde zugefügt.

»Nimm die Waffe herunter«, befahl der ältere Polizist ärgerlich.

»Er war definitiv tot«, schrie Michael.

»Ja«, hauchte Margot, die immer noch neben mir stand.

»Verschwinde endlich, Margot«, schrie Michael.

Wenn ich wirklich tot war, warum lebe ich jetzt wieder? Das macht keinen Sinn. Es sei denn ... Horyet ... meine Träume ...

In meinen Träumen war ich schon oft gestorben

und wieder von den Toten auferstanden. Ich erinnerte mich, wie Horyet aus dem Flugzeug gefallen war und überlebte. Ich war Andor, ein Außerirdischer. Also zählten vielleicht irdische Vorstellungen vom Tod nicht für mich. Na ja, gut, vielleicht war ich nicht wirklich tot gewesen, sondern nur nahe davor. Ich war sehr schwer verletzt, und mein Körper hatte sich von selbst geheilt. Das war die einzige Erklärung, die ich im Augenblick auf Lager hatte.

»Fuchtele nicht so mit der Kanone herum! Du wirst ihn noch erschießen«, ermahnte der ältere Polizist seinen Kollegen.

Dieser Michael schien ziemlich nervös zu sein. Na ja, das konnte ich ihm auch nicht verdenken. Vielleicht hatte er ja auch zu viele Zombiefilme gesehen und dachte, dass ich gleich aufstehen würde, um ihn zu fressen.

»Hallo«, wandte ich mich an Margot.

»Äh. Hallo«, sagte sie vorsichtig.

»Tut mir leid, dass ich noch lebe«, lächelte ich sie an. »Wird Ihr Kollege auf mich schießen, wenn ich aufstehe?«

Sie nickte mir ängstlich zu.

»Okay«, sagte ich. »Dann bleibe ich eben solange hier liegen, bis Berger und Zink eintreffen.«

»Wer?«

»Berger und Zink«, wiederholte ich ruhig. »Sie sind vom MAD.«

»Oh!«, sagte Margot nur.

»Es ist etwas unbequem«, grinste ich leicht.

»Wer sind Sie?«, fragte Margot.

»Mein Name ist Bill Clayton«, antwortete ich. »Ich komme aus London und ...«

»Komm endlich da weg!«, rief Michael.

So langsam nervte mich der Typ. Ich sollte ihn einfach ignorieren und endlich aufstehen und gehen. Vermutlich würde er mich aber vorher erschießen, also blieb ich liegen.

»Warum sind Sie nicht Tod?«, fragte Margot.

»Tja, ... das kann ... «, antwortete ich, aber Michael rief: »Er soll die Waffe aus seiner Hand legen.«

Tatsächlich hielt ich noch mein Larat in der Hand, jedoch war es deaktiviert.

»Sie brauchen wirklich keine Angst vor mir zu haben«, wollte ich Margot beruhigen.

»Okay«, hauchte sie.

Wir sahen uns einen Augenblick stumm in die Augen.

»Ich bin einer von den Guten«, ergänzte ich.

Sie lächelte mich leicht an.

»Na, also, geht doch.«

»Was?«

»Ein bezauberndes Lächeln zeigen.«

»Flirten Sie etwa mit mir?«

»Nein, ich wollte ...«

»Schweigen Sie!«, fuhr Michael mich scharf an. »Legen Sie die Waffe weg«, forderte er mich abermals auf. »Sofort!«

»Sie haben keinen Grund nervös zu sein. Ich bin einer von den Guten«, wandte ich mich ihm zu.

Mich traf ein kühler Blick. Warum brauchten Berger und Zink nur solange? Wo blieb denn der Notarzt?

»Also, ich ... also, wenn ...«, fing ich an, und endlich kam der Notarzt angefahren.

Das wurde ja auch langsam Zeit. Der verletzte Polizist wurde ärztlich versorgt.

»Mir geht es gut«, winkte ich, doch niemand von dem Rettungsdienst beachtete mich.

Ein schwarzer BMW kam angefahren.

Na endlich, dachte ich. Das mussten Berger und Zink sein. *Die beiden haben wohl noch eine Stadtrundfahrt gemacht.*

Mir fiel ein Stein vom Herzen, als die Fahrertür aufging und Berger ausstieg. Wenig später ging die Beifahrertür auf und Zink stieg aus. Jennifer verließ den Wagen aus der rechten hinteren Tür.

»He, ich bin hier«, rief ich ihnen zu und stand auf. »Wird ja auch langsam Zeit.«

Jennifer winkte mir zu.

»Ups«, sagte ich und hatte versehentlich mein Larat aktiviert. *Blödes Ding*, dachte ich und wollte es gerade wieder deaktivieren.

Hinter mir fiel ein Schuss. Die Polizistin zuckte vor Schreck zusammen. Gleichzeitig durchzog mich ein stechender Schmerz. Dieser Mistkerl von einem Polizisten hatte mir in den Rücken geschossen. Ich sah die Austrittswunde an meiner linken Brust. Zum Glück stand kein anderer in der Schusslinie, und die Kugel richtete keinen weiteren Schaden an.

Oha! Die Kugel ging direkt durch mein Herz. Tja, heute war gewiss nicht mein Glückstag. Jennifer schrie erschrocken auf.

»Leg die Waffe weg, du verdammter Idiot«, hörte ich Margot schreien.

Sie kam auf mich zu, doch es war zu spät. Ich fiel zu Boden, schnappte nach Luft. Mein Larat fiel mir aus der Hand und deaktivierte sich.

»Bill! Bill!«, rief Jennifer besorgt.

Vermutlich kam sie zu mir gerannt.

»Mein Gott«, hörte ich Jennifers Stimme neben mir.

»Es tut mir leid«, sagte Margot.

»Legen Sie endlich die Waffe beiseite«, rief Berger.

»Waffe weg!«, befahl auch Zink zornig. »Ich gebe Ihnen dafür drei Sekunden«, sagte er emotionslos, »dann werde ich schießen.«

»Es tut mir leid«, stotterte Michael.

Da ich keinen Schuss hörte, vermutete ich, dass er die Waffe endlich gesenkt hatte.

Ich sah direkt in Jennifers Gesicht. Sie weinte, als sie mir die Hand auf die Brust drückte und versuchte die Blutung zu stoppen.

»Das hat keinen Sinn mehr«, sagte Margot.

»NEIN! NEIN!«, schrie Jennifer. »Bleib ja bei mir! Hörst du mich, Bill. Bleib bei mir!«

Mist, das Drama wiederholte sich. Langsam wurde mir wieder schwarz vor Augen. Aber würde ich auch einen Schuss durch mein Herz überleben? Ich wusste es nicht. Verdammt, ich hätte große Lust, dem Idioten die Zähne auszuschlagen.

»Jennifer ... ich ... ich ...«, stotterte ich.

»NEIN! NICHT!«, schluchzte Jennifer.

Ich starb.

Jemand fragte: »Na, schon wieder tot?«

Ich öffnete die Augen und stand in einem Garten, der von einem blickdichten Holzzaun umgeben war.

Ah, mein Kommunikationsmodul spielt mir wieder einen Streich, ging es mir durch den Kopf.

Wenig später erinnerte ich mich daran, wie ich das Modul mit der silbernen Kugel ausgeschaltet hatte.

Ähm. Was ist ... ich ... der Polizist hat mich doch erschossen. Ich müsste tot sein.

Die Sonne schien, und der Himmel war blau. Ein warmer Wind wehte mir entgegen, während ich die bunten Blumenbeete bewunderte.

War das hier ein Traum?

»Willkommen in deinem Garten.«

Ich wandte mich um, doch niemand außer mir war hier.

Das ist doch total verrückt, dachte ich, *das ist doch unmöglich.*

Doch das Wort *unmöglich* hatte wohl in letzter Zeit bei mir an Bedeutung verloren. Was ich früher für unmöglich gehalten hatte, war nun möglich geworden.

Ich kniete mich nieder und bewunderte ein Blumenbeet. Es waren hochwachsende Pflanzen mit schmalen Blättern und duftenden, trichterförmigen Blüten. Ich atmete den Duft tief ein. *Lilien*, dachte ich. *Es sind Lilien.*

»Ist das mein Leben nach dem Tod?«, flüsterte ich. *Tja, schön wär's*, dachte ich.

Ich wollte schon immer einen kleinen Garten haben, in dem ich mich in aller Ruhe um meine Blumen kümmern konnte. Vielleicht würde ich mir einen kleinen Teich mit einer Sitzgelegenheit anlegen. Ideen hatte ich genug, mir fehlte nur ...

»Du lebst, Andor.«

»Ja ... ähm ...« Meine Stimme drohte zu versagen. Ich fuhr erschrocken empor, wandte mich um, doch niemand war hier.

»Tja .. aber ...«

»Du kannst nicht sterben, nur weil jemand auf dich schießt ... dich ersticht ... dich aus einem Flugzeug wirft ...«

»Ach nein?«

»Nein.«

»Bin ich unsterblich?«

»Nein«, antwortete die Stimme.

»Schade.«

»Dein Körper heilt sich von selbst, und das tut er

verdammt schnell«, sagte die Stimme, »aber es ist nicht ausgeschlossen, dass du an sehr schweren Verletzungen doch sterben könntest.«

»Okay.«

Ich drehte mich im Kreis. Da war wirklich niemand. Gut, also musste ich doch ein wenig auf mich Acht geben, um nicht zu sterben. Ich konnte zwar Risiken eingehen, aber …

»Was wäre denn bei einem Kopfschuss mit mir passiert? Hätte mich das getötet?«, fragte ich hastig, als ich an den erschossenen Palet dachte.

»Vielleicht hättest du diese Verletzung überlebt«, sagte die Stimme ruhig. »Vielleicht wärst du aber auch daran gestorben.«

Mit dieser Antwort konnte ich wenig anfangen. Ich stellte aber fest, dass die Stimme in meinem Kopf war. War das Kommunikationsmodul wieder aktiv? Oder sprach mein Unterbewusstsein zu mir?

Ich ging von einem Blumenbeet zum Nächsten. Aus irgendeinem Grund blieb ich gelassen. Wäre ich wirklich tot, wäre ich jetzt nicht hier.

Der blaue Himmel über mir wurde langsam grau.

Hoffentlich gibt es kein Unwetter, dachte ich. *Den Regenschirm habe ich zu Hause … Das hier ist ein Traum*, sagte ich mir vor. *Was soll ich mit einem Regenschirm anfangen?*

Mir fiel auf, dass es keine Tür im Holzzaun gab. Ich war ein Gefangener in meinem eigenen Garten.

Falls ich wieder aufwache, muss ich meine Schwester … Verdammt! Mit meiner Schwester hatte ich über alles Mögliche gesprochen, aber über unsere Eltern fiel kein einziges Wort. Ich wusste immer noch nicht, wie es Vater und Mutter ging. Waren sie überhaupt noch am …

Ich stutzte. Die Tür da im Zaun war eben noch nicht

gewesen. Als ich langsam auf sie zuging, spürte ich eine Unruhe in mir. Sie machte mir Angst. Sollte ich die Tür öffnen und nachsehen, was sich dahinter verbarg?

Ich wollte nicht, doch eine Stimme in mir sagte: *Greif nach der Klinke und öffne die Tür.*

Du kannst mich mal, du dämliche Stimme. Denn zu oft hatte ich schon auf meine innere Stimme gehört, und wenige Augenblicke später hatte ich es bereut.

Die Tür bleibt zu, nickte ich.

»Wovor hast du Angst?«, fragte die Stimme.

»Ich habe keine Angst.«

»Hast du doch.«

»Nein.«

»Dann öffne die Tür!«

»Warum?«, fragte ich.

»Tue es!«, befahl die Stimme.

»Hm.«

Ich zögerte und öffnete schließlich die Tür.

»Geh!«, befahl die Stimme.

Ich ging.

»Das wollte ich nicht. Ich habe ..., ich sah ...«, hörte ich den Polizisten stottern.

»Du hast ihn auf dem Gewissen, Michael«, sagte seine Kollegin.

»Es tut mir ... leid, Margot.«

Ich lebte.

»Gehen Sie«, sagte Berger. »Wir werden uns darum kümmern.«

»Also, ich habe ...«, sagte der Polizist.

»Komm«, sagte die Polizistin.

Jennifer kniete immer noch neben mir, denn ihre Stimme klang ganz nah: »Bill! Bill!«

Ich konnte mich nicht rühren. Ein fahler Geschmack lag mir im Mund und löste fast einen Brechreiz bei mir aus. Es kam mir so vor, als hätte ich eine alte Socke verschluckt.

Ich bemerkte, wie Jennifer erschrocken ihre Hand von mir nahm. Vermutlich hatte sie gerade bemerkt, dass ich mich leicht bewegt hatte.

»Ich bin okay«, flüsterte ich Jennifer zu.

»Wie ist das ...«, flüsterte sie und brach mitten im Satz ab.

Jennifer stand auf.

»Herr Berger! Bill hat noch einmal Glück gehabt. Die schusssichere Weste hat ihre Aufgabe erfüllt. Trotzdem braucht er ärztliche Hilfe«, sagte Jennifer sehr überzeugend.

Ich staunte sehr über diese Ausrede. Auch wenn sie sich völlig unwahrscheinlich anhörte, es wirkte.

»Er ist nicht tot?«, fragte die Polizistin und Erleichterung schwang in ihren Worten mit.

»Nein, er lebt«, erwiderte Jennifer.

»Ach ja«, sagte Berger und zog die Augenbrauen hoch. »Das ist ja wirklich ein Wunder.«

Was meinte Berger damit? Seine Stimme hörte sich seltsam an.

Berger griff mir unter die Arme und half mir auf die Beine. Ich hätte auch von selbst wieder aufstehen können, aber ich wollte nicht, dass jemand Verdacht schöpfte.

»Oh«, sagte ich und hob schnell mein Larat vom Boden auf. Ich überreichte es Jennifer, die es in die Laptoptasche steckte.

»Also, Herr Clayton ...«, fing der Polizist an, und Berger unterbrach ihn schnell: »Wie Sie sehen, ist alles in Ordnung. Gehen Sie!«

Der Polizist zögerte.

»Komm jetzt, Michael«, sagte die Polizistin.

»Ich nehme an, Sie wollen sicher, dass ich meine Dienstmarke abgebe«, sprach der Polizist Berger an.

»Ich bin nicht Ihr Vorgesetzter«, sagte Berger nur.

»Es tut mir wirklich leid«, sagte der Polizist zu mir. »Entschuldigung.«

Ich bemerkte, wie die Polizistin mich anstarrte, als wäre ich kein ... Mensch. Na ja, das war ich ja auch nicht.

»Ist ja nichts passiert«, winkte ich ab. »Aber Sie sollten beim nächsten Mal auf Ihre Kollegin hören.«

Er nickte mir schnell zu. Anscheinend waren beide Polizisten so froh darüber, dass ich noch lebte, dass sie deswegen meine blutige Kleidung ignorierten, an denen sie eigentlich hätten sehen müssen, dass ich keine schusssichere Weste trug.

»Sie werden also nichts deswegen unternehmen ...«, fing Michael an, und ich winkte ab: »Es ist alles in Ordnung.«

Ein Schweigen trat ein.

»Noch nicht lange dabei?«, fragte ich den Polizisten.

»Nein. Das ist meine erste Woche im Außendienst«, antwortete der Polizist.

»Okay«, nickte ich.

»Komm jetzt, Michael«, sagte die Polizistin.

»Ja.«

»Danke«, wandte sich Margot mir noch einmal zu.

Ich wollte nicht die Karriere des Polizisten zerstören. Er war noch jung, was natürlich keine Entschuldigung für sein Verhalten war, aber er würde mit Sicherheit eine Lehre hieraus ziehen. Außerdem war ja alles gut ausgegangen, ich lebte.

Ein Arzt kam auf mich zu. Ich winkte ab und gab

ihm zu verstehen, dass hier alles in Ordnung sei.

»Da hast du noch einmal Glück gehabt, Michael«, hörte ich die Polizistin noch sagen.

»Ja«, gab er ihr als Antwort.

Die Polizistin wandte sich mir noch einmal kurz zu.

»Eine überaus reizende Frau«, sagte ich und wandte mich Jennifer zu.

Sie stupste mir den rechten Ellenbogen in die Seite und lächelte mich an. »Hör auf zu flirten, sonst werde ich noch eifersüchtig!«, sagte sie fröhlich. »Wie ist das möglich?«, fragte sie dann verwundert.

»Was?«

»Dass du noch lebst.«

»Erzähl ich dir später«, sagte ich. »Ihnen auch«, wandte ich mich an Berger und Zink.

»Da gibt es nicht viel zu erklären«, sagte Berger gelassen. »Sie sind ein Außerirdischer, der eine tödliche Schussverletzung überlebt hat. Alles okay«, lächelte er.

War das jetzt deutscher Humor, oder wollte er mich verarschen?

»Unsere Leute kümmern sich um die ... na ja ... um die Außerirdischen im Park«, sagte Zink.

Zwei schwarze Limousinen kamen angefahren, und Mitarbeiter vom MAD riegelten die Straße ab.

»Wir haben alles unter Kontrolle«, gab Berger mir zu verstehen.

Ich nickte, aber Erleichterung verspürte ich keineswegs, denn den Mitarbeitern musste auffallen, dass die Toten keine Menschen waren.

»Wir sind gleich wieder da«, verabschiedete sich Berger von uns und ging mit Zink zum Einsatzleiter der Polizei.

»Was machen wir?«, fragte ich.

»Wir können zu Bergers Wagen gehen«, schlug Jennifer vor. »Dann sind wir hier aus dem Weg, und niemand kommt auf die Idee, uns dumme Fragen zu stellen.«

»Okay.«

Ich öffnete die Wagentür und setzte mich mit Jennifer auf den Rücksitz. Der Kampf hatte mich ganz schön mitgenommen.

»Wie soll es weitergehen, Bill?«

»Irgendwie muss ... keine Ahnung.«

Jennifer sah mich schweigend an.

Berger kam zu uns zurück, während sich Zink um den Einsatz kümmerte.

Wir wechselten ein paar Worte mit Berger, dann verschwand auch er.

Die Entscheidung

11 Ich wandte mich Jennifer zu und konnte es nicht vermeiden, dass mir beinahe die Galle hochkam, als sie den Namen Horyet erwähnte.

»Scheinbar stand Horyet nicht mit den Palets aus dem Englischen Garten in Kontakt«, sagte ich. »Sonst wäre er bestimmt schon längst hier aufgetaucht.«

»Was schleppt Berger denn da an?«, fragte Jennifer verstört.

Er trug eine blaue Kunststoffkiste bei sich. Ich ließ das Fenster herunter.

»Brauchen Sie Hilfe?«, fragte ich.

»Nein«, sagte er nur.

Okay, dann schlepp das Ding doch allein durch die Gegend, dachte ich und schloss das Fenster wieder.

Mir gefiel der BMW sehr gut – der Wagen gehörte zur Spitzenklasse. Trotzdem, würde jemand mir so ein Schlachtschiff schenken wollen, gegen meinen *Jimmy* würde ich ihn nicht eintauschen. Obwohl ich zugeben musste, dass die Sitze schon das gewisse Etwas hatten, und auch die Innenausstattung war vom Feinsten.

Als ich einen kurzen Blick über die Schulter zurückwarf, beobachtete ich kritisch, wie Berger die Kunststoffkiste abstellte und den Kofferraum öffnete. Für einen Moment leuchtete es hell auf, als hätte jemand eine Lampe angeknipst.

»Oje! Da wird der Hund in der Pfanne verrückt!«, fluchte ich laut.

»Wie bitte?«

»Ist nur so ein Sprichwort«, winkte ich ab. »Hast du auch das helle Licht hinter uns gesehen?«, fragte ich hastig.

»Nein«, antwortete Jennifer erschrocken und warf einen ängstlichen Blick zurück.

»Warum braucht Berger so lange?«, fragte ich.

Jennifer zuckte mit den Schultern.

Ich machte mir Gedanken darüber, und plötzlich bekam ich ein flaues Gefühl im Magen. Was wäre, wenn sich hinter uns ein Basrato geöffnet hatte? Dann wäre Berger in großer Gefahr. Sollte ich heute denn gar keine Ruhe mehr finden?

»Ich sehe mal nach, was Berger macht«, sagte ich. »Du bleibst hier!«, ergänzte ich noch.

»Sei bloß vorsichtig«, warnte Jennifer mich besorgt.

Ich nickte Jennifer zu und wollte gerade aussteigen, als Berger den Kofferraum schloss.

»Puh«, schnaufte ich. »Glück gehabt.«

»Ja.«

Berger nahm auf dem Fahrersitz Platz.

»Haben Sie auch das grelle Licht gesehen?«, fragte ich Berger mit angespannten Nerven.

»Ich habe eine Taschenlampe angemacht«, sagte Berger.

Für eine Taschenlampe kam mir das Licht ziemlich grell vor, aber vielleicht täuschte ich mich ja auch. Ich gab mich mit seiner Erklärung zufrieden, denn ich war ziemlich erschöpft und hatte keine Lust weiter darüber nachzudenken.

»Hat der Wagen keine Kofferraumbeleuchtung?«, stutzte Jennifer.

»Kaputt«, antwortete Berger spärlich.

Es ist doch eigentlich noch hell genug, um auch ohne Kofferraumbeleuchtung etwas sehen zu können. Ach, scheiß drauf! Ich bin total erschöpft, ging es mir durch den Kopf.

»Wohin soll ich Sie fahren?«, fragte Berger.

»Ins Hotel«, sagte Jennifer prompt.

Sie wandte sich mir zu.

»Ist okay«, sagte ich.

Berger startete den Wagen und fuhr los.

»Kommt Ihr Kollege nicht mit uns?«, fragte ich.

»Nein«, antwortete Berger. »Er leitet den Einsatz.«

Ich atmete tief durch.

»Ist alles in Ordnung, Bill?«, fragte Jennifer.

»Ja«, nickte ich leicht. »Ich freue mich schon auf eine Dusche und ein gutes Abendessen«, ergänzte ich.

»Ich auch.«

»Wir können ja ins Hotelrestaurant gehen«, schlug ich vor.

»Ist aber teuer.«

»Egal«, sagte ich. »Haben wir uns heute verdient.«

»Okay.«

»Ich lade dich ein«, sagte ich.

»Kommt nicht in Frage.«

»Doch.«

»Nein«, sagte sie. »Jeder zahlt für sich.«

»Warum?«

Sie warf mir einen Blick zu, der mir verriet, dass ich keine Chance hatte, ihre Meinung zu ändern, deshalb sagte ich: »Okay.«

Berger fuhr rasant und hupte, als eine ältere Frau langsam über die Straße ging. »Pass doch auf, du Affenmutti«, schimpfte er und beschleunigte, als die Ampel auf Gelb schaltete.

Na ja, es war ja auch ein schwerer Tag für ihn, dachte ich. *Vielleicht liegen bei ihm deswegen die Nerven blank.*

Ich starrte durch die Scheibe nach draußen. Eine beeindruckende Stadt – es ist erstaunlich, was Menschen erreichen können. All das stand nun auf dem Spiel. Denn würden die Palets die Erde erreichen und erobern, dann würden die Menschen und ihre Errungenschaften ausgelöscht werden. Das durfte nicht geschehen. Ich musste alles unternehmen, um dies zu verhindern.

Berger war sehr schweigsam. Er antwortete nur, wenn man ihn direkt ansprach.

»Das war heute ein ganz schön beschissener Tag«, sagte Berger plötzlich, als hätte er meine Gedanken gelesen. »Aber Glückwunsch, Bill. Du hast ja diese Hurensöhne alle erwischt.«

»Ja«, antwortet ich vorsichtig und sah, dass Berger in den Rückspiegel starrte.

Jennifer warf mir einen verstörten Blick zu. Eine solche Ausdrucksweise waren wir von Berger nicht gewohnt. Tja, wären diese Sätze über meine Lippen gekommen, dann hätte sich bestimmt niemand etwas dabei gedacht.

Oh! Kacke! Hat Berger jetzt auch noch einen fahren gelassen?, dachte ich angewidert.

»Also, ich war das nicht«, flüsterte ich Jennifer zu. »Könnten Sie bitte mal die Klimaanlage ein bisschen aufdrehen? Ist ziemlich warm hier drin«, sagte ich zu Berger und grinste Jennifer an.

Sie wedelte mit der Hand vor ihrer Nase.

Na ja, ist schon okay, so ein Malheur kann jedem einmal passieren, dachte ich.

Wenn wir wieder im Hotel sind, muss ich unbedingt mein Kommunikationsmodul wieder aktivieren und meine

Schwester kontaktieren, überlegte ich.

Ich hatte noch einige Punkte mit ihr zu klären: Ich wusste nicht, wie ich das Delektron überprüfen und einsetzten konnte. Außerdem war mir noch nicht klar, wie ich das Basrato vernichten sollte. Und außerdem wollte ich noch etwas über unsere Eltern erfahren.

Berger wandte sich uns zu. Sein Blick gefiel mir ganz und gar nicht. Er musterte mich irgendwie herabwürdigend. Hatte ich etwas gesagt, dass ihn beleidigt hatte?

»Hat es sich gut angefühlt?«, fragte Berger plötzlich mit belegter Stimme.

»Was?«

»Der Sieg ... das Töten?«, sagte er.

»Vorsicht!«, schrie Jennifer auf.

Berger wandte sich von uns ab und lenkte den Wagen dicht an einem Radfahrer vorbei.

»Ist alles in Ordnung mit Ihnen, Berger?«, fragte ich und war etwas besorgt um ihn.

Berger blickte in den Rückspiegel, in dem ich seine kühlen und ausdruckslosen Augen sah. Sie wirkten auf mich wie die Augen eines eiskalten Killers.

»Sollen wir uns morgen um zehn Uhr im Hotel an der Rezeption treffen?«, fragte Berger.

»Was haben Sie denn vor?«

»Wir können uns die toten Palets ansehen und uns eine Strategie überlegen.«

Die toten Palets ansehen? Strategie überlegen? Na ja, von mir aus können wir das tun, dachte ich.

»Okay«, sagte ich und warf Jennifer einen fragenden Blick zu. Sie nickte einverstanden.

Mich durchzogen plötzlich finstere Gedanken, die sich zu Wahnvorstellungen verdichteten, denn in meinem Gedankenspiel hatten die Palets es geschafft, ein stabiles Basrato in Gang zu bringen, durch das Tausende von ihnen auf die Erde kamen. Ich sah aus dem Seitenfenster und dachte an Horyet, wie er mit einem hämischen Lächeln vor mir stand und mich zum Kampf aufforderte, um uns herum lagen tote Menschen – abgeschlachtet von einer Höllenarmee.

War ich am Schicksal der Menschheit Schuld? Es war reiner Zufall, dass ich auf der Erde gelandet war, dennoch war ich es gewesen, der die Detonation auf Pelos in Gang gebracht und somit das Schicksalsrad in Bewegung gesetzt hatte, dass der Menschheit jetzt zum Verhängnis werden konnte.

Die Palets besaßen ein Basrato. Was hatte Gott sich bloß dabei gedacht, diesem barbarischen Volk diese technische Entwicklung in die Hand zu geben? *Na ja, Gott trägt vielleicht nicht die Schuld daran*, ging es mir durch den Kopf. Es gab ja auch noch einen anderen – den Teufel. Das Basrato in den Händen der Palets, verglich ich mit einer Tür in die Dunkelheit. Wenn ich sie aufstieß, landete ich in einer finsteren Welt, die mit dieser hier nichts mehr gemeinsam hatte. Es war die Welt der Palets, einer Welt des Schreckens, im Vorhof zur Hölle.

Vielleicht sollte ich damit aufhören, mir Gedanken über Schuldzuweisungen zu machen. Vielleicht gab es gar keinen Schuldigen – so war halt das Leben – unberechenbar.

»Aber irgendetwas stimmt doch nicht mit Ihnen«, hörte ich Jennifers Stimme.

»Wie meinen Sie das?«, fragte Berger in einem rauen Ton.

»Warum denken Sie, dass wir scheitern werden?«, hakte Jennifer nach.

Berger schwieg.

»Sagen Sie es schon!«, forderte Jennifer energisch eine Antwort von ihm.

»Was ist denn los?«, fragte ich irritiert.

»Halt den Mund, du dämliche Zicke«, sagte Berger laut.

»Hey«, fuhr ich Berger scharf an. »Was soll denn das? Ticken Sie nicht mehr ganz sauber?«

Hatte ich Berger etwa falsch eingeschätzt? Nicht auszudenken, wenn ich mich einem Idioten anvertraut hatte, der in einer Position war, um mich …

Berger bremste den Wagen bis zum Stillstand ab und hob die rechte Hand. Schnell wandte er sich mir zu. Ich sah die Waffe und dann nur noch einen Schatten auf mich zukommen und musste Sekunden später gegen den tosenden Schmerz in meinem Gesicht ankämpfen. Brutal und ohne Vorwarnung hatte er damit zugeschlagen.

Jennifer schrie vor Schreck lauf auf. Hatte Berger den Verstand verloren? Oder war er immer schon ein blöder Arsch gewesen? Irgendwie wollte ich beides nicht glauben und schrie: »Raus hier, Jennifer! Los!«

Jennifer öffnete die Wagentür und sprang hinaus. Berger sah mich immer noch an. Ich wollte ebenfalls die Tür öffnen, doch Berger schlug erneut mit der Waffe zu. Er traf mich hart am Kopf. Zurück blieb eine blutende Stirn, und ich sah, wie die rote Flüssigkeit die Sitze verfärbte.

Das ist nicht Berger, dachte ich und rief: »Lauf weg, Jennifer!«

Ich griff nach meiner Laptoptasche, öffnete sie hastig, und sah im Augenwinkel, dass Berger ein Larat aktiviert hatte.

Mistkerl.

»Wer sind Sie?«

»Rate mal.«

Wo ist denn mein Lichtschwert? Hatte ich es etwa ... Gott sei Dank, hier ist es. Ich griff zu.

»Noch immer keine Ahnung, wer ich sein könnte?«, sagte Berger mit dumpfer Stimme.

Er sah haargenau so aus wie Berger, aber er war es nicht. Berger hatte stets einen gepflegten Umgangston. Was man von diesem Berger hier jedoch nicht behaupten konnte. Ich sah ihm direkt in die Augen, und mit einem Mal wurde mir klar, dass diese Augen einem eiskalten und skrupellosen Killer gehörten.

Die Augen sind ein Spiegelbild der Seele, erinnerte ich mich an einen Spruch von Jennifer. *Diese Seele gehörte nicht Berger*, dachte ich und war mir dessen absolut sicher.

In diesem Moment hätte ich mich in den Arsch beißen können.

»Horyet«, flüsterte ich und hoffte, dass es nicht so war.

Ein breites Grinsen schlug mir entgegen.

»YEH!«, jubelte er lauthals. »Ja, ich bin es, Horyet«, brummte er mich an.

»Ja ... aber«, stotterte ich. »Wie ist das möglich?«

Horyet hob die Augenbrauen, dann schüttelte er verständnislos den Kopf. »Du hast wirklich einen Dachschaden zurückbehalten, Andor.«

Danke für die Blumen, dachte ich. *Horyet ist ein Außerirdischer mit besonderen Fähigkeiten*, ging es mir durch den Kopf. *Horyet kann seinen Körper verwandeln – er ist ein Formwandler.*

»Die Lösung gefunden?«, sprach Horyet mich an und verzog die Mundwinkel.

»Ich glaube ... ja«, nickte ich.

Horyet musterte mich finster und sagte: »Ich hole

mir deinen Kopf.«

Ich erschrak. Sollte er mich nicht lebend den Palets ausliefern? Hatte sich etwa sein Auftrag geändert?

»Dann streng dich mal an! Ich habe nicht vor, dir meinen Kopf kampflos zu überlassen«, fauchte ich ihn an.

Horyet brummte etwas Unverständliches und stach mit dem Lichtschwert zu. In letzter Sekunde aktivierte ich mein Lichtschwert und wehrte den Angriff ab. Schnell führte ich mein Schwert von rechts nach links. Horyet versank im Sitz. Ich schnitt die Kopflehnen des Beifahrer- und Fahrersitzes ab. Sie fielen nach hinten. Die Schwertspitze durchdrang die Seitenscheibe auf der Fahrerseite.

Ich überlegte und kam zu dem Schluss, dass ich aus dem Wagen heraus musste. Sollte ich die Tür öffnen und ... Den Gedanken verwarf ich wieder, denn ich würde für einen Augenblick wehrlos sein.

Horyet richtete sich ein wenig auf und stach wieder zu. Ich konnte den Stich gerade noch abfangen. Hätte ich in diesem Moment versucht aus dem Wagen zu entkommen, hätte mich Horyet erwischt.

Ich schwang wieder mein Lichtschwert. Horyet versank wieder blitzschnell im Sitz, und ich teilte die Windschutzscheibe.

Berger würde die Krise kriegen. Sein BWM hatte ganz schön etwas abbekommen.

Ich brauchte einen Herzschlag, um zu begreifen, dass Horyet wieder einen Angriff gestartet hatte. Ich parierte die Attacke. Mein Lichtschwert streifte dabei das Autodach und schnitt es auf.

Ich fluchte leise und bekam mit der linken Hand die Schwerthand von Horyet zu fassen. Dieser Mistkerl hatte Kräfte wie ein Bär. Als ich ihm mit meinem

Lichtschwert einen Schlag versetzen wollte, griff er mit der linken Hand mein Handgelenk und vereitelte mein Vorhaben.

Wir rangen um den Sieg. Die Lichtschwerter durchstießen dabei das Wagendach. Wir bewegten uns hin und her. Jeder versuchte den anderen zu überwältigen. Dabei schnitten die Lichtschwerter das Wagendach entzwei.

Horyet war ein starker und kampferprobter Gegner. Das hatte ich ja schon oftmals zu spüren bekommen. Er bewegte sich blitzschnell. Ich musste höllisch aufpassen, wenn ich meinen Kopf behalten wollte.

»Bezahlen dich die Palets gut?«, fragte ich ihn beim Ringkampf.

»Ja«, antwortete er.

»Ich zahle dir mehr, wenn wir diesen sinnlosen Kampf beenden«, schlug ich vor.

Horyet zögerte kurz. Würde er etwa auf meinen Vorschlag eingehen? Ich wollte nicht kapitulieren, aber ein Versuch den Kampf zu beenden konnte nicht Schaden. Ich erinnerte mich an ein Sprichwort: *Der Klügere gibt nach.*

Der Kampf zwischen Horyet und mir dauerte an. Auf der Straße versammelten sich die ersten Neugierigen. Diesen Gaffern war überhaupt nicht bewusst, dass sie sich in größter Lebensgefahr befanden.

»Angst?«, zischte Horyet mich an, und mir wurde klar, dass er nicht aufgeben wollte.

»Verdammter Idiot«, knurrte ich.

Ich stieß Horyet zurück. Er prallte mit dem Rücken gegen die beschädigte Windschutzscheibe, die dadurch viele Risse bekam.

Wir waren beide wieder frei und belauerten uns einen Augenblick.

Horyet startete einen erneuten Angriff und stieß mit dem Lichtschwert zu. Ich wich blitzschnell zur Seite aus, doch das Lichtschwert streifte meinen linken Arm, bevor es in den Rücksitz eindrang. Ich öffnete rasch die Wagentür und ließ mich aus dem Wagen hinausfallen. Ich landete unsanft auf der Straßen und verletzte mir dabei die rechte Schulter.

Meine Schulter schmerzte, als ich auf die Beine kam. Ich warf einen hastigen Blick auf meinen Gegner und sah, dass er noch im Wagen war. Dieser verfluchte Schweinehund hatte sich im Gurt verheddert.

Geschieht dir recht, du Bastard, dachte ich.

Als Horyet die Fahrertür öffnete, stürmte ich los, sprang auf die Motorhaube und wollte ihn gebührend empfangen. Blöde Idee von mir, denn Horyet konnte sich schneller vom Gurt befreien, als ich erwartet hatte. Er ließ sich zurückfallen und stieß das Lichtschwert durch die Windschutzscheibe; dabei traf er mich mit dem Lichtschwert in den Magen. Ich spürte einen beißenden Schmerz, fiel rücklings auf die Motorhaube, rutschte herunter und landete auf der Straße.

Was hatte ich mir bei dieser Aktion gedacht? *Bill,* sagte ich mir vor, *sterbe jetzt bloß nicht, denn sonst bist du gleich wirklich tot.*

Die Wunde blutete stark. Nur schwerfällig kam ich auf die Beine und bemerkte, wie Horyet aus dem BMW hechtete. Ich wich taumelnd zurück, als Horyets Lichtschwert auf mich zukam.

Ich schwankte und stolperte über meine eigenen Füße. Dann lag ich rücklings auf der Motorhaube.

Horyet hob hämisch grinsend das Lichtschwert und ließ es hinabsausen. Hätte ich nicht so schnell reagiert, wäre das Lichtschwert glatt durch mich hindurchgegangen und hätte mich zweigeteilt. Horyet hatte wirklich nicht mehr vor, mich lebend den Palets auszuliefern.

Horyets Lichtschwert traf die Motorhaube und schnitt durch sie so leicht hindurch, als würde er mit einem heißen Messer Butter schneiden. Ein wenig später roch es nach Benzin, sehr wahrscheinlich hatte er den Vergaser oder die Benzinleitung getroffen.

Wir standen uns wieder gegenüber und belauerten uns wie Raubtiere. Die Menschenmenge um uns herum vergrößerte sich schlagartig. Ich bemerkte einen jungen Mann, der mit seinem Smartphone filmte. Gerne hätte ich ihm das blöde Ding in die Fresse geschlagen. Okay, das war jetzt wohl etwas drastisch, aber mir gingen solche Menschen auf den Sack. Ihnen war überhaupt nicht bewusst, dass es hier um Leben und Tod ging.

»Geht!«, rief ich der Menge zu. »Verschwindet alle von hier!« Doch niemand reagierte auf meinen Zuruf.

Horyet würde jeden töten, der sich ihm in den Weg stellen würde, war ich mir sicher. Ich atmete durch und sah plötzlich Jennifer in der Menschenmenge. Sie telefonierte. Ich vermutete, dass sie Zink anrief. Aber es würde noch etwas dauern, bis er hier eintraf.

Ich stutzte. Wo blieb eigentlich die Polizei?

Ich schnaufte wütend, als Horyet mich angriff. Ich wehrte seine Attacken ab, kam aber nicht dazu, einen Gegenangriff zu starten. Dieser Hurensohn hielt mich ganz schön auf Trab.

Wir bewegten uns auf die Menschenmenge zu. Ich versuchte Horyet zurückzudrängen – vergebens. Er zielte auf meinen Kopf. Ich duckte mich schnell – Glück gehabt. Ich konterte den Schlag, doch Horyet drängte mich zurück, bis ich das Gleichgewicht verlor und in die Menschenmenge fiel. Zwei Männer und eine Frau gingen mit mir zu Boden. Die anderen wichen schnell zurück, als Horyet sie mit dem Lichtschwert bedrohte.

Horyet brüllte vor Wut den Menschen etwas in seiner Sprache entgegen. Scheinbar fühlte er sich von der Menge gestört. Er verlor die Beherrschung und hob sein Schwert.

»He, du Arsch«, rief ich und sprang auf die Beine. »Hier bin ich. Komm her!«

»Ihr solltet jetzt verschwinden«, wandte ich mich den beiden Männern und der Frau zu. Dieses Mal brauchte ich mich nicht zu wiederholen – sie taten es.

Horyet wandte sich mir zu und hatte sein Schwert immer noch erhoben. Er brüllte erneut vor Wut. Okay, wer wütend ist, macht Fehler. Der Körper von Horyet flackerte kurz in einem hellen Licht.

Ich machte einen Schritt auf ihn zu. Er kam mir entgegen. Hinter Horyet trat ein junger Mann mit seinem Smartphone aus der Menge heraus und filmte.

Dieser Vollidiot, dachte ich.

Bevor ich Horyet angreifen konnte, wandte er sich dem jungen Mann zu und stach ihn nieder. Die Menschenmenge schrie entsetzt auf. Und als Horyet einer jungen Frau das Lichtschwert in den Hals stach, löste sich die Menge endlich auf. Nur noch ein junges Paar blieb übrig. Der Mann zückte sein Smartphone. *Noch so ein Idiot*, dachte ich.

»Horyet!«, brüllte ich wütend und wollte so seine Aufmerksamkeit wieder auf mich ziehen.

Er wandte sich mir zu und wehrte meinen Schlag ab. In der Ferne hörte ich Sirenen. Bald würde Verstärkung eintreffen. Ich drängte Horyet zurück. Als wir auf dem Bürgersteig waren, bewegten wir uns auf einen Hoteleingang zu. Ich warf einen Blick auf das

Schild, doch bevor ich den Hotelnamen lesen konnte, musste ich Horyets Schlag abwehren.

Ich hatte mich immer noch nicht daran gewöhnt, dass Horyet so aussah wie Berger.

Horyets Schlag verfehlte mich, dafür traf er den Mann mit dem Smartphone in den Bauch. Blut floss sofort aus der Wunde. Der Mann riss die Augen weit auf und fiel mit leerem Blick in sich zusammen. Sofort hieb Horyet erneut zu und hatte es auf die Frau neben dem Mann abgesehen.

Dieser verdammte Schweinehund von einem Formwandler, dachte ich.

Horyet hätte ihr den Kopf abgeschlagen, wenn ich nicht den Schlag abgeblockt hätte. Die junge Frau konnte unversehrt fliehen.

Ein Hornbrillenträger, mit graumeliertem Haar, stand einige Meter von Horyet entfernt. Keine Ahnung, wo der Mann auf einmal hergekommen war. Er wirkte wie versteinert. Vermutlich aus Angst. Horyet schenkte ihm keine Beachtung, denn er hatte mich fest ins Visier genommen.

Wo war eigentlich Jennifer? Sie war nicht mehr hier, also war sie außer Gefahr. Ich sah die vielen Verletzten auf der Straße liegen und sah, wie sich ein Mann um die Halswunde der jungen Frau kümmerte. Also, lebte sie noch.

Wir belauerten uns wieder. Mitleid konnte der Kerl von mir nicht mehr erwarten. Ich würde ihn ohne Zögern töten.

»Brauchst du eine Verschnaufpause?«, fauchte ich Horyet an.

Ich Blödmann. Hätte ich doch bloß meinen vorlauten Mund gehalten.

Horyet griff mich mit dem Lichtschwert an. Seinen

Hieben konnte ich nur knapp entkommen. Ich wich vor einem Hieb zurück und warf einen kurzen Blick zum Hoteleingang, der sich hinter mir befand. Ich sah ein Kind hinter der Glastür stehen. Ich versuchte zur Seite auszuweichen. Wir drehten uns gemeinsam. Nun hatte Horyet den Hoteleingang im Rücken. Ich wollte zurückweichen und stolperte wieder über meine eigenen Füße Ich fiel auf den Rücken, und Horyet war sofort über mir. Mir blieben nur noch Sekunden, um den Angriff zu parieren. Horyet würde mir gleich den Todesstoß versetzen.

»Du bist jetzt ein toter Mann«, fauchte Horyet mich mit finsterer Miene an.

»Nein«, grinste ich.

Daraufhin sagte Horyet wieder etwas in seiner Sprache, und im gleichen Augenblick raste das Lichtschwert auf mich zu.

Jennifer stürmte aus dem Hoteleingang heraus, direkt auf Horyet zu. In ihren Händen hielt sie einen Regenschirmständer aus Metall, sie hob ihn schnell über ihren Kopf. Mit voller Wucht schlug sie Horyet den Ständer auf den Hinterkopf. Er wankte vorwärts.

»Du Mistkerl«, schrie Jennifer und wieder schlug sie mit dem Regenschirmständer zu.

Wow, Powerfrau, dachte ich.

Horyet sackte ein wenig zusammen. Ich sah meine Chance kommen und sprang schnell auf, fasste neuen Kampfgeist und wollte gerade mit dem Lichtschwert zustoßen, als Jennifer schrie: »Elender Mistkerl.« Wieder schlug Jennifer mit dem Regenschirmständer zu.

Horyet wandte sich ihr brummend zu und bekam abermals den Ständer gegen den Kopf geschlagen.

»Horyet«, sprach ich ihn an, »du bist jetzt ein toter Mann.«

Horyet wandte sich wieder mir zu, und mein Lichtschwert durchbohrte sein Herz. Horyet war wie gelähmt, als mein Lichtschwert flackerte. Wie hatte ich das gemacht? Bei dem Palet hatte es auch geflackert. Ich dachte es wäre defekt, aber dann war ein Stück vom Körper meines Feindes explodiert. Was würde geschehen, wenn ich das Lichtschwert in Horyets Körper stecken ließ? Würde sein Körper dann explodieren?

Ich stellte mir bildlich vor, wie seine Überreste mir entgegenfliegen würden. Letztendlich würde Horyet zerstückelt auf der Straße liegen.

Eklig.

Ich zog mein Lichtschwert aus seinem Körper heraus, holte schnell aus, bis über meinen Kopf, schlug zu und schlitzte Horyets Brustkorb auf. Er brach zusammen, und ich hoffte, dass die Regeneration dieser schweren Wunde etwas länger dauern würde.

»Wo willst du hin?«, rief ich Jennifer hinterher, doch sie war schon ins Hotel gerannt.

Was sollte ich mit Horyet machen? Mist. Ich hatte keine Handschellen, ich hatte … ich sollte ihn doch besser töten. Kopf ab. Ende.

»Hier nimm«, hörte ich Jennifers Stimme an meiner Seite und wandte mich von Horyet ab.

Sie hielt mir ein dünnes Seil entgegen. Woher hatte sie es? Egal. Zusammen fesselten wir Horyet, und ich hoffte, dass er dieses Seil nicht einfach zerreißen konnte.

Horyets Körper leuchtete zunächst hell auf und fing dann an zu flackern. Sekunden später hatte Horyet wieder die menschliche Gestalt angenommen, die ich von unserer ersten Begegnung her kannte. Der Anzug passte Horyet nicht mehr und saß nun sehr viel strammer.

»Ob das sein eigentliches Aussehen ist?«, fragte Jennifer.

Ich zuckte mit den Schultern.

»Keine Ahnung«, sagte ich schließlich.

»Wo ist eigentlich Berger? Ob er tot ist?«, fragte Jennifer besorgt.

Tja, das wüsste ich auch gerne.

»Keine Ahnung«, sagte ich wieder.

Berger tot? Das wäre ein Desaster.

»Das Leuchten ...«, sagte ich schnell und überlegte. »Der Kofferraum ...«

»Was hast du?«, fragte Jennifer.

Ich rannte zu dem BMW. Jennifer folgte mir.

»Hörst du das auch?«, fragte ich, als wir bei dem BMW angekommen waren.

»Ja.«

Es war ein hektisches Klopfen zu hören, und eine dumpfe Stimme rief: »Hallo, hört mich jemand?«

»Die Stimme kommt aus dem Kofferraum«, hauchte Jennifer.

»Wie geht der verdammte ...«

»Fluch nicht soviel«, ermahnte Jennifer mich mit einem strengen Blick. »Hier geht er auf«, sagte sie.

Berger stieg aus und fluchte laut: »Dieser Mistkerl! Schlug mir eins über den Schädel und hat mir meine Klamotten geklaut.« Berger stand in Unterwäsche vor uns und man sah ihm an, dass es ihm peinlich war. »Das war ein neuer Anzug«, fluchte er weiter. »Meine Papiere, mein Smartphone und meine Kanone hat er auch geklaut.«

Anscheinend hatte Berger noch keine Ahnung, wer ihn überfallen hatte. Berger konnte froh sein, dass er mit dem Leben davongekommen war. Nun wandte er sich seinem Wagen zu.

»Nein! Nein! Das gibt es doch nicht. Mein Wagen.« Berger rang nach Luft. »Wie ist das passiert?«, fuhr er mich an.

»Ist doch halb so wild. Ein bisschen Farbe, ein neues Dach, innen etwas neu ausstaffieren, und schon ist der Wagen wieder wie neu«, grinste ich ihn an.

»Innen ist er auch hinüber?«, fragte er hastig und rang wieder nach Luft.

Ich nickte nur.

Berger riskierte einen Blick in den Innenraum.

»Scheiße«, sagte er und fluchte wie ein betrunkener Seemann.

Ich wollte ihn nicht weiter auf die Folter spannen und erzählte kurz, was vorgefallen war und dass Horyet seinen Anzug gestohlen hatte. Ich deutete auf Horyet und erzählte weiter.

»Okay«, sagte Berger.

»Haben Sie ein Handy?«, wandte sich Berger etwas verwirrt an Jennifer.

»Natürlich!«

»Ich muss meinen Kollegen anrufen«, sagte Berger und stöhnte auf: »Mein Kopf tut weh.«

Jennifer überreichte ihm schnell ihr Handy. Berger telefonierte kurz mit seinem Kollegen Zink. Dann gab Berger das Handy zurück und ging zum Kofferraum.

»Wo hab ich denn ... ah, hier«, sagte Berger laut. »Ist besser als nichts«, sagte er und streifte einen blauen Overall über.

Als Berger im Overall direkt vor mir stand, erinnerte ich mich wieder an die blaue Kunststoffkiste, die Berger angeschleppt und in den Kofferraum gestellt hatte. Meine Neugier war so groß, dass ich Berger sofort darauf ansprach. Ich erfuhr von ihm, dass in der

Kiste die Waffen und technischen Geräte der Palets untergebracht waren.

»Ah, verdammt«, fluchte Berger plötzlich. »Wo bin ich nur mit meinen Gedanken? Mein Smartphone und meine Papiere sind ja in meinem Anzug. Außerdem hat der Mistkerl meine Kanone.«

Als Berger auf Horyet zuging, der immer noch auf dem Bürgersteig lag, wandte sich Horyet plötzlich Berger zu.

Horyet lebte also noch.

»Mir steht der Anzug besser«, sprach Berger Horyet an. »Du siehst Scheiße darin aus.«

Bergers Umgangston hatte im Augenblick auch etwas nachgelassen, aber ich konnte ihn gut verstehen. Ich hätte damit gerechnet, dass Berger Horyet einen Fußtritt verpassen würde, doch dann wandte er sich wortlos von Horyet ab.

Zwei Streifenwagen trafen ein. Zwei Polizisten kamen auf uns zu und zwei andere Polizisten kümmerten sich um die Verletzten. Das Larat von mir und Horyet hatte ich in meiner Laptoptasche verstaut. Ich wollte nicht wieder so eine brenzlige Situation wie vorhin heraufbeschwören, in der auf mich geschossen wurde.

»Alles in Ordnung mit Ihnen?«, fragte uns ein älterer Polizist, während der jüngere Polizist nur zuhörte.

»Ja, alles in Ordnung«, versicherte Berger ihm mit fester Stimme.

»Was war denn hier los?«, fragte der ältere Polizist.

»Mein Name ist Helmut Berger, und das sind meine Kollegen«, erklärte er. Ferner nannte Berger seinen Dienstgrad und gab unsere Namen bekannt. Die Polizisten stutzten; ein Agent im Overall kam ihnen wohl doch etwas seltsam vor.

Berger verlangte, dass der Polizist Herrn Landau, seinen Vorgesetzter beim MAD, informieren sollte, und er sollte sich bei seinem Kollegen Michael Zink erkundigen. Berger gab ihnen die Kontaktdaten.

»Ich mache das«, sagte der junge Polizist und ging zu seinem Fahrzeug zurück.

Berger erklärte dem älteren Polizisten, dass Horyet ein feindlicher Agent war und von ihnen festgenommen wurde.

»Aha«, sagte der Polizist, doch ich hatte das Gefühl, er glaubte Berger nicht.

»Mein Kollege Zink müsste eigentlich schon längst hier sein«, sagte Berger verwundert und wandte sich Jennifer zu.

»Ja«, nickte sie.

Eine älterer Frau kam mit einer Polizistin aus dem Hotel und deutete auf mich: »Das ist der Mann, der mit dem anderen da gekämpft hat.«

Der ältere Beamte zog seine Waffe und richtete sie auf mich.

Nicht schon wieder, dachte ich.

»Keine Bewegung«, sagte er.

»Was soll das?«, fuhr Berger ihn ärgerlich an.

Zwei Krankenwagen und ein Notarztwagen trafen ein. Die Sanitäter und der Notarzt kümmerten sich direkt um die Verletzten.

Der Beamte schwenkte die Waffe nach rechts und zielte nun auf Berger. »Sie auch! Bleiben Sie stehen!«, befahl er laut.

Ein weiterer Streifenwagen traf ein, und zwei Polizisten stiegen aus, die zu uns kamen.

»Können Sie sich ausweisen?«, fragte der ältere Polizist und richtete den Blick auf Berger.

Jetzt wurde die Sache etwas verzwickt. Was sollte

Berger tun?

»Meine Papiere sind in dem Anzug von diesem Kerl. Er hatte ihn mir eben gestohlen, nachdem er mich bewusstlos geschlagen hatte«, antwortete Berger und deutete dabei auf Horyet.

»Natürlich«, leierte der ältere Polizist herunter und schwieg für einen Moment. Komisch, er schien sich nicht zu wundern, dass der Anzug bei Horyet wie ein Korsett wirkte. Horyet brauchte jetzt nur mal kräftig einzuatmen und garantiert würden alle Knöpfe fliegen gehen. »Haben Sie einen Ausweis dabei?«, fragte der Polizist Jennifer und dann mich.

Jennifer gab dem Polizisten ihre Papiere zuerst, dann überreichte ich ihm meine.

»Engländer, und auch noch von der Presse. Was machen Sie in München? Menschen verfolgen und niedermetzeln?«, sagte er.

»Wir wurden angegriffen«, erklärte ich ihm kurz.

»Wir nehmen sie alle mit ...«, fing der ältere Polizist an, und hinter ihm sagte jemand laut: »Sie werden hier niemanden mitnehmen.« Ich atmete durch. Es war Zink, der herbeieilte. Ich hatte ihn gar nicht kommen sehen. Nun aber sah ich einen schwarzen BMW neben den Polizeiwagen stehen und zwei Männer in Anzügen, die den Polizisten Anweisungen gaben.

»Nehmen Sie endlich das verfluchte Ding herunter«, sagte Zink ärgerlich und hielt dem älteren Polizisten seinen Ausweis vor die Nase.

»Entschuldigen Sie ...«, sprach der ältere Polizist Berger an, der abwinkte und sagte: »Ist schon gut.«

»So langsam wird das mit dem Geheimhalten aber schwierig«, sagte Zink.

»Ja«, brummte Berger.

»Wer ist der Typ?« Zink deutete auf Horyet und bekam von Berger einen kurzen Lagebericht zu hören.

»Okay«, sagte er und rief seinen Kollegen zu: »Nehmt ihn fest, aber seid vorsichtig.«

»Ich hole mir noch eben meine Papiere und mein Smartphone aus meinem Jackett«, sagte Berger und ging.

»Warten Sie«, sagte ich. »Ich komme besser mit.«

»Okay.«

»Wo ist meine Waffe?«, fragte Berger, als er die Papiere und das Smartphone in der Hand hielt.

»Liegt im Wagen«, antwortete ich.

Berger nickte und holte die Waffe aus seinem Wagen, dann gingen wir zu Zink und Jennifer zurück. Der ältere Polizist war auch noch da.

»Mich hat gerade ein Kollege angerufen«, sagte Zink. »Im Waldstück in der Nähe des Monopteros-Tempels sind die Überbleibsel von einem technischen Gerät gefunden worden. Unsere Kollegen rätseln noch ...«

»Das könnte ein mobiles Empfangsgerät gewesen sein«, unterbrach ich Zink.

»Was macht man damit?«, fragte Zink.

»Damit wird das Basrato aufgebaut.«

»Aha.«

»Kann ich es sehen?«, fragte ich schnell.

»Es wird in unser Labor transportiert«, sagte Zink.

»Okay, dann vielleicht später«, sagte ich.

Ob das Empfangsgerät einen technischen defekt hatte und deswegen zerstört wurde?

»Ich habe Herrn Landau erreicht«, kam der junge Polizist angelaufen.

»Hat sich schon alles aufgeklärt«, sagte der ältere Polizist.

»Räumen wir hier auf«, sagte Berger und wählte eine Nummer auf seinem Smartphone.

»Wo wird Horyet hingebracht?«, fragte ich.

»In die Zentrale«, antwortete Zink. »Dort wird er in Sicherheitsverwahrung genommen«, ergänzte er.

»Okay«, sagte Berger. »Sollen wir uns morgen um zehn Uhr an der Rezeption treffen?«, fragte Berger Jennifer und mich.

»Das haben wir heute schon einmal von ihnen gehört«, lächelte ich und sah sein verdutztes Gesicht. »Können wir machen«, nickte ich dann.

»Ich habe eben noch mit Landau telefoniert«, sagte Berger. »Er möchte morgen bei dem Gespräch dabei sein«, sprach er mich an.

»Ist gut.«

Berger gab einem Kollegen die Anweisungen, uns ins Hotel zu fahren. Wir verabschiedeten uns von Berger und Zink, und ich hoffte, dass der restliche Abend ruhig verlaufen würde.

Küss mich endlich

12 Der Tag hatte so schön angefangen und war in einer Katastrophe geendet. Die Rückfahrt ins Hotel verlief bis jetzt ohne weitere Zwischenfälle. Ich war voller Hoffnung, dass der Abend einen normalen Verlauf nehmen könnte – ein schönes Essen zu zweit und ein Gläschen Wein zum Ausklang des Tages.

Konnte der MAD die Geschehnisse vertuschen? Es gab zu viele Zeugen. Als ich darüber nachgrübelte, erreichten wir unser Ziel. Wir verabschiedeten uns vom Fahrer und betraten die Lobby unseres Hotels. Was würden die Hotelangestellten von uns denken? Meine Klamotten sahen aus, als wäre ich von einem Auto überrollt worden. Na ja, egal, was sie dachten, ich würde gleich unter der Dusche stehen, mich in Schale werfen und mit Jennifer zum Essen gehen.

Ich warf einen Blick auf meine Armbanduhr – 20:56 Uhr. »Soll ich dich in einer halben Stunde abholen?«, fragte ich.

»Ja«, nickte Jennifer.

»Wir können hier im Hotel etwas essen«, schlug ich vor und fragte freudig: »Willst du das Matsuhisa ausprobieren? Muss ganz hervorragend sein. Da gibt's japanisch-peruanische Gerichte.«

»Tja ...«

Ich schwärmte Jennifer von dem Restaurant etwas vor. »Soll eine preisgekrönte Küche sein. Der Koch bereitet Sahimi vom Schwarzem Kabeljau und Gelbflossenthunfisch oder geschmortes Lamm zu.«

Ich wartete brennend auf ihre Antwort, doch irgendwie kam es mir so vor, dass ich sie mit diesen Gerichten heute nicht begeistern konnte.

»Oben gibt es noch das China Moon Roof mit toller Terrasse und einem atemberaubendem Blick über München«, schlug ich vor.

»Hört sich gut an«, sagte sie leise.

»Da gibt's asiatische, mediterrane und arabische Gerichte«, sagte ich mit Begeisterung, »und die haben tolle Cocktails«, zwinkerte ich ihr zu.

Sie lachte leicht und leierte herunter: »Ist bestimmt schön.«

Das hörte sich ja nicht gerade begeistert an, dachte ich und runzelte die Stirn. Was konnte ich ihr denn noch bieten?

»Sei mir nicht böse Bill, aber ich würde lieber ein Schnitzel essen.«

»Okay. Dann können ...«, sagte ich und überlegte kurz. »Dann können wir in die Hotelbar oder in The Lounge gehen.«

Jennifer nickte freudig.

»Weiß aber nicht, ob es da auch Schnitzel gibt«, sagte ich dann und kratzte mich am Kinn. »Na ja, aber irgendetwas in der Art wird es da bestimmt schon geben.«

»Ich habe im Hotelprospekt gelesen, dass es in der Hotelbar und in The Lounge abends verschiedene Snacks geben soll«, sagte Jennifer.

»Hört sich doch gut an. Und würde mir heute Abend ehrlich gesagt auch mehr zusagen«, nickte ich.

»Okay«, sagte Jennifer.

»Ich hatte eigentlich vorgehabt, dich heute zu einem exklusiven Essen einzuladen«, begann ich langsam, »deswegen hatte ich die beiden anderen Restaurants vorgeschlagen«, gab ich zu.

»Aha«, sagte Jennifer wieder und lächelte mir fröhlich zu. »Auf ein Schnitzel hättest du wirklich Appetit?«, hakte sie nach.

»Natürlich«, nickte ich. »Also, dann treffen wir uns um halb zehn in der Hotelbar«, sagte ich.

Jennifer überlegte kurz und sagte: »Hol mich doch ab, dann braucht niemand von uns unten zu warten.«

»Okay«, lächelte ich sie an.

»Dann kannst du dir ja noch mal überlegen, ob du lieber in die Hotelbar oder in The Lounge gehen willst«, schlug Jennifer vor.

»Okay«, nickte ich.

»Dann bis nachher«, verabschiedete sich Jennifer von mir.

»Ja, bis nachher«, sagte ich und ging zu meinem Hotelzimmer.

Eigentlich wollte ich mein Kommunikationsmodul wieder aktivieren und mit meiner Schwester Kontakt aufnehmen. Ich hatte da noch einige sehr wichtige Fragen an sie.

Wie konnte ich das Delektron überprüfen und einsetzten? Wie sollte ich das Basrato vernichten oder ausschalten? Lebten unsere Eltern noch und was konnte meine Schwester mir über sie erzählen?

Das würde länger als eine halbe Stunde dauern, deswegen beschloss ich, den Kontakt direkt morgen früh herzustellen. Heute Abend wollte ich nur noch duschen und Jennifer treffen und Spaß mit ihr haben. War das etwa zu viel verlangt?

Nein, schüttelte ich den Kopf und begab mich laut singend ins Badezimmer.

Es war absolut verrückt.

Ich hatte heute vier Palets besiegt und gegen Horyet gekämpft und ebenfalls gesiegt, und nun stand ich vor Jennifers Hotelzimmer und mir zitterten leicht die Beine. *Angsthase*, sagte ich mir im Stillen vor.

Mannomann. Ich dachte an meine Schwester und daran, wer ich in Wirklichkeit war. Ich hatte in einem gottverdammten Krieg gekämpft, hatte ein Basrato in die Luft gesprengt, mit dem Tode gerungen und trotzdem zitterten mir immer noch die Beine, als ich an die Tür klopfte.

Warum zitterten sie? War der Tag zu aufregend gewesen und ich zu erschöpft? Oder war ich nervös, weil ich gleich mit Jennifer ausgehen würde?

»Ja«, hörte ich Jennifer rufen.

»Ich bin es«, rief ich zurück und wandte leicht den Kopf nach rechts und dann nach links, um zu sehen, ob noch jemand auf dem Flur stand.

»Ich bin gleich fertig«, rief sie.

»Okay.«

Ich warf einen Blick auf meine Armbanduhr. Es war genau 21:30 Uhr. Die Bar hatte noch bis 1:00 Uhr geöffnet, aber ob es solange etwas zu Essen geben würde, bezweifelte ich. The Lounge machte schon um 23:00 Uhr dicht.

»Hm«, kam es aus mir heraus, als Jennifer immer noch nicht kam.

Muss sie sich noch anziehen und lässt mich deswegen nicht herein?, dachte ich und grübelte. *Oder steckt sie in Schwierigkeiten? Ist Horyet etwa bei ihr? Horyet ist in Gewahrsam*, nickte ich. *Aber er könnte ja auch geflohen sein,*

166

schreckte ich zusammen.

Ich wurde leicht nervös und zu meiner Verwunderung bemerkte ich, wie das Zittern in meinen Beinen verschwunden war. Eine Minute wollte ich noch warten – doch ich dachte nach und verkürzte die Zeit auf eine halbe Minute. Wenn Jennifer bis dahin immer noch nicht aufmachen sollte, würde ich die Tür ...

Die Tür schwang auf, und Jennifer stand vor mir.

»Hallo«, lächelte sie mich an. »'tschuldigung, Bill, hat ein wenig länger gedauert.«

»Ähm ... macht überhaupt nichts«, stotterte ich und bewunderte ihr rotes Kleid.

Wow, sie sah perfekt aus. Ich warf einen kurzen Blick auf ihre Beine. *Wow.*

Scheiße, meine Beine zitterten wieder leicht.

»Sollen wir?«, fragte Jennifer.

»Natürlich.«

»Ähm ... ich muss die Tür schließen«, sagte sie.

»Oh! Ja, klar.«

Ich trat zwei Schritte zurück, und Jennifer schloss die Tür.

»Hast du dich schon entschieden?«

»Wie? Was?«, fragte ich.

Verdammt, ich bin nicht ganz bei der Sache, dachte ich. *Sie sieht toll aus. Sie trägt ihr Haar anders*, fiel mir auf. *Sie duftet gut.*

»Wohin gehen wir?«, fragte sie.

»'tschuldigung«, sagte ich. »Wir können uns ja mal bei beiden Lokalen die Speisekarte anschauen«, schlug ich vor.

Jennifer nickte mir zufrieden zu.

Ich kratzte mich verlegen am Nacken.

Während wir mit dem Aufzug ins Erdgeschoss fuhren, fragte Jennifer plötzlich: »Sollen wir in The Lounge gehen?«

»Ähm ...«

»Ich dachte nur, weil wir die Bar ja schon kennen«, sagte Jennifer.

Was habe ich denn nur heute? Warum habe ich ...

»Bill?«, fragte Jennifer, und ich schreckte auf.

»Ja«, sagte ich schnell. »The Lounge ist gut.«

»Okay«, lächelte sie mich an.

Bill reiß dich endlich zusammen, ermahnte ich mich im Stillen. *Du benimmst dich ja wie ein ...*

BING.

Die Aufzugstüren öffneten sich, und wir stiegen aus. The Lounge war gut besucht, aber es waren noch einige Plätze frei.

»Sollen wir uns dort hinsetzen?«, fragte ich und war froh, dass ich wieder in richtigen Sätzen sprechen konnte, was nicht bedeutete, dass die Nervosität bei mir verschwunden war.

»Ja«, sagte Jennifer.

Die Sessel waren bequem. Die schwarzen Tische passten gut zu dem hellen Boden und den hellen Wänden. Eine Kellnerin brachte uns die Karte und ging dann wieder.

Jennifer saß mir gegenüber und sagte: »Ah, hier gibt es schon mal Weißwurst mit Brezel.«

»Ja«, sagte ich und sah sie freudig an. »Okay«, sagte ich und warf einen schnellen Blick in die Karte.

Ihr Kleid war schon etwas tief ausgeschnitten, das irritierte mich irgendwie.

»Hast du etwas?«, fragte Jennifer.

»Nein«, sagte ich. »Wie kommst du denn darauf?«

Sie zuckte mit den Schultern. Ich warf wieder einen Blick in die Karte.

»Gefällt dir mein Kleid nicht?«, fragte sie plötzlich,

und ich erschrak.

Was war das denn jetzt für eine Frage?, dachte ich. *Eine Fangfrage!*

»Nein ...«, sagte ich verlegen. »Ich meine ... du siehst perfekt darin aus. Es steht dir wirklich sehr gut.«

Sie lächelte mich frohgelaunt an.

»Vielleicht bin ich genau deswegen etwas nervös«, gab ich zu.

Sie lächelte wieder.

»Also, ich nehme ein Bier«, lenkte ich vom Thema ab.

»Ich auch.«

»Schnitzel sehe ich auf der Karte nicht.«

»Schade.«

»Willst du gehen?«, fragte ich.

»Nein.«

Die Kellnerin kam.

»Haben Sie schon etwas ausgesucht?«, fragte sie uns freundlich.

Wir bestellten die Getränke.

»Zu Essen haben wir noch nichts gefunden«, sagte ich. »Schade, dass es keine Schnitzel gibt«, ergänzte ich.

»Kann in der Küche mal nachfragen«, sagte sie.

»Das wäre toll«, sagte ich spontan und warf einen Blick zu Jennifer.

»Ja«, nickte sie.

»Was hätten Sie denn gerne für ein Schnitzel?«, fragte die Bedienung.

Wir bestellten uns Wienerschnitzel mit Pommes und Salat.

»Da bin ich mal gespannt«, sagte ich.

»Ich auch«, sagte Jennifer.

Wenig später kam die Kellnerin zurück und brachte die Getränke.

»Schnitzel können wir Ihnen gerne servieren. Möchten Sie Kalb oder Schwein?«, wandte sich die Kellnerin uns zu.

Jennifer lächelte fröhlich und bestellte sich ein Schweineschnitzel.

»Für mich auch«, sagte ich.

Wir stießen an und tranken einen Schluck.

»Beim Anstoßen muss du mir in die Augen schauen«, sagte Jennifer streng.

»Ach ja?«

»Ist 'ne bayerische Tradition«, erklärte sie kurz und grinste.

»Ach so«, sagte ich. »Bist du dir da sicher?«, hakte ich nach.

»Ähm ... nein.« Sie zwinkerte mir zu. »Gefällt es dir hier?«, fragte sie.

»Ja«, antwortete ich, »es ist sehr schön.«

Einen Augenblick später brachte die Kellnerin den Salat und das Besteck.

»Der Salat sieht schon mal sehr gut aus«, bemerkte ich.

Jennifer nickte. Wir stießen wieder an, und dieses Mal blickte ich ihr dabei fest in die Augen. Jennifer probierte den Salat und erzählte, dass sie *Der Medicus* von *Noah Gordon* gelesen hatte. Sie schwärmte mir von dem Buch und dem Schriftsteller vor. Von dem Buch hatte ich zwar schon gehört, aber ich hatte es noch nicht gelesen. Ich hörte gespannt zu. Gordon hatte ein Studium der Zeitungswissenschaften absolviert. Nach dem Studium wandte Gordon sich dem Journalismus zu und war als wissenschaftlicher Redakteur tätig gewesen, bevor er seinen ersten Roman veröffentlicht hatte.

»Vielleicht sollte ich auch mal ein Buch schreiben«, sagte ich beiläufig.

»Ja«, nickte Jennifer begeistert. »Warum denn nicht? Du hast doch eine tolle Story zu erzählen.«

»Ja«, lächelte ich. »Ich könnte einen Science-Fiction Roman schreiben, dass er auf wahren Begebenheiten basiert, muss ja niemand wissen«, lächelte ich sie an. »Vielleicht könnte das Buch ein Bestseller werden«, schwärmte ich.

»Ja, das könnte es in der Tat«, sagte Jennifer.

»Und das Abenteuer ist ja noch nicht zu Ende«, ergänzte ich. »Vielleicht könnte ich ja zum Schluss eine Trilogie schreiben.«

»Gute Idee«, sagte Jennifer

»Meinst du das jetzt ehrlich?«, stutzte ich.

»Ja«, nickte sie.

Vielleicht ist das ja wirklich eine gute Idee. Wenn ich überleben sollte, werde ich ein Buch darüber schreiben, nahm ich mir in diesem Moment fest vor.

»Über was denkst du nach, Bill?«, wollte Jennifer wissen.

»Ich tu es.«

»Was?«

»Ich werde Schriftsteller«, sagte ich langsam, »und werde meine Abenteuer in Bücher niederschreiben«, nickte ich ihr fest entschlossen zu. »Vorausgesetzt ich überlebe«, ergänzte ich leise.

Die Kellnerin kam und brachte die Schnitzel mit Pommes. Dazu gab es noch drei kleine Schalen, in denen Ketchup, Mayonnaise und eine unbekannte, rote Soße enthalten waren. Wir bestellten uns jeder noch ein Bier.

»Das ist aber eine große Portion«, staunte ich, und

Jennifer probierte das Schnitzel.

»Super«, sagte sie.

»Ja«, nickte ich ihr zu, als ich ein Stück gegessen hatte. Es war zart und nicht fettig. Nun probierte ich die unbekannte Soße, und mir brannte sofort der Gaumen. Sie war scharf, aber lecker. Jennifer probierte sie auch und war begeistert. Sie erzählte mir, dass sie gerne scharf aß. Ansonsten verlief das Essen zwischen uns sehr schweigsam. Erst als wir das Schnitzel verdrückt hatten, erzählte Jennifer mir wieder vom *Medicus*. Ich erfuhr, dass die Geschichte in England zu Beginn des 11. Jahrhunderts spielte und dass sich der Protagonist auf eine abenteuerliche Reise nach Persien begab, um dort bei einem berühmten Arzt eine medizinische Ausbildung zu absolvieren.

»Okay«, sagte ich. »Hört sich interessant an.«

»Ja, das war es auch«, nickte Jennifer mir zu, aber irgendwie hörte sich ihre Stimme traurig an.

»Hast du etwas?«, fragte ich.

Sie schüttelte nur den Kopf.

»Ich glaube, dass du mir mit dem Buch etwas sagen willst.«

»Na ja, Bill, das ist so. Ich befürchte«, fing sie an, »dass du vielleicht auch auf eine lange Reise gehen könntest und ...«, sie schluckte, »... und nicht mehr ...«, sie brach ab.

Ich überlegte: *Die Palets dürfen auf gar keinen Fall auf die Erde gelangen. Ich muss das mit allen Mitteln, die mir zur Verfügung stehen, verhindern. Ich muss das Basrato vernichten, selbst wenn es mein Leben kosten sollte. Aber ich würde die Erde nicht verlassen – sie ist zu meiner neuen Heimat geworden.*

»Ich werde nirgendwo hingehen, Jennifer«, sagte ich. »Ich werde dieses verdammte Basrato vernichten und ...«, ich lächelte ihr zu, »... und dann ein Buch darüber schreiben.«

»Okay.«

»Möchtest du vielleicht einen Cocktail trinken?«, fragte ich.

»Gerne.«

Und endlich schenkte sie mir wieder ihr schönes Lächeln.

»Möchtest du den Cocktail oben auf der Terrasse im China Moon zu dir nehmen?«, fragte ich.

»Ja.«

Ich warf einen Blick auf meine Armbanduhr. Es war 22:30 Uhr.

»Mist«, schnaufte ich. »Hat schon geschlossen. Die Lounge macht in einer halben Stunde zu.«

»Tja ... Wir können ja noch in die Bar gehen«, schlug Jennifer vor.

»Okay«, sagte ich und winkte der Kellnerin zu, um zu bezahlen.

Wir gingen in die Hotelbar und setzten uns an die Theke. Den Barkeeper kannten wir schon vom letzten Mal und kamen mit ihm schnell ins Gespräch. Aus einem wurden zwei Cocktails und zu guter Letzt gab der Barkeeper noch einen Absacker aus.

Ich begleitete Jennifer noch bis zur Zimmertür.

»War ein schöner Abend«, sagte ich.

»Ja«, lächelte Jennifer mich glücklich an. »Er hat mir auch sehr gut gefallen.«

Ich trat einen Schritt auf Jennifer zu. Sie blieb stehen und sah mich erwartungsvoll an. Ich war drauf und dran Jennifer zu küssen und ihr zu gestehen, dass ich sie liebte, aber dann kam mir der Gedanke, dass ich nicht wusste, was mich in Zukunft erwarten würde.

Vielleicht würde ich ja doch auf meinen Planeten zurückkehren müssen. Ich hielt es daher für keine gute Idee, zu diesem Zeitpunkt eine Beziehung mit Jennifer einzugehen.

»Woran denkst du gerade, Bill?«, fragte sie mich mit einer zarten Stimme.

»Also, ich denke ... es ist besser, wenn ... ich jetzt gehe«, stotterte ich.

»Du kannst gerne ...«,

»Ich bin etwas müde«, unterbrach ich schnell, »und außerdem habe ich wohl schon zu viel getrunken.«

»Okay«, sagte sie sanft.

»Also dann, gute Nacht, Jennifer.«

»Gute Nacht, Bill.«

Treten wir den Palets in den Arsch

13 Es war früh am Morgen. Berger jagte mit dem Ersatzdienstwagen durch München. Er war zusammen mit seinem Kollegen Zink auf dem Weg zum Dienstgebäude, nachdem sie einen Außeneinsatz beendet hatten. Sie hatten gleich ein Meeting mit ihrem Vorgesetzten Landau und mussten sich beeilen, um den Termin noch pünktlich zu schaffen.

Zink umklammerte eisern den Handgriff an der Wagentür, als Berger blinkte und zügig abbog.

»Willst du einen neuen Geschwindigkeitsrekord aufstellen?«, fuhr Zink seinen Kollegen Berger an. »Oder ärgerst du dich immer noch darüber, dass dein BMW nur noch ein Häufchen Schrott ist?«, provozierte Zink ihn.

Berger nahm den Fuß vom Gas.

»Besser so?«, leierte Berger herunter.

»Ja«, brummte Zink.

»Ich wollte nur mal ausprobieren, was die Kiste so bringt«, sagte Berger.

»Da wäre die Autobahn wohl die bessere und auch vernünftigere Gelegenheit dafür«, erwiderte Zink mit einem ernsten Blick.

»Okay«, seufzte Berger. »Da hast du Recht.«

»Was hat denn Landau so Wichtiges mit uns zu besprechen?«, fragte Zink.

»Wollte er am Telefon nicht sagen«, antwortete Berger mit einem Schulterzucken.

»Hätte das denn nicht bis gleich warten können?«, kratzte sich Zink am Ohr. »Wir treffen uns doch eh alle zusammen um zehn Uhr mit Herrn Clayton und Frau Parker.«

»Er wollte vorher mit uns allein sprechen.«

»Oh!«, staunte Zink.

»Wie findest du denn den Wagen?«, fragte Berger beiläufig und wandte sich kurz seinem Kollegen zu.

»Ist nicht schlecht.«

»Eben.«

»Was meinst du?«

»Er ist nicht schlecht«, schnaufte Berger, »deswegen gebe ich das Ding wieder zurück.«

Zink horchte.

»Ich will einen BMW«, nickte Berger energisch, »der ist besser«, ergänzte er.

»Hab doch ein wenig Geduld, Helmut. Landau genehmigt dir bestimmt einen neuen BMW.«

»Das will ich auch hoffen«, knurrte Berger und fuhr hastig in die Tiefgarage des Dienstgebäudes.

Zink hielt sich wieder am Handgriff fest, als Berger rasch einparkte.

Die Bürotür von Landau stand weit offen.

»Er wartet schon auf uns«, bemerkte Zink.

»Es sieht ganz danach aus«, grinste Berger seinen Kollegen an. »Hoffentlich gibt es dieses Mal einen Kaffee«, flüsterte Berger.

»Stimmt. Bei unserem letzten Meeting hatte ich eine

176

staubtrockene Kehle«, sagte Zink ärgerlich. »Es hat noch nicht einmal ein Glas Wasser gegeben.«

Berger und Zink betraten das Büro von Roland Landau, der sie erwartungsvoll empfing.

»Guten Morgen«, strahlte Landau. »Nehmt Platz«, forderte er seine Kollegen auf.

Vor Landaus Schreibtisch standen zwei Stühle.

»Nicht hier«, sagte Landau. »Wir gehen dort an den kleinen Tisch.«

Vier Stühle standen um einen runden Tisch, auf dem Tassen und eine Kanne Kaffee bereitstanden.

»Milch und Zucker?«, fragte Landau freundlich.

»Ja«, sagte Zink vorsichtig.

Berger nickte langsam.

Landau brachte Milch und Zucker mit an den Tisch.

»Du bist so gut gelaunt«, stellte Berger fest und musterte Landau mit einem skeptischen Blick.

»Dann erzähl mir mal kurz, was gestern so passiert ist«, sprach Landau Berger an und ging nicht auf die Bemerkung ein.

»Was willst du denn wissen?«, hakte Berger nach.

»Erzähl mir etwas von diesem Bill Clayton.«

Berger berichtete, was im Englischen Garten vorgefallen war, dann erzählte er kurz von Horyet und seinem demolierten BMW. Zink schwieg und trank währenddessen in Ruhe seinen Kaffee.

»Dein Wagen hat ja ganz schön was abbekommen«, sagte Landau.

Berger witterte seine Chance und sagte: »Ja, er ist reif für den Schrottplatz.«

»Tja«, fing Landau an. »Und jetzt brauchst du einen neuen Wagen?«

Berger nickte.

»Einen BMW?«, fragte Landau kurz.

Berger nickte wieder.

»Okay«, sagte Landau.

»Okay?«, fragte Berger verdutzt.

»Willst du einen anderen Wagen?«

»Nein«, sagte Berger schnell. »Danke«, ergänzte er noch.

»Vertraust du diesem Bill Clayton?«, fragte Landau plötzlich.

»Ja.«

»Also, Helmut. Ich will mehr von dir hören, als nur ein *ja*. Ich muss wissen, auf welcher Seite Clayton steht.«

Berger war überzeugt davon und teilte Landau das auch mit, dass Clayton keine bösen Absichten hegte und den Menschen auf der Erde wirklich helfen wollte. Dabei erhielt Berger volle Unterstützung von seinem Kollegen Zink.

»Ich habe mit den Kollegen vom MI6 gesprochen«, rückte Landau heraus.

»Was ...«, stutzte Berger. »Was hat denn der MI6 hiermit zu tun?«

Landau zog die buschigen Augenbrauen hoch.

»Ich habe Clayton fest versprochen, dass wir niemandem etwas von ihm erzählen werden«, sagte Berger verärgert und blickte dabei streng. »Und jetzt hast du den MI6 informiert«, brummte Berger seinen Vorgesetzten an.

»Ich habe den MI6 nicht informiert. Sie haben sich mit mir in Verbindung gesetzt, weil sie wissen, dass wir Horyet in Sicherheitsverwahrung genommen haben«, seufzte Landau.

»Tja, so ist das, blöde Geheimdienste ...«, wandte Zink ein und grinste breit, »... die wissen immer viel zu viel«, beendete er den Satz.

»Ja«, knurrte Berger nur.

»Ich mache es kurz«, sagte Landau. »Vor ein paar Tagen war Horyet in London mit einem gestohlenen Wagen in eine Polizeikontrolle geraten. Er konnte sich nicht ausweisen und hat zwei Polizisten schwer verletzt.«

»Er kann Autofahren?«, stutzte Zink und machte dabei große Augen. »Entschuldigung. Wollte Sie nicht unterbrechen.«

»Horyet war zur Fahndung ausgeschrieben worden und wurde dann vor dem Haus von Bill Clayton gestellt«, erzählte Landau. »Er hatte sich zwei Kugeln eingefangen, die ihn eigentlich hätten töten müssen, aber stattdessen hatte er einen Polizisten niedergeschlagen und dem anderen Polizisten das Bein gebrochen. Danach ist er geflohen.«

»Also hatte Horyet gewusst, wo Bill Clayton wohnt und wollte ihn in seinem Haus eliminieren«, stellte Berger fest.

»Ja, vermutlich«, nickte Landau.

»Der Fall ging dann an den MI6«, erklärte Landau. »Und das war der Tag, an dem auch Bill Clayton vom MI6 überprüft und beobachtet wurde.«

Dann erzählte Landau, dass der MI6 schließlich Bill Clayton beschatten ließ. Berger und Zink erfuhren, dass Clayton an einem See von Horyet angegriffen wurde. Es hatte so ausgesehen, als ob Horyet Clayton töten wollte. Zwei Agenten vom MI6 hatten Horyet niedergeschossen und Clayton aufgefordert, dass er sich verdrücken sollte.

»Stellt euch jetzt mal die Gesichter von den Agenten vor, als Horyet trotz seinen tödlichen Verletzungen geflüchtet war«, sagte Landau und legte die Stirn in Falten.

»Dann wissen die Kollegen vom MI6, dass Horyet ein Außerirdischer ist«, wandte Zink ein.

»Einen konkreten Beweis haben sie nicht.«

»Wissen die auch, dass Bill Clayton nicht von dieser Welt ist?«, fragte Berger.

»Nein«, schüttelte Landau den Kopf. »Sie ermitteln noch, warum Horyet Clayton an den Kragen wollte.«

»Gut«, schnaufte Berger.

»Aber blöd sind sie ja auch nicht«, wandte Landau ein. »Sie werden schon herausfinden, wer Clayton wirklich ist.«

Berger kratzte sich am Kopf.

»Was machen wir?«, fragte Zink.

»Ich habe denen erst einmal nichts von Bill Clayton erzählt«, sagte Landau.

»Danke dir«, sagte Berger.

»Wollt ihr noch einen Kaffee?«, fragte Landau.

Berger warf einen Blick auf seine Armbanduhr.

»Ich hab noch etwas mit euch zu besprechen. Es wird hier also noch ein bisschen dauern«, sagte Landau.

»Ich nehme noch eine Tasse«, sagte Zink.

Berger nickte und sagte dann: »Ich auch.«

Landau verließ eilig das Büro, um eine neue Kanne Kaffee zu besorgen.

»Landau ist heute aber ganz gut drauf«, bemerkte Zink. »Hätte nicht gedacht, dass er dir so schnell einen neuen BMW genehmigt.«

»Ich auch nicht«, schüttelte Berger den Kopf und erinnerte sich an die gemeinsame Vergangenheit mit Landau.

Bevor Landau den Posten hier bekam, hatte er in zahlreichen Auslandseinsätzen seinem Vaterland gedient und sein Leben riskiert. Früher hatte er mit einem Schlag seinen Gegner zu Boden geschickt. Ob ihm das heute immer noch gelingen würde? Berger und Landau waren vor zehn Jahren zusammen in Afghanistan gewesen und hatten dort einen geheimen Auftrag zu erfüllen, bei dem Landau eine Kugel in den Unterleib abbekommen hatte. Das Glück war wie immer auf Landaus Seite – er hatte die schwere Verletzung überlebt.

»In einer Stunde sind wir mit Frau Parker und Herrn Clayton verabredet«, drängelte Zink und warf einen Blick auf die Wanduhr.

Berger horchte. »Da kommt er ja endlich.«

»Hat ein wenig länger gedauert«, entschuldigte sich Landau.

Landau trat rasch an den Tisch, füllte reihum die Kaffeetassen auf und nahm wieder Platz. Landau trank stumm einen Schluck Kaffee. Die Alarmglocken schrillten in Bergers Kopf.

»Heraus mit der Sprache, Roland!«, forderte Berger ihn direkt auf. »Du führst etwas im Schilde.«

Landau zögerte einen Augenblick und nahm Blickkontakt mit Berger auf, dann gab er zu: »Ich will Clayton fragen, ob er für uns arbeiten möchte!«

»So etwas hatte ich schon befürchtet. Er wird es nicht tun.« Berger atmete kräftig durch. »Ich halte es außerdem für keine gute Idee.«

»Warum?«, entgegnete Landau. »Denk mal an die Möglichkeiten, die wir hätten – denk an die Technik, die uns zur Verfügung stehen würde – denk an seine Unsterblichkeit.«

Zink räusperte sich, und Landau wandte sich ihm kurz zu.

»Ob er tatsächlich unsterblich ist, dass bezweifele ich«, murmelte Zink.

Berger beugte sich leicht vor und nahm Landau ins Visier.

»Ja, genau daran denke ich, Roland«, sagte Berger ärgerlich. »Ich denke an die ganzen Möglichkeiten, die uns zur Verfügung stehen würden. Aber denkst du auch an Bill Clayton? Glaubst du wirklich, dass er für uns oder irgendeine andere Organisation arbeiten würde?«

»Keine Ahnung, aber ich würde Clayton trotzdem gerne nach seiner Meinung fragen«, sagte Landau fest entschlossen und trank die Tasse Kaffee aus.

Berger nahm ihn wieder fest ins Visier und fragte vorsichtig: »Du hast doch etwa nicht vor, Clayton zur Zusammenarbeit mit uns zu zwingen oder seine Identität preiszugeben?«

Zink trank schweigend seinen Kaffee, während sich Berger einen scharfen Blick von Landau einfing.

»He! Was denkst du von mir?«, fuhr Landau Berger heftig an. »Ich will Clayton nur fragen, ob er mit uns arbeiten möchte. Wenn er will, werde ich auf jeden Fall nicht ablehnen«, erklärte Landau.

Berger schwieg, aber man konnte ihm ansehen, dass er damit nicht einverstanden war.

»Was denken Sie?«, wandte sich Landau an Zink. »Sie haben noch gar nichts dazu gesagt.«

»Tja ...«

»Raushalten gibt's nicht«, stellte Landau klar. »Wir sitzen hier an einem Tisch, und ich will von jedem die Meinung hören.«

»Tja ... also ... auch wenn es Ihnen nicht gefällt«, fing Zink an, und Landau unterbrach ihn sofort: »Ich will Ihre Meinung hören! Egal, ob sie mir nun gefällt oder nicht.«

»Okay«, sagte Zink. »Ich denke, dass es keinen Sinn

macht Clayton zu fragen, ob er für unsere Abteilung arbeiten möchte, weil er mit Sicherheit das Angebot ablehnen würde.« Zink kratzte sich am Ohr. »Fragen können Sie ihn ja danach, aber wenn er nicht möchte, sollten Sie es akzeptieren.«

Landau nickte und sagte: »Das werde ich tun.«

Berger wusste, dass Landau sein Wort nicht brechen würde. Wenn Clayton seine Entscheidung getroffen hatte, würde Landau sie anstandslos hinnehmen.

»Okay«, nickte Zink. »Sie werden also Claytons Entscheidung akzeptieren. Gut. Aber was ist mit den Kollegen in London, wenn sie herausfinden sollten, dass Clayton ein Außerirdischer ist? Werden auch sie Clayton in Ruhe lassen?«

Landau zuckte mit den Schultern.

»Tja. Keine Ahnung«, sagte er, »aber die Kollegen in London wissen ja noch nicht, dass Clayton ein Außerirdischer ist«, betonte er.

»Noch nicht«, warf Zink ein.

»Ja«, sagte Landau, »aber von mir werden sie es nicht erfahren.«

»Okay.«

»Wir werden die Sache schon hinbiegen«, war sich Landau sicher.

»Soll ich Clayton anrufen, dass wir uns verspäten?«, fragte Berger.

Landau warf einen kurzen Blick auf die Wanduhr.

»Wir haben doch noch eine viertel Stunde«, lächelte er breit.

»Das wird aber sehr knapp«, sagte Berger.

»Kannst Clayton ja anrufen und ihm sagen, dass wir etwas später kommen«, nickte Landau ihm zu.

»Okay«, sagte Berger und nahm sein Smartphone hervor und rief Clayton an.

»Bin schon sehr gespannt auf diesen Clayton«, wandte sich Landau an Zink.

Zink schwieg.

»Die Palets sind eine ernste Bedrohung für die gesamte Erde«, sagte Landau plötzlich. »Wir müssen Clayton all unsere Hilfe anbieten.«

Zink nickte zustimmend.

Berger beendete das Gespräch mit Clayton.

»Sollen wir?«, fragte Landau endlich. »Nehmen wir deinen neuen Wagen?«, grinste Landau Berger an.

»Den gebe ich ja bald schon zurück«, erwiderte Berger fröhlich. »Dann bekomme ich einen neuen BMW«, ergänzte er noch.

Landau lachte nur.

»Clayton hat gesagt, dass er dieses Basrato zerstören muss«, lenkte Berger auf ein anderes Thema. »Hoffentlich schafft er es.«

»Er ist ja nicht allein«, wandte Zink ein und runzelte die Stirn.

»Okay, es wird langsam Zeit, sonst kommen wir doch noch zu spät«, sagte Landau ruhig. »Treten wir den Palets in den Arsch«, ergänzte er laut und stand auf.

Plötzlich macht es BUM!

14 Ach, du heiliges Kanonenrohr! Mir brummte der Schädel, als wäre mir jemand mit einer Dampfwalze darüber gefahren.

Ich musste mich sputen, um pünktlich an der Rezeption zu sein. Zum Glück hatte Berger angerufen und gesagt, dass es später werden würde. Jennifer hatte ich gerade darüber informiert und ihr gesagt, dass sie schon zum Frühstück gehen könnte. Also konnte ich noch schnell unter die Dusche springen.

Das Wasser hatte eine angenehme Temperatur. Ich war froh darüber, dass ich gestern Abend standhaft geblieben bin und Jennifer nicht auf ihr Zimmer gefolgt war. Ich hätte sie nur in Gefahr gebracht. Eine intime Beziehung konnte ich mit ihr im Moment nicht eingehen, weil ich sie vor meinen Feinden schützen musste. Auf jeden Fall war der Abend schön gewesen. Punkt. Schluss. Ende.

Nach dem Duschen wollte ich noch schnell mein Kommunikationsmodul aktivieren und mit meiner Schwester Kontakt aufnehmen. Ich hatte noch ein paar wichtige Fragen zu klären.

Horyet konnte mir im Augenblick nicht gefährlich werden. Ihn hatten die Agenten dingfest gemacht. Was sie mit ihm anstellen würden, war mir scheißegal. Horyet hatte es nicht besser verdient. Ich hatte ihm einen Deal angeboten. Er hatte abgelehnt und wollte meinen Tod. An seinem Schicksal war er selber schuld.

Schnell noch rasieren und Zähneputzen – hätte ich beinahe vergessen, ging es mir durch den Kopf.

Als ich damit fertig war, schnappte ich mir die silberne Kugel, nahm im Sessel Platz und dachte an **Kommunikator ein**, um das Kommunikationsmodul zu aktivieren.

Ich dachte an **Kontakt zu Ranja herstellen**.

Ich wartete. Nichts geschah.

Ich versuchte es nochmals.

Ich wartete wieder, ohne Ergebnis.

Verflixt.

Ich musste es später wohl noch einmal probieren. Das Kommunikationsmodul konnte ich aktiviert lassen, da von Horyet im Moment ja nichts zu befürchten war. Oder würde etwa das Brummen in meinem Kopf wiederkehren?

Konnte es sein, dass das Modul einen Fehler hatte? Ich erinnerte mich an den Brief und daran, was bei einem Fehler des Kommunikationsmoduls zu tun war. Ich dachte fest an **Kommunikationsmodul in Stand setzten** und wartete.

Mir wurde schwarz vor Augen. Hoffentlich fiel ich nicht in Ohnmacht. Ich fluchte, weil ich gleich an der Rezeption verabredet war und die Zeit knapp wurde. Ich hätte die Reparatur besser später durchgeführt und dachte schnell an **Kommunikationsmodul in Stand setzten stoppen**, aber der Prozess war gestartet und ließ sich nicht mehr aufhalten. Ich verlor das Gefühl für die Zeit, und plötzlich blitzte es vor meinen Augen.

Es wurde hell um mich herum, und ich sah eine

Lampe, die so eingestellt war, dass ihr Lichtstrahl auf das Gesicht einer Frau fiel. Besonders ihre schmalen Lippen wurden von dem Lichtschein eingefangen.

Als ich hinter mir eine Tür ins Schloss fallen hörte, verzogen sich die Lippen zu einem freundlichen Lächeln.

Warum hatte ich eben ihr Gesicht nicht erkannt?

»Hallo, Andor«, begrüßte meine Schwester mich freundlich.

Ich umarmte sie kurz.

Wir befanden uns in einem Lokal.

»Bitte, nimm doch Platz«, sagte sie und deutete nach rechts auf einen Barhocker.

»Schön dich zu sehen«, sagte ich. »Da hat es ja doch noch geklappt.«

Sie sah mich an.

»Die Reparatur meines Kommunikationsmoduls«, erklärte ich und deutete auf meinen Nacken. »Was ist das für ein Ort?«, fragte ich neugierig.

Sie zuckte mit den Schultern und sagte: »Er ist aus deiner Erinnerung.«

»Ach ja?«

Sie nickte.

»Kann mich gar nicht daran erinnern.«

Die Einrichtung des Lokals war rustikal. Es befanden sich dicke Holzbalken unter der Decke. Der Fußboden bestand aus braunen Holzbohlen. Die Theke sah frisch poliert aus.

»Wo ist denn der Wirt?«, fragte ich.

Ranja neigte den Kopf zur Seite.

»Dann könnten wir uns einen Drink bestellen.«

Sie lachte herzlich.

»Warum wolltest du mich treffen?«, fragte sie.

»Ja, jetzt kann ich mich wieder an dieses Lokal erinnern«, nickte ich.

Ranja horchte.

»Es ist schon sehr lange her, aber hier war ich oft hingegangen, um einen Whisky zu trinken«, erzählte ich fieberhaft, »und eine gute Zigarre zu rauchen.«

Wir sahen uns verträumt an. Es war die klassische Bar mit einem großen Spiegel an der Wand, vor dem die Flaschen standen.

»Ich habe noch ein paar Fragen an dich«, sagte ich schnell. »Wie kann ich das Delektron überprüfen und einsetzen? Was bedeuten die Symbole und wofür sind die Steckverbindungen?«

Ranja erklärte mir ausführlich, wie ich das Display mit dem roten, dreieckigen Symbol aktivieren und deaktivieren konnte. Sie erzählte, was die zwölf verschiedenfarbigen Symbole zu bedeuten hatten. Dann kamen wir auf die vier Steckverbindungen zu sprechen. Ob ich mir das aber alles merken konnte, bezweifelte ich. Mit einem Symbol konnte ich eine Skala aktivieren, auf der ich sehen konnte, wie viel Energie das Delektron noch besaß. Dann erfuhr ich, wie das Delektron aufgeladen wurde und fluchte, als sie mir sagte, welche Energiemenge dazu benötigt wurde. Dafür brauchte ich einen ganzen Solarpark oder besser noch ein Atomkraftwerk, damit wären wir dann auf der sicheren Seite. Okay, wie ich in ein Atomkraftwerk kommen sollte, das war ein anderes Problem, das ich später lösen musste. Dann erzählte sie mir, wie ich mit diesem Gerät ein Basrato aufspüren konnte.

Als sie mir alles über das Delektron gesagt hatte, hätte ich einen Drink vertragen können. Jedoch war mein Wissensdurst noch lange nicht gestillt. Mir gingen so viele Fragen durch den Kopf.

»Wie kann ich ein Basrato vernichten?«, fragte ich

188

und hoffte, dass sie einen anderen Vorschlag hatte, als es in die Luft zu sprengen.

Ranja sagte mir, dass es zwei Möglichkeiten gab. Erstens konnte ich das mobile Empfangsgerät zerstören. Das würde bedeuten, dass ich wieder irgendetwas in die Luft jagen musste. Des Weiteren konnte ich das von dem Basrato künstlich erzeugte Wurmloch betreten, mit dem Delektron ein Kraftfeld aufbauen, und das Delektron dann in dem Wurmloch zurücklassen. Das Wurmloch würde daraufhin implodieren. Meine Schwester sagte mir außerdem, dass ich das Basrato auf der Erde betreten und dann am Ziel wieder verlassen würde.

Ich fragte meine Schwester, was das Ziel war.

Meine Schwester erklärte mir kurz, dass das Ziel die militärische Basis auf dem Planeten Pelos war und sich dort die gesamte technische Installation, also die Hauptstation, befand. Mit dem mobilen Empfangsgerät wurde lediglich eine Verbindung zur Hauptstation hergestellt, um das künstliche Wurmloch zwischen dem mobilen Empfangsgerät und der Hauptstation zu erzeugen.

Dann erklärte meine Schwester mir noch, dass man, wenn man das Wurmloch bei einem mobilen Empfangsgerät betreten hatte, automatisch zur Hauptstation geleitet wurde und man nicht während des Transportvorgangs eigenständig die Richtung wechseln konnte. Wollte man wieder zurück, musste man das Wurmloch wieder bei der Hauptstation betreten.

Das waren für mich keine guten Aussichten. Falls ich auf Pelos die technische Einrichtung, die für das Basrato benötigt wurde, zerstören würde, würde ich mir die Rückkehr zur Erde verschließen. Was würde eigentlich mit mir geschehen, falls ich das Wurmloch vor der Zerstörung nicht rechtzeitig verlassen konnte? Würde ich dann sterben oder wieder irgendwo auf einem fremden Planeten stranden? Ich hatte ehrlich gesagt keinen Bock auf eine weitere Robinsonade.

Ich schielte wieder auf die Flaschen vor dem großen Spiegel, und mir fiel prompt eine Flasche Dalmore ins Auge. Normalerweise saß ich nicht in einer Bar, ohne einen Drink zu mir zu nehmen. Also sprang ich vom Hocker auf, ging um die Theke herum, schnappte mir zwei Gläser und fragte: »Möchtest du auch einen Whisky?«

»Ja. Warum eigentlich nicht?«

Ich nahm die Flasche Dalmore und füllte die Gläser. Ich blieb hinter der Theke stehen und stieß mit Ranja an. Er schmeckte ganz hervorragend. Über den Rand des Glases hinweg schaute ich Ranja an. Wie würde sie den Geschmack des Whiskys empfinden?

Das Getränk – der Geschmack, überlegte ich, *alles hier spielte sich eh nur in meinem Kopf ab, nichts von dem hier war real.*

»Er ist gut«, sagte Ranja, als sie das Glas auf die Theke abstellte.

»Wie geht es denn unseren Eltern?«, fragte ich vorsichtig und überlegte, ob ich diese Frage besser nicht gestellt hätte. Was wäre, wenn ...

»Tja ... Andor ...«, fing sie an.

Sie zögerte mir zu lange. Das hatte nichts Gutes zu bedeuten. Ich stutzte plötzlich und überlegte, ob ich ihr diese Frage nicht schon einmal gestellt hatte.

»Du kannst dich nicht daran erinnern?«, fragte sie leise.

Ich schüttelte nur den Kopf.

»Dieser verdammte Krieg«, schnaufte sie. »Unsere Eltern sind genauso wie auch unsere beiden Brüder bei einem Angriff ums Leben gekommen.«

Ich atmete tief durch. Sie waren also tot. Es gab keine Möglichkeit mehr, dass ich mit ihnen reden konnte.

»Wir hatten auch zwei Brüder?«, fragte ich mit einem Kloß im Hals.

Sie nickte nur.

Ich nahm einen Schluck zu mir und schlug mit der Faust auf die Theke.

»Ich werde diese Bastarde ausrotten«, schimpfte ich laut.

»Bruder!«, sagte Ranja entsetzt. »Wir werden diesen Krieg gewinnen«, sagte sie überzeugt, »aber wir werden keinen Völkermord begehen«, ermahnte sie mich eindringlich.

»Okay«, sagte ich verlegen, »das habe ich ja so auch nicht gemeint.«

»Ist schon gut, Bruder. Ich kann deine Gefühle ja verstehen.«

Wir stießen an und tranken die Gläser aus. Der Whisky war verdammt gut, aber irgendwie fehlte mir der kleine Rausch. Ich merkte nämlich nichts vom Alkohol.

Es blitzte plötzlich vor meinen Augen. Würde die Verbindung jetzt abbrechen? Mir schoss plötzlich noch eine Frage durch den Kopf, die ich unbedingt noch loswerden wollte. Mir wurde leicht schwindelig.

»Was ist mit der Sprache?«, stotterte ich. »Warum verstehst du mich eigentlich?«

»Wie meinst du das?«, fragte Ranja.

»Du sprichst doch bestimmt kein Englisch«, fragte ich verdutzt. »Oder doch?«

»Nein«, schüttelte Ranja den Kopf und lächelte. »Wie kommst du denn jetzt darauf, Bruder?«

»Na, weil du mich verstehst«, stutzte ich und überlegte angestrengt. »Ach ja, ist schon klar. Mein Kommunikationsmodul funktioniert auch als Übersetzter«, nickte ich ihr zu.

»Nein, im Moment nicht«, schüttelte Ranja wieder den Kopf.

»Ja, aber ... wie ...«

»Du sprichst gerade mit mir in deiner Heimatsprache.«

»Was?«, staunte ich.

»Ja.«

»Ist mir gar nicht bewusst.«

»Ich vermute, dass du es aus deinem Unterbewusstsein heraus machst«, versuchte sie mir zu erklären. »Es wird vielleicht noch etwas dauern, aber ich bin überzeugt, dass deine Erinnerungen vollständig zurückkehren werden.«

»Okay«, gab ich mich zufrieden.

Wieder wurde mir leicht schwindelig. War das doch die Auswirkung des Alkohols? Es blitzte stark vor meinen Augen, und ich sah in das erschrockene Gesicht meiner Schwester.

»Was ist los?«, fragte ich hastig, denn irgendetwas stimmte nicht mit ihr.

Die Flaschen wackelten.

»Was ist los?«, fragte ich wieder, und meine Stimme schwoll dabei an.

»Ich bin auf einem Stützpunkt«, sagte sie.

»Ja«, fragte ich vorsichtig und wartete ungeduldig auf eine Antwort, aber es kam keine weitere Erklärung von ihr.

Es blitzte wieder stark vor meinen Augen, und im nächsten Augenblick bekam der Spiegel einen Riss. Es waren nicht nur meine Erinnerungen und Gefühle, die hier übertragen wurden, sondern auch die meiner

Schwester.

»Scheiße«, fluchte ich lauthals. »Da stimmt doch etwas nicht.«

»Wir werden angegriffen«, sagte Ranja.

»Was?«

»Mach dir keine Sorgen, Bruder.«

Blödsinn, natürlich machte ich mir Sorgen – große sogar.

»Wie groß ist ...«

Plötzlich machte es **BUM**.

Die Verbindung riss ab, und alles um mich herum wurde finster.

Mir dröhnte höllisch der Schädel, als ich bemerkte, dass ich vom Sessel rutschte und zu Boden fiel. Es dauerte einige Sekunden, bis ich meine Umgebung wieder wahrnahm. Mein Herz raste – in meinem Kopf schwirrten düstere Gedanken. Meine Schwester befand sich in großer Gefahr, und ich konnte ihr nicht helfen. Ich hatte Mutter und Vater und auch zwei Brüder verloren. Würde ich nun auch meine Schwester verlieren?

Als ich aufstand, wurde mir wieder leicht schwindelig. Irgendwie fühlte sich mein Kopf an, als hätte ich meinen Rausch von gestern noch nicht überwunden. Mein Nacken schmerzte, und mein Hinterkopf fühlte sich taub an. Ich nahm im Sessel Platz und wollte mich kurz erholen. Als ich einen Blick auf meine Armbanduhr warf, stellte ich fest, dass mir noch zehn Minuten blieben. Kein Problem, das Treffen würde ich pünktlich schaffen, aber vorher zum Frühstück gehen, konnte ich vergessen.

Etwas stimmte nicht in meinem Kopf. Plötzlich war ich verwirrt. Wie war mein Name?

Eine gefühlte Minute dauerte es, bis ich wieder klar denken konnte und mir bewusst wurde, dass ich mich plötzlich an meine Heimatsprache erinnern konnte. Ich wartete noch ein wenig ab, bevor ich aufstand und das Hotelzimmer verließ.

Auf dem Weg zur Rezeption ordnete ich meine Gedanken.

Der wahre Terror

15 Mein Hunger war im Augenblick verflogen, meine Sorgen jedoch nicht. Dazu kam die Furcht vor den vielen Fragen, die mir dieser Roland Landau mit großer Wahrscheinlichkeit stellen würde. Wieder musste ich einem Fremden meine wahre Geschichte anvertrauen.

Ich fuhr mit dem Aufzug ins Erdgeschoss und warf einen kurzen Blick auf meine Armbanduhr.

Vier Minuten zu spät, dachte ich. *Und das nur, weil ich eben meine Laptoptasche vergessen habe und deswegen ins Hotelzimmer zurückgegangen bin.*

Zuvor hatte ich das Delektron noch überprüft und festgestellt, dass es aufgeladen werden musste.

Ein Wunder, dass mich noch niemand auf dem Handy angerufen hat, dachte ich. *Okay, Bill, durchatmen*, sagte ich mir im Stillen vor, als ich den Aufzug verließ, *gleich erreichst du die Rezeption.*

Da standen sie schon alle und warteten ungeduldig auf mich: Jennifer lächelte mir fröhlich zu. Berger sagte, »Guten Morgen«, und Landau sah mich an, als wäre ich ein Tier im Zoo. Ich wollte jetzt kein schnelles Urteil über ihn fällen, deswegen ließ ich ihm die Chance, sich bei mir vorzustellen.

Landau stand direkt vor mir. Aufgeregt fuhren seine Hände ans Jacket, bevor er mir die Hand gab und sich kurz vorstellte.

Ich vermisste Zink und wollte Berger gerade fragen, wo er war, als Berger sagte: »Einen schönen Gruß von meinem Kollegen Zink, aber er musste dringend ins Labor und kommt dann vielleicht später hinzu.«

»Okay«, nickte ich leicht und wandte mich wieder Landau zu.

Landau war wohl so um die fünfzig Jahre, hatte fülliges Haar und graue Strähnen. Er trieb anscheinend regelmäßig Sport, denn er sah durchtrainiert aus.

Landau erzählte kurz, dass er und Berger sich schon eine Ewigkeit kannten und zusammen schon viele Einsätze durchgestanden hatten.

Landau wurde mir schon etwas sympathischer, und ich fragte ihn direkt: »Sie sind bestimmt schon auf meine Geschichte gespannt?«

Landau nickte schnell.

Der Hunger kehrte zurück, und ich fragte Landau: »Hätten Sie etwas dagegen, wenn wir etwas Essen gehen würden?« Ich wandte mich kurz Berger zu und fragte dann Jennifer: »Hast du schon gefrühstückt?«

»Nein«, schüttelte Jennifer den Kopf, »bin auch noch nicht dazu gekommen.«

»Okay«, sagte Landau kurz, und Berger war auch damit einverstanden.

»Wohin sollen wir gehen?«, fragte Berger.

»Heute gibt es im Hotel bis 11:00 Uhr Frühstück«, antwortet ich. »Ich frage mal eben an der Rezeption nach, ob auch Gäste von auswärts hier frühstücken können«, sagte ich. »Sie beide sind von mir eingeladen«, ergänzte ich und ging zum Rezeptionisten.

Ich kehrte freudestrahlend zurück und sagte: »Es ist wohl noch genug da, und wir können uns auch ein wenig mehr Zeit lassen.«

»Oh!«, staunte Landau. »Das ist ja sehr zuvorkommend.«

Es waren nicht mehr viele Gäste beim Frühstück. Wir suchten uns einen Tisch aus, der abseits von den anderen Gästen stand. Als wir am Tisch saßen, alle Kaffee und etwas zu Essen hatten, bemerkte ich die Anspannung in Landaus Gesicht.

»Von welchem Planeten kommen Sie eigentlich?«, fragte Landau plötzlich. Als ich stumm blieb, weil ich gerade ins Brötchen gebissen hatte, sagte er ungeduldig: »Mit irgendeiner Frage muss ich ja anfangen.«

»Ich hatte gerade den Mund voll«, sagte ich und nahm einen Schluck Kaffee zu mir, dann fing ich an, die gleiche Geschichte zu erzählen, die auch Jennifer und Berger von mir zu hören bekommen hatten. Landau war ebenfalls ein aufmerksamer Zuhörer, der mich nur selten unterbrach.

Wir holten uns alle noch einen Kaffee und etwas zu Essen, denn wir erfuhren von einer Hotelangestellten, dass gleich das Buffet abgeräumt wurde.

Es blieb leider nicht so viel Zeit, um alles von mir zu erzählen, deswegen berichtete ich von dem letzten Treffen mit meiner Schwester. Das waren für alle am Tisch interessante Neuigkeiten. Ich hatte das Gefühl, dass Landau mir noch eine Ewigkeit zuhören konnte, aber es wurde langsam Zeit zum Schluss zu kommen.

»Glauben Sie denn, dass wir eine Chance haben?«, fragte Landau.

»Wir müssen es zumindest versuchen«, sagte ich mit Nachdruck.

»Ich weiß im Augenblick noch nicht, wie wir an ein Atomkraftwerk herankommen sollen«, überlegte Landau angestrengt.

»Hast du eine Idee?«, sprach Landau seinen Kollegen an.

Berger schüttelte den Kopf.

»Können Sie das Gerät nicht einfach an einer Steckdose aufladen?«, fragte Berger.

»Nein, das geht wohl eher nicht«, antwortete ich. »Meine Schwester hat mir erklärt, dass die erforderliche Energiemenge nur in einem Atomkraftwerk zur Verfügung gestellt werden kann. Ach ja, das Delektron muss mit der Steuerung des Atomkraftwerks verbunden werden, um den Energietransfer zu ermöglichen.«

»Aha«, sagte Berger nur.

»Können wir uns nicht einfach in ein Atomkraftwerk hineinschleichen?«, fragte Jennifer naiv.

»In ein Atomkraftwerk?« Landau zuckte mit den Schultern und schüttelte dann den Kopf. »Die Sicherheitsvorkehrungen sind zu hoch.«

»Was ist mit einem Solar- oder Windpark?«, hakte Jennifer nach.

»Das wäre eventuell machbar«, sagte Landau. »Genügt es, wenn Sie einen Solarpark anzapfen?«

»Nein«, schüttelte ich den Kopf. »Ich brauche einen Reaktor.«

»Hm«, überlegte Landau und kratzte sich am Kinn. »Das wird nicht so einfach gehen.«

Wir beide blickten uns einen Augenblick stumm an.

»Außerdem stellt so eine Aktion schon ein beträchtliches Sicherheitsrisiko dar«, sprach Landau mich direkt an und beugte sich ein Stück vor. »Ich muss zuerst wissen, ob ich Ihnen wirklich vertrauen kann und auf welcher Seite Sie wirklich stehen.«

Mit so einer Aussage hatte ich absolut nicht gerechnet. Das war wie ein Schlag ins Gesicht. Ich sah, dass Berger seinen Kollegen verwundert anblickte.

Natürlich, konnte man mir vertrauen. Die irdischen

Angelegenheiten waren schließlich auch meine, und deswegen mussten wir alle zusammenhalten und die Erde vor den Palets schützen. Wie sollte ich Landau das klar machen?

»Tut mir leid, Herr Clayton«, sagte Landau. »Ich wollte Sie nicht beleidigen. Ich musste Sie das fragen.«

Ein kurzes Schweigen trat zwischen uns ein, das ich dann unterbrach: »Was soll ich Ihnen jetzt darauf antworten, Herr Landau? Ich wüsste nicht, wie ich Ihnen beweisen kann, dass Sie mir vertrauen können.«

»Glaubst du denn wirklich, dass Clayton hier Terror verbreiten will?«, sprach Berger seinen Kollegen scharf an.

»Tut mir wirklich leid, aber es geht hier um die nationale Sicherheit, da muss ich solche Fragen stellen«, entgegnete Landau mit festem Blick.

»Ist schon okay«, sagte ich. »Ich verstehe ja Ihren Standpunkt, Herr Landau.«

Einen Streit konnten wir uns jetzt nicht leisten, denn die Zeit lief gegen uns. Die Palets würden bestimmt schon bald einen neuen Versuch starten. Wir mussten zusammenhalten und gemeinsam eine Lösung finden. Landau wollte gleich ein paar Anrufe tätigen und sehen, was sich machen ließ.

»Da wäre noch etwas, Herr Clayton«, fing Landau langsam an, und ich, wie auch die anderen am Tisch, horchten gespannt. »Ich habe mir überlegt ... also ...«, sagte er, und als ich Bergers Gesichtsausdruck sah, vermutete ich, dass er genau wusste, was Landau nun fragen würde. »Hätten Sie Interesse bei uns zu arbeiten?«

Das war eine direkte und irgendwie seltsame Frage, ohne lang drumherum zu reden. Eben noch stellte Landau mir die Vertrauensfrage, und nun sollte ich für den MAD arbeiten? Natürlich fühlte ich mich geschmeichelt, aber ich war Reporter, das war der Beruf, der mir am Herzen lag. Gut, ich war auch noch ein Elitesoldat – aber daran musste ich mich noch gewöhnen.

Nachdem ich kurz darüber nachgedacht hatte, lehnte ich ab. Landau nahm es gelassen auf und sagte mir, dass ich jederzeit an seine Tür klopfen könnte, um einen Vertrag zu vereinbaren.

Die Hotelangestellten waren wirklich sehr zuvorkommend, denn als ich auf meine Armbanduhr blickte, hatten wir schon kurz vor zwölf Uhr.

Wir verabredeten uns in zwei Stunden vor dem Hotel. Landau brauchte die Zeit, um seine Telefonate zu führen. Berger hatte auch noch etwas zu erledigen. Jennifer wollte einen Spaziergang machen, und ich schloss mich ihr an.

Viel Zeit hatte Landau nicht eingeplant, und ehrlich gesagt, wusste ich nicht, wie er in der kurzen Zeit alles organisieren wollte.

Unser kleiner Spaziergang verlief schweigsam. Ich wollte es immer noch nicht wahrhaben, dass die Erde nicht meine tatsächliche Heimat war. Es war nicht unsere sondern meine Aufgabe, das Basrato zu zerstören. Es war eine gefährliche Mission, und ich wollte Jennifer auf gar keinen Fall dieser Gefahr aussetzen. Ich beschloss für mich, dass sie bei der Mission *Atomkraftwerk* noch mitmachen durfte. Danach wollte ich nur noch mit den Agenten vom MAD zusammenarbeiten und die Mission zu Ende führen. Mit Begeisterung würde Jennifer meine Entscheidung nicht aufnehmen. Aber egal, ihre Sicherheit lag mir mehr am Herzen.

Landau und Berger kamen gut miteinander aus – sie waren ein gutes Team. Ob die beiden auch privat

Kontakt hatten? Ob sie sich mit ihren Familien trafen und mal zusammen ein Bier tranken und grillten? Familien? Ich wusste ja überhaupt nicht, ob Landau und Berger verheiratet waren. Keine Ahnung, ob sie Kinder hatten. Ich sollte sie danach fragen, bevor ich mit ihnen gemeinsam die Mission vollendete. Okay, es war ihre Aufgabe mir beizustehen und die Palets daran zu hindern, dass sie auf die Erde gelangten. Doch falls die beiden verheiratet waren, wollte ich nicht dafür verantwortlich sein, dass ihre Frauen zu Witwen wurden und ihre Kinder ohne Vater aufwuchsen.

»Hoffentlich geht alles gut aus«, flüsterte Jennifer mir plötzlich zu.

Obwohl ich mir auch nicht sicher war, ob alles gut ausgehen würde, sagte ich mit fester Stimme: »Das wird schon. Wenn ich das Delektron aufgeladen habe, werden wir das Basrato vernichten.«

Jennifer hakte sich bei mir ein.

»Es wird langsam Zeit«, sagte ich.

Sie nickte mir zu.

»Bin mal gespannt, ob Landau erfolgreich war«, sagte ich.

»Ich auch.«

Wir standen pünktlich am Treffpunkt. Ich blickte kurz auf die Armbanduhr und sagte: »Kurz nach 14:00 Uhr. Eigentlich müssen sie jeden Moment kommen.«

»Da kommen sie«, sagte Jennifer und deutete auf eine schwarze Limousine – das typische Klischee eines Agentenfahrzeuges.

Berger lenkte den Wagen ziemlich rasant an die Bordsteinkante. Er sah nicht so aus, als ob er mit seinem Ersatzwagen glücklich wäre. Landau saß auf dem Beifahrersitz, also nahmen wir hinten Platz.

Berger gab Gas, und Landau wandte sich uns zu. Es

war noch kein Berufsverkehr, aber dennoch war viel los auf den Straßen. Berger ließ das Fenster der Fahrertür herunter.

»Hab mir noch so ein olles Ding hier besorgt«, sagte er und setzte eine Polizeisirene auf das Dach. »Dachte dann kommen wir schneller voran«, grinste Berger in den Rückspiegel hinein. »Der Ersatzwagen hat ja keine Sirene«, ergänzte Berger und warf Landau einen vorwurfsvollen Blick zu.

Und tatsächlich ging es etwas besser. Rote Ampeln waren nun kein Problem mehr.

»Ich habe alles regeln können«, erzählte Landau ruhig. »Wir fahren nach Essenbach, das liegt in der Nähe von Landshut. Der Reaktorblock Isar-1 ist zwar schon abgeschaltet, aber Isar-2 ist noch in Betrieb. Es werden gerade Sicherheitsprüfungen der Anlage durchgeführt, an denen wir uns anschließen werden.«

»Wie weit ist es denn bis Landshut?«, fragte ich.

»Ungefähr eineinhalb Stunden«, schätzte Landau.

»Eine knappe Stunde«, korrigierte Berger ihn, als er auf das Navi sah.

»Okay«, lachte Landau, »dann zeig mal, ob du es immer noch drauf hast.«

Na super, jetzt würde Berger erst richtig Gas geben. Ich sollte ihn vielleicht dazu auffordern anzuhalten und mir mit Jennifer ein Taxi nehmen. Ich malte mir nämlich gerade aus, was Berger mit dem Gaspedal anstellen würde, wenn wir die Stadt hinter uns gelassen hatten und auf der Autobahn weiterfuhren.

»Kommen wir denn einfach so da rein?«, fragte Jennifer.

»Ich habe meine Kontaktperson angerufen, was gar nicht so einfach war«, gab Landau mit einem leichten Lächeln zu. »Wir haben mit dem Betreiber des Kraftwerks ausgemacht, dass wir Zugang zu der Kraftwerksanlage benötigen, um das Sicherheits- und Leistungsniveau dieser Anlage zu überprüfen. Es wurde schon alles mit dem Kraftwerksleiter abgesprochen.«

»Wissen Sie denn, wie eine solche Überprüfung durchgeführt wird?«, fragte Jennifer.

Landau zog die Augenbrauen hoch und sagte: »Keine Ahnung. Wir gehen da rein, machen einen wichtigen Eindruck und tun so, als ob wir Spezialisten wären.«

»Und Sie glauben, dass das funktioniert?«, fragte Jennifer. »Kann ich mir nicht so recht vorstellen«, zweifelte sie.

»Vielleicht haben Sie da Recht.« Landau kratzte sich am Kinn und überlegte. »Ich werde noch einmal mit meinem Kontaktmann telefonieren«, sagte er und hatte schon das Handy am Ohr.

»Haben wir Tarnnamen? Bekommen wir andere Ausweise?«, fragte ich gespannt. »Na ja, Sie wissen schon, so wie bei Spionagefilmen.«

»Nein«, schüttelte Landau den Kopf und erklärte: »Mein Ausweis genügt, und wir benutzen unsere richtigen Namen.«

»Schade.«

Als ich Landau noch eine Frage stellen wollte, sprach er schon mit seinem Kontaktmann.

Berger blinkte und bog ab.

»Na, endlich«, brummte er. »Der Verkehr ging mir schon auf die ...«, er brach ab, »... gleich sind wir auf der Autobahn.«

Berger betonte das Wort *Autobahn* so stark, so dass ich ganz fest hoffte, dass wir in einen Stau geraten würden. *Besser eine halbe Stunde später am Ziel ankommen, als tot an einem Brückenpfeiler kleben,* dachte ich.

Landau war vertieft in das Gespräch, und ich vermutete, dass er noch eine ganze Weile beschäftigt war, also wandte ich mich Jennifer zu, die gerade aus dem Seitenfenster hinausblickte.

Berger fuhr auf die Autobahn, und ich stellte fest, dass mein Gebet nicht erhört worden war, denn die Autobahn war frei, und Berger konnte nun so richtig Gas geben. Ich wandte mich Jennifer zu. Ihr schien das Tempo nichts auszumachen oder sie nahm es nicht wahr, denn sie blickte immer noch aus dem Fenster hinaus.

Ich warf einen kurzen Blick auf das Tacho. Berger jagte den Wagen mit 250 Sachen über die Autobahn. Auf diesem Teilstück waren aber nur 100 erlaubt, und schon machte es *BLITZ*. Das schien Berger nicht weiter zu stören, denn er ließ den Fuß auf dem Gaspedal stehen. Okay, wir waren im Einsatz, fuhren mit Blaulicht, da konnte Berger ja eh nichts geschehen.

Eine Dreiviertelstunde später lenkte Berger den Wagen rasant von der Autobahn herunter, doch ich bezweifelte, dass er das letzte Stück bis zum Atomkraftwerk vorsichtiger fahren würde.

Endlich beendete Landau das Telefongespräch. Sofort erklärte er uns, was wir bei der Überprüfung zu tun und worauf wir zu achten hatten.

Landau wandte sich seinem Kollegen zu, der sagte: »Kannst weiter reden, ich bin ganz Ohr.«

Berger fuhr auf den Besucherparkplatz, und ich blickte nervös auf meine Armbanduhr. Tatsächlich hatte er nur knappe fünfzig Minuten für die Strecke gebraucht.

Auf dem Weg zum Pförtner fragte Landau: »Jedem ist seine Aufgabe bewusst?«

»Ja«, kam es spontan von Berger.

»Ich denke schon«, sagte ich vorsichtig, und Jennifer nickte Landau zögerlich zu.

»Okay«, sagte Landau, »dann geht's los.

Beim Pförtner überließen wir Landau das Wort. Nachdem der Pförtner mit Herrn Wilhelm Krüger, dem Leiter des Kraftwerks, telefoniert hatte, warteten wir auf ihn.

Ein paar Minuten später kam Herr Krüger und begrüßte uns freundlich. Wieder war es Landau, der die Gesprächsführung übernahm. Er stellte zuerst sich und dann uns kurz vor. Nachdem wir uns ein wenig miteinander ausgetauscht hatten, begleitete Herr Krüger uns zur Leitwarte. Bevor wir die Anlage betreten durften, mussten wir Sicherheitskleidung anziehen. Herr Krüger öffnete uns die Tür zu einem sterilen Raum, indem zahlreiche Regale standen, in denen spezielle Sicherheitskleidung aufbewahrt wurden. Herr Krüger suchte für uns orangene Overalls, Sicherheitsschuhe und Helme heraus, die wir anziehen mussten. Dann überreichte er jedem von uns noch ein Dosiswarngerät, das die Strahlenbelastung in der Umgebung jedes Einzelnen überwachen und bei Überschreitung bestimmter Richtwerte Alarm schlagen sollte. Zusätzlich mussten weiße, flexible Überschuhe getragen werden, damit beim Verlassen des Kontrollbereiches keine radioaktiv belasteten Partikel nach außen getragen wurden.

Auf dem Weg zur Leitwarte erzählte Herr Krüger, dass der Reaktorblock Isar-1 schon 2011 abgeschaltet wurde und Isar-2 Ende 2022 abgeschaltet werden sollte. Von ihm erfuhren wir, dass Isar-1 ein Siedewasserreaktor und Isar-2 ein Druckwasserreaktor war. Ich hatte zufällig voriges Jahr einen Artikel über Atomkraftwerke verfasst, der mir nun nützlich wurde, so kannte ich zum Beispiel den Unterschied zwischen den beiden Reaktortypen. Krüger erzählte, dass der Reaktorblock Isar-2 der leistungsstärkste Kernreaktor Deutschlands wäre.

Ich betrachtete mir Krüger und schätzte, dass er so um die vierzig Jahre alt war, und er schien ein sehr kooperativer und geschwätziger Mensch zu sein.

Er erzählte, dass die Anlage immer wieder modernisiert wurde und ein Online-Überwachungssystem für die großen Transformatoren besaß und dass ein Tarnschutzsystems errichtet worden war, als Schutz vor einem erzwungenen terroristischen Flugzeugabsturz. Außerdem wurden verschiedene modernste Überwachungssysteme zur Früherkennung möglicher Schäden eingebaut.

»Ist eine tolle Anlage«, sagte ich und fing mir einen strengen *Halt-dich-bitte-zurück-Blick* von Landau ein.

»Ja, das ist sie in der Tat«, lächelte Krüger stolz und fragte mich dann interessiert: »Was ist eigentlich ihr Spezialgebiet, Herr Clayton?«

Ich beobachtete, wie alle Blicke auf mich gerichtet waren und begann leicht zu schwitzen.

»Tja ... ich bin für die Messungen zuständig«, sagte ich nur und war erleichtert, als jemand laut sagte: »Hallo, Herr Krüger.«

»Ah, schön, wir waren gerade auf dem Weg zu ihnen beiden«, sagte Krüger fröhlich und stellte uns gegenseitig vor.

Wolfgang Olef war groß und hatte auffällig blonde Haare. Ich schätzte, dass er so um die dreißig Jahre alt war. Sein Kollege Helmut Kranz war ein kleines Pummelchen mit schwarzen Haaren, die aussahen, als hätte er eine Perücke auf dem Kopf. Mir fiel auf, dass ihm der linke Daumen fehlte.

Krüger beauftragte die beiden Herren, dass sie uns bei Fragen zur Seite stehen sollten. Ich bemerkte, dass Landau nur widerwillig die Unterstützung annahm, dennoch bedankte er sich bei Krüger.

Wir betraten gemeinsam den Leitstand. In dieser Zentrale liefen sämtliche anlagen- und verfahrenstechnischen Informationen zusammen. Krüger stellte uns kurz den Mitarbeitern dort vor. Ich fragte Olef, ob er mir nachher den Generator zeigen könnte. Er nickte freundlich und erzählte mir, dass die elektrische Nettoleistung dieser Anlage etwa 1.400 und die thermische Reaktorleistung sogar 3.950 Megawatt betrug. Danach warf er mir noch einige Zahlen an den Kopf. Ich tat interessiert und lobte die Anlage, obwohl ich nicht wusste, was die Zahlen zu bedeuten hatten.

Ich warf einen Blick zu Jennifer und sah, dass sie sich mit Helmut Kranz unterhielt. Flirtete er etwa mit ihr? Berger und Landau standen neben ihnen und unterhielten sich mit Krüger.

Ein unangenehmes Gefühl machte sich in meiner Magengegend breit – Hunger. Ich warf einen Blick auf meine Armbanduhr. Es war genau 16:00 Uhr. Wir hatten zwar spät und ausgiebig gefrühstückt, aber trotzdem knurrte mein Magen. Ich hoffte, dass wir in ein bis zwei Stunden alles über die Bühne gebracht hatten und wieder auf dem Weg nach München waren. Unterwegs konnten wir irgendwo anhalten und etwas …

»Herr Clayton«, hörte ich plötzlich Landaus Stimme neben mir. »Haben Sie alles geklärt?«

Ich nickte ihm zu.

»Herr Olef zeigt mir gleich den Generator«, sagte ich. »Muss noch mal wegen den Anschlüssen an meinem Gerät etwas überprüfen.« Irgendetwas in der Art musste ich ja sagen. Ehrlich gesagt, wusste ich in diesem Augenblick noch gar nicht, wie ich eigentlich die Energie vom Generator auf das Delektron übertragen konnte.

»Wir werden dann mit der Überprüfung hier im Leitstand ohne Sie anfangen«, sagte Landau und wandte sich dann Herrn Kranz zu. »Ich danke Ihnen, aber wir kommen jetzt alleine zurecht.«

»Wenn Sie etwas brauchen oder wissen wollen, dann sagen Sie mir Bescheid«, sagte Kranz und teilte Landau eine Telefonnummer mit. »Ich muss noch mal eben in die Anlage raus.«

»Danke«, nickte Landau.

Kranz ging.

Danach verabschiedete sich Krüger von uns und verließ ebenfalls den Leitstand.

»Bis nachher«, sagte ich zu Jennifer, Berger und Landau und machte mich mit Olef auf den Weg zum Generator von Isar-2.

Das ist doch alles Krötenkacke, dachte ich. Ranja hatte mir die Funktionsweise des Delektrons zwar ausführlich erklärt, aber die Menge an Informationen konnte sich ja niemand merken.

Mensch, ging es mir durch den Kopf. *Ich muss mich voll auf meine Aufgabe konzentrieren, sonst schaffe ich das nicht.*

»Alles in Ordnung mit Ihnen?«, fragte Olef.

»Ja«, antwortete ich. »Ich überlege gerade, was ich gleich alles machen muss.«

Wir betraten das Gebäude, in dem die riesige Turbine stand, die den Generator zur Stromerzeugung antrieb. Das Herz der Turbine war eine Riesenwelle mit unterschiedlich großen Schaufelkränzen. Hier war es nicht mehr so ruhig wie in der Leitwarte, hier brummte und summte es überall.

»So ein Gerät kenne ich gar nicht.« Olef deutete auf das Delektron in meiner Hand. »Sieht aus wie ein misslungenes Tablet«, lächelte er mir zu.

Genau dieser Gedanke war mir auch schon mal durch den Kopf gegangen.

»Es ist eine Spezialanfertigung«, erklärte ich nur und hoffte, dass sich Olef mit der kurzen Antwort zufriedengab.

Olef schwieg.

Es blitzte vor meinen Augen. *Hoffentlich kommt das daher, dass meine Schwester Kontakt mit mir aufnehmen will,* dachte ich.

»Bruder?«, hörte ich die Stimme meiner Schwester.

»Ja«, flüsterte ich. »Gut, dass du dich meldest.«

»Was haben Sie gesagt?«, hörte ich Olefs verstörte Stimme an meiner Seite.

Ich wandte mich Olef zu.

»Oh!«, stutze ich. »Ich ... tja ... nicht so wichtig.«

»Was ist los Bruder?«, fragte Ranja.

»Ranja«, dachte ich. »Hoffentlich werde ich jetzt nicht wieder ohnmächtig, wie beim letzten Mal, als du Kontakt mit mir aufgenommen hast.«

»Keine Angst, Bruder, das kann jetzt nicht passieren, weil wir nur sprachlich miteinander verbunden sind«, erwiderte sie.

»Ich bin ja so froh, dass du die feindliche Attacke überstanden hast«, dachte ich und atmete erleichtert auf.

»Wir konnten den Angriff schnell abwehren«, erklärte sie kurz.

»Sie sind so schweigsam«, sagte Olef.

»Entschuldigung«, sagte ich, »aber mir gehen da so viele Dinge durch den Kopf.«

»Kannst du mir gleich helfen?«, fragte ich meine

Schwester. »Ich muss gleich das Delektron an einen Generator anschließen.« Dann erzählte ich ihr kurz, wo ich mich befand und was ich tun wollte.

»So, da sind wir«, sagte Olef.

Wir standen vor dem Generator, in dem sich der Generatorläufer befand, der fest mit der Turbinenwelle verbunden war. Tja, also hier wurde der Strom erzeugt, den ich nun irgendwie auf das Delektron übertragen musste.

»Danke, Olef«, sagte ich.

Olef nickte.

Okay, der Strom fließt vom Generator zum außenstehenden Transformator, wo er hochgespannt wird, dachte ich. *Ich aber muss den Generator anzapfen. Aber wie sollte ich das anstellen?*

Die Antwort kam prompt von meiner Schwester. Ich atmete erleichtert auf. Da ich jetzt Kontakt zur ihr hatte, konnte nichts mehr schiefgehen. Ich erfuhr von ihr, dass ich zuerst noch etwas in der Leitwarte erledigen musste. Ich sah mir den Generator an, tat wissend und hoffte, dass mir Olef keine zu speziellen Fragen stellen würde. Ich hatte Glück, dass Olef mich in Ruhe arbeiten ließ. Dann kehrten wir in die Leitwarte zurück.

»Haben Sie alles erledigt?«, fragte Landau sofort.

»Ja«, sagte ich. »Ich muss gleich allerdings noch einmal zum Generator«, ergänzte ich.

»Danke, Olef«, wandte ich mich ihm zu.

»Kein Problem«, sagte er.

»Ranja?«, dachte ich vorsichtig.

»Ich bin noch da, Bruder.«

Ranja würde mir Anweisungen geben und auf meine Fragen antworten. Sie hatte mir eben gesagt, dass sie sich mit der Kraftwerkstechnik auskennt. Woher?

Warum? Egal, danach konnte ich sie später fragen, wenn wir mehr Zeit hatten.

Mit Olef waren vier Mitarbeiter des Kraftwerks in diesem Raum. Als Landau an meine Seite trat, und Berger sich mit Olef unterhielt, fragte er: »Wissen Sie wirklich, was zu tun ist?« Die Frage von Landau kam etwas spät.

Ich nickte und antwortete: »Ja«, dabei kratzte ich mich am Ohr, »meine Schwester sitzt mir im Nacken«, lächelte ich.

»Das habe ich gehört«, sagte Ranja.

»'tschuldigung.«

»Was meinen Sie?«, fragte Landau irritiert.

»Ich habe Kontakt zu meiner Schwester. Sie wird mir helfen«, antwortete ich. »Erkläre ich Ihnen später. Können Sie die anderen Mitarbeiter ein wenig ablenken?«

Landau nickte und gab Berger ein Handzeichen, um ihm zu signalisieren, dass er Olef noch etwas länger ablenken sollte. Jennifer und Berger sprachen mit Olef, während sich Landau einem älteren Mitarbeiter zuwandte und ihn ausfragte. Die beiden anderen Mitarbeiter waren so in ihre Arbeit vertieft, dass sie mich nicht beachteten. Würden die Palets uns nicht bedrohen, könnte ich mich jetzt in Seelenruhe an die Arbeit machen. So aber musste ich mich sputen.

»Ich komme hier schon klar. Dauert nicht lange«, wandte ich mich Olef zu, als ich bemerkte, dass er mich beobachtete.

Ich hielt das Delektron in der Hand, und mein rechtes Auge war auf das rote, dreieckige Symbol gerichtet. Ein weißer Lichtstrahl tastete mein Auge ab. Die schwarze Fläche leuchtete auf, und auf dem Display erschienen verschiedene Symbole. Ich betätigte ein rotes Symbol. Unten erschien eine Skala. Das Delektron war fast leer.

Ich hatte mir Gedanken gemacht, wie und mit welchen Steckverbindungen ich das Delektron an den Generator oder an ein Schaltpult anschließen konnte, und nun erfuhr ich von meiner Schwester, dass ich gar keine Steckverbindungen dafür brauchte. Der Informationsaustausch und das Aufladen funktionierte kontaktlos.

Ich legte das Delektron auf das Schaltpult vor mir. Danach berührte ich ein braunes und blaues Symbol auf dem Display, genauso wie es meine Schwester mir gesagt hatte. Die Anlage wurde jetzt für die Stromübertragung vom Generator auf das Delektron konfiguriert.

»War's das etwa?«, fragte ich.

»Es dauert noch einen Moment«, sagte Ranja.

Ich wartete und warf einen Blick zu Olef, der sich prächtig zu unterhalten schien. Meine Hände wurden feucht, vermutlich war das die Aufregung. Das Delektron brummte zweimal.

»Fertig«, sagte Ranja. »Betätige nun wieder das braune und blaue Symbol.«

»Okay.«

Sofort befolgte ich die Anweisung und als ich damit fertig war, fragte ich: »Und jetzt?«

»Wir brauchen wieder Zugang zum Generator.«

»Okay.«

Instinktiv wollte ich das Delektron in meine Laptoptasche stecken, doch dann bemerkte ich, dass ich sie ja im Kofferraum gelassen hatte. Also nahm ich das Gerät in die Hand und ging zu Landau.

»Ich bin hier fertig. Jetzt brauche ich noch einmal Zugang zum Generator.«

Landau nickte, und wir gingen zu Olef.

»Brauchen Sie sonst noch Unterstützung?«, fragte Landau.

»Nein«, schüttelte ich den Kopf. »Ich habe alles Wissen hier oben drin«, sagte ich und zeigte auf meinen Kopf, dabei lächelte ich Jennifer an. Landau blickte verdutzt.

»Erkläre ich Ihnen gleich«, wandte sich Jennifer an Landau.

Wieder war ich mit Olef unterwegs. Er war freundlich und hilfsbereit. Wir unterhielten uns über Isar-1 und kamen dabei auf den Rückbau dieser Brennelemente zu sprechen. Meistens kamen meine Antworten verzögert, weil ich die Informationen, die ich von Ranja bekam, erst einmal verarbeiten und für mich formulieren musste.

»So, da sind wir wieder«, sagte Olef.

»Wir sind ja wieder alleine hier«, bemerkte ich.

»Wird auch im Augenblick niemand kommen«, sagte Olef. »Sie können also in Ruhe arbeiten.«

Alles lief perfekt, aber irgendwie beschlich mich ein beunruhigendes Gefühl, als ich bemerkte, wie frei ich mich in der Anlage bewegen konnte. Und als mir in den Sinn kam, dass ich ein Mensch sein könnte, der terroristische Absichten hegte – mir wurden dafür Tür und Tor geöffnet. Mich fröstelte es, und ich machte mich an die Arbeit.

Ranja gab mir Anweisungen, welche Symbole ich betätigen musste. Dass mich Olef dabei beobachtete, machte mich nervös.

Wie konnte ich ihn loswerden? Vielleicht sollte ich ihn in die Kantine schicken, um Sandwiches zu besorgen. Ich lächelte leicht bei dem Gedanken, und meine Schwester sagte: »Essen muss warten.«

Das ist ja ganz toll, dachte ich. *Sie kann auch meine intimen Gedanken lesen.*

Ranja sagte mir, an welcher Stelle genau ich das Delektron am Generator anlegen musste.

»Du musst jetzt nur noch den rechten Daumen auf das rote, dreieckige Symbol legen«, erklärte Ranja, »dann lädt sich das Delektron automatisch auf. Dabei wird eine holografische Projektion aktiviert, auf der verschiedene Skalen mit Messwerten zu sehen sind. Ich glaube es ist besser, wenn du deine Begleitung ablenken kannst, damit er das nicht zu sehen bekommt.«

»Wie lange muss ich das Gerät denn festhalten?«, fragte ich.

»Du kannst es loslassen, wenn du das Symbol betätigt hast. Das Gerät haftet dann von allein am Gehäuse.«

»Wie lange dauert die Aufladung?«, fragte ich im Stillen und fluchte, als ich daran dachte, wie lange es dauerte, bis ein Akku aufgeladen war.

»Ungefähr zwanzig Minuten«, antwortete Ranja zu meiner Überraschung.

»Wow«, staunte ich in Gedanken.

»Wird die holografische Projektion direkt aktiviert?«

»Nach ... so nach ungefähr fünf Sekunden«, sagte Ranja. »Wenn das Delektron aufgeladen ist, schaltet es sich automatisch aus.«

Ich warf einen Blick auf meine Armbanduhr und überlegte. Es war genau 17:00 Uhr.

»So«, sagte ich zu Olef, »das Tablet arbeitet jetzt von allein.«

Er nickte mir zu.

»Ich wäre sehr an einem kleinen Rundgang interessiert«, sagte ich, da ich bemerkt hatte, wie sehr sich

Olef für seine Arbeit und die Anlage interessierte. »Wir haben ungefähr zwanzig Minuten Zeit«, ergänzte ich.

Olef war begeistert. Bevor wir losgingen, legte ich noch schnell meinen rechten Daumen auf das dreieckige Symbol.

Es war fast 17:30 Uhr, als ich mit Olef und dem aufgeladenen Delektron in die Leitwarte zurückkehrte. Olef blieb bei Jennifer und Berger stehen, während ich mich mit Landau ein Stück von ihnen entfernte.

»Ich bin hier fast fertig«, zwinkerte ich Landau zu. »Muss nur noch die Anlage wieder zurückstellen«, erklärte ich, »gleiche Prozedur wie vorhin«, ergänzte ich.

»Okay«, nickte Landau, »dann starten wir wieder ein Ablenkungsmanöver.«

Ich zählte mit Olef nur noch drei Mitarbeiter. Der ältere Mitarbeiter von vorhin war schon gegangen.

»Ich weiß bald nicht mehr, was ich erzählen soll«, stöhnte Landau.

»Lassen Sie sich etwas einfallen.«

»Tja, Sie haben ja leicht reden, Sie haben ja eine Frau im Ohr«, lächelte Landau mich an. »Jennifer hat mich eben über ihre Schwester aufgeklärt«, sagte Landau noch, bevor er sich an die Arbeit machte.

Ich hatte auf das rote Symbol getippt und das Delektron mit dem Schaltpult wieder kabellos verbunden. Das Display leuchtete bereits auf. Ich berührte das braune und das blaue Symbol ...

»Ups«, sagte ich. »Mist«, fluchte ich. »Grün.«

»Was hast du, Bruder?«

»Wie löscht man die Eingabe?«

»Das geht nicht?«

»Wie? Das geht nicht?«

»Was ist denn los?«

»Ich habe versehentlich auf«, noch zögerte ich, »das grüne Symbol getippt.«

Ranja fluchte. Da kam ich zu dem Schluss, dass ich wohl etwas Saudummes gemacht hatte.

»Was ist los?«, fragte ich hektisch. »Sag schon!«, forderte ich sie auf.

»Das gibt eine Katastrophe«, hörte ich sie sagen.

»Soll ich das Delektron einfach vom Schaltpult abnehmen?«, fragte ich.

»**Nein**«, schrie sie, und mein Kopf dröhnte. »Gleich erscheint der holograf ...«, sie hatte den Satz noch nicht beendet, und mit einem Mal schwebten holografische Symbole über dem Delektron.

»Nicht schlecht«, staunte ich. »Kann ich die Holografie nicht abschalten, so dass die Symbole auf dem Display erscheinen?«

»Nein! Orange«, sagte sie. »Mach schon!«

»Was?«

»Tipp auf das orangefarbene Symbol!« Ihre Stimme klang ganz und gar nicht mehr freundlich.

»Okay«, flüsterte ich.

Daraufhin erschien eine holografische Tastatur. Eigentlich hätte ich die Schriftzeichen kennen müssen, aber durch meinen Gedächtnisverlust waren es für mich nur eine Reihe von Hieroglyphen. Ranja gab mir hektische Anweisungen, und ich betätigte die Zeichen auf der Tastatur.

Ein akustisches Warnsignal durchdrang die gesamte Werksanlage und ließ mich aufschrecken.

»Verdammt! Was ist los?«, schrie Olef und kam sofort zu mir.

»Was ist ... Was ...«, stotterte er.

»Der neuste Schrei«, sagte ich. »Hab alles im Griff.«

»Sieht mir aber nicht danach aus.«

Ich sah die Angst in Jennifers Augen und die Blässe in Bergers Gesicht. Bei Landau hingegen konnte ich keine Gefühlsreaktion ablesen. Er war wie ein geschlossenes Buch für mich.

»Falsches Symbol betätigt«, wandte ich mich an Landau.

»Dann bringen Sie die Scheiße hier verdammt nochmal wieder in Ordnung«, antwortete er ziemlich unfreundlich.

»Bin dabei.«

»Was haben Sie getan?«, hörte ich Olef sagen. »Das Online-Überwachungssystem für die großen Transformatoren ist ausgefallen.«

»Jaja, das ist ja wohl halb so wild«, sagte ich genervt. »Rede mit mir! Was soll ich tun?«

»Was? Wer ich?«, fragte Olef irritiert.

»Nicht Sie. Meine Schwester. Verdammt. Egal. Lassen Sie mich einen Augenblick in Ruhe arbeiten.«

»Was ist das für eine eigenartige Tastatur?«, fragte Olef.

»Habe jetzt keine Zeit für Erklärungen«, antwortete ich.

Die Sache Spitze sich zu. Ein junger Mitarbeiter, der an einem anderen Schaltpult saß, rief hektisch: »Das Tarnschutzsystem ist ausgefallen.«

Na ja, hätte ja auch schlimmer kommen können, dachte ich.

Das wäre ja schon ein verrückter Zufall, wenn in diesem Augenblick ein erzwungener terroristischer Flugzeugabsturz auf diese Atomanlage verübt würde.

Ich tippte so schnell ich konnte auf der holografischen Tastatur herum, während mich die Ungewissheit quälte, was als Nächstes geschehen würde.

Ich hörte, dass nun auch noch die Prozessrechneranlage einen Fehler hatte und fast zeitgleich fielen sämtliche Überwachungssysteme zur Früherkennung möglicher Schäden aus.

Schlimmer kommt es immer, dachte ich und versuchte die Ruhe zu bewahren.

Hoffentlich endete mein Fehler nicht in einer nuklearen Katastrophe.

»Sie wollen die Anlage sabotieren«, schrie Olef plötzlich.

»Reden Sie keinen Unsinn«, entgegnete ich scharf.

»Sie jagen hier alles in die Luft«, schrie er mich an und wollte handgreiflich werden, doch Berger redete auf ihn ein, so dass sich Olef wieder ein wenig beruhigte.

Was stellte sich Olef denn vor? Wir waren doch keine Terroristen. Der wahre Terror würde mit den Palets zur Erde gelangen.

»Das Tarnschutzsystem funktioniert wieder«, sagte ein Mitarbeiter.

Das war gut, da konnte uns ja schon mal kein Flugzeug mehr auf den Kopf fallen.

»Das Online-Überwachungssystem funktioniert wieder«, sagte der andere Mitarbeiter.

Krüger und zwei weitere Kollegen kamen in die Leitwarte geeilt.

»Was ist hier los?«, fragte Krüger lautstark, aber er schien auf Katastrophen vorbereitet zu sein. Er blieb ruhig und verschaffte sich schnell einen Überblick.

»Was ist mit der Prozessrechneranlage?«, wandte sich Krüger an mich.

»Bin gerade dabei«, antwortete ich.

Ranja gab mir Anweisungen, während Krüger von

mir eine Erklärung verlangte. Als ihm das Delektron bewusst auffiel, wollte er sofort wissen, was das für ein Gerät war.

»Also, Herr Krüger, bei allem Respekt«, fing ich langsam an zu reden, »ich muss mich hier wirklich konzentrieren.«

»Schalten Sie ihr Gerät aus!«, verlangte er plötzlich von mir.

»Wollen Sie hier eine nukleare Katastrophe verursachen?«, fuhr ich ihn ärgerlich an.

Landau versuchte die Situation zu entschärfen.

»Okay«, sagte Krüger plötzlich, ließ mich aber nicht aus den Augen.

Ranja gab mir weitere Anweisungen, und ich tippte auf der Tastatur herum wie ein Hacker. Es schienen sich keine weiteren Fehlfunktionen mehr anzubahnen. Störungen direkt am Reaktorkern gab es zum Glück keine.

Ich spürte förmlich, wie Herr Krüger jeden Handgriff von mir verfolgte. Ich vermutete, dass er zweifelte, ob wir wirklich hier waren, um das Sicherheits- und Leistungsniveau dieser Anlage zu überprüfen.

»Geschafft«, schnaufte ich, und ein Mitarbeiter bestätigte, dass die Prozessrechneranlage wieder einwandfrei arbeitete.

Die holografische Tastatur verschwand und das Delektron schaltete sich automatisch ab. Ich atmete erleichtert auf, während ich das Gerät vom Schaltpult nahm. Anschließend verabschiedete ich mich von meiner Schwester.

Olef hatte sich wieder ganz beruhigt. Krüger verlangte wieder eine Erklärung von Landau. Von Krüger erfuhren wir, dass dieser Störfall ein meldepflichtiges Ereignis war. Landau schlug Krüger vor, dass er mit seiner Kontaktperson Verbindung aufnehmen wollte, um die Sache hier zu klären. Krüger willigte ein und ging mit Landau in sein Büro.

Das Warten auf Landau verlief schweigsam. Wir waren für die Fahrt startklar. Ob es zurück nach München ging, würde sich nachher im Wagen entscheiden.

Es war kurz nach 19:00 Uhr, als Landau und Krüger zurückkehrten und wir uns von Herrn Krüger verabschiedeten.

Ende gut, alles gut!

Tatütata, wir sind da

16 Für ein Halleluja war es noch viel zu früh. Zuerst mussten wir das nächste aktive Basrato finden und vernichten, denn sonst würden die Palets auf die Erde kommen und sie erobern.

Landau saß wieder auf dem Beifahrersitz und hatte sich mir zugewandt. Mich graute es schon vor der Autofahrt, denn Berger würde garantiert wieder Gas geben. Ich schaltete das Delektron wieder ein. Ein weißer Lichtstrahl tastete mein rechtes Auge ab. Die schwarze Fläche leuchtete auf, und auf dem Display erschienen verschiedene Symbole. Dann ging ich vor, wie meine Schwester es mir beschrieben hatte. Ich betätigte zuerst das orangefarbene Symbol auf dem Display. Es erschien wieder die holografische Tastatur. Nach erfolgreicher Eingabe verschwand die Tastatur, und das Zentrum von München erschien als Hologramm über dem Delektron.

»Wow«, staunte Landau, und auch Bergers Blick verriet mir, dass ihn diese Technik in Staunen versetzt hatte.

Jennifer saß schweigend neben mir.

»Navi der Zukunft«, sagte ich.

Jennifer lächelte mir zu.

»Funktioniert's?«, wollte Berger wissen.

»Keine Ahnung«, antwortete ich.

Das Hologramm von München verschwand.

»Das Bild ist fort«, sagte Landau entsetzt.

Kurz darauf erschienen nacheinander holografische Projektionen von verschiedenen Orten der ganzen Welt: Wir bestaunten das Zentrum um den Eiffelturm von Paris; einige Sekunden später sahen wir den Moskauer Platz; dann war irgendeine Wüste und schließlich die Innenstadt von London zu sehen. Plötzlich tauchte der Englische Garten von München auf.

»Das mobile Empfangsgerät im Englischen Garten ist doch vernichtet worden«, stutzte Landau.

»Ja, aber die Palets könnten ein neues Gerät dorthin geschickt haben«, vermutete ich.

»Zufall?«, fragte Landau.

Ich zuckte mit den Schultern.

Berger startete den Wagen und fuhr in Richtung München los. Das kurze Stück bis zur Autobahn fuhr Berger human. Als er auf die Autobahn auffuhr, gab er wieder Gas.

Ich betrachtete mir das Hologramm vom Englischen Garten, bis es verschwand. Als kein anderer Ort mehr auftauchte, schaltete ich das Delektron nicht aus, sondern fuhr es in den Ruhezustand, damit es mir automatisch melden konnte, wenn sich irgendwo auf der Welt ein Basrato aufbauen sollte.

»Ich vermute, dass sich das Basrato irgendwo in München öffnen wird«, sagte ich.

Das war das Stichwort für Berger.

»Okay«, sagte er nur und gab Vollgas.

»Hat vielleicht jemand Hunger?«, fragte ich.

Landau sah mich schweigend an, so als wollte er mir sagen: *Wir haben Wichtigeres zu tun.*

»Wir müssen zuerst die Welt retten«, grinste Berger in den Rückspiegel.

»Also, ich habe schon ein wenig Hunger«, seufzte Jennifer.

Wenigstens stand sie mir bei.

»Wir können ja schnell einen Hamburger essen gehen«, schlug Berger vor.

»Okay«, sagte Jennifer schnell.

Na ja, das war besser als sich zu Tode zu hungern, also willigte ich auch ein. Berger nahm die nächste Ausfahrt und steuerte ein Schnellrestaurant an.

Natürlich wurden wir auf dem Parkplatz kritisch beobachtet, als wir den Wagen verließen: Zwei Männer in dunklen Anzügen, die aus einer schwarzen Limousine ausstiegen, gefolgt von einem Mann und einer Frau, die leger gekleidet waren. Und dann hatte der leger gekleidete Mann auch noch eine Laptoptasche bei sich. Wer würde da nicht mal kurz oder lang hinsehen?

Wir betraten das Restaurant.

»Dann mal los«, wandte ich mich fröhlich Jennifer zu, als ich an der Reihe war und meine Bestellung aufgab.

»Hast aber viel bestellt«, sagte Jennifer erstaunt.

»Wer weiß, wann es das nächste Mal etwas gibt«, erwiderte ich.

Wir suchten uns einen freien Tisch aus. Landau und Berger konnten sich zuerst ihre Bestellungen abholen, dann folgte Jennifer. Berger legte die Stirn in Falten, als ich mit meinem Tablett an den Tisch zurückkam.

»Ist was?«, fragte ich.

»Nö«, sagte Berger nur.

»Guten Appetit, Bill!«, wandte sich Jennifer leicht lächelnd an mich.

»Danke«, nickte ich, trank einen Schluck Cola und aß einen großen Hamburger mit Pommes.

Jennifer, Landau und Berger staunten, dass ich zudem noch einen Cheeseburger, Chickenwings und zu guter Letzt noch einen Chickenburger verdrückte. Nachdem ich alles aufgegessen und meine Cola ausgetrunken hatte, schmunzelte Landau: »Satt geworden?«

»Also, mir hat es geschmeckt«, nickte ich zufrieden. »Außerdem tut uns eine Pause ganz gut.«

Berger nickte zustimmend.

»Wie geht es jetzt weiter?«, fragte Berger.

»Ich habe das Delektron in den Ruhestand versetzt, falls sich ein Basrato aufbaut, wird es uns das melden«, erklärte ich.

»Wie?«, fragte Landau.

»Das Delektron wird ein akustisches Signal aussenden und sich einschalten«, erklärte ich.

»Dann hoffe ich nicht, dass es das hier tut«, sagte Berger und deutete auf meine Laptoptasche neben mir, in der sich das Delektron befand.

»Tja, also«, sagte ich und zuckte mit den Schultern. »Besser gestärkt in einen Kampf ziehen, als ...«

»Hungrig krepieren«, beendete Berger meinen Satz.

»Ist Ihr Kollege Zink eigentlich immer noch im Labor beschäftigt?«, fragte ich Berger.

Er nickte und sagte: »Ja, aber wir treffen ihn gleich in München.«

»Okay«, sagte ich.

Fiuuu Fiuuu erklang es schallend aus meiner Laptoptasche. **Fiuuu Fiuuu**.

»Äh ...«, stotterte ich, und Landau sagte: »Schalten Sie den Ton endlich ab.«

»Dafür muss ich das Delektron aber auspacken.«

»Keine gute Idee«, sagte Berger.

Fiuuu Fiuuu.

»Okay«, nickte Landau. »Gehen wir!«

Wir verließen in Windeseile das Restaurant. Als wir im Wagen saßen, packte ich sofort das Delektron aus und aktivierte es. Der Englische Garten von München tauchte wieder als Hologramm über dem Delektron auf.

»Ist es soweit?«, fragte Landau hektisch.

»Ich glaube schon«, sagte ich.

Berger benutzte nun das Blaulicht, und mir kam es so vor, als würde er noch schneller fahren.

Das Hologramm vom Englischen Garten verschwand, und der Alte Botanische Garten tauchte auf. Ich zoomte das Bild heran, in dem ich solange auf ein rotes Symbol auf dem Display tippte, bis wir den Justizpalast vor uns sahen.

»Wie funktioniert das Ding eigentlich?«, fragte Landau.

»Keine Ahnung«, antwortete ich schulterzuckend und sah in Landaus Miene, dass ihn meine Antwort nicht zufriedengestellt hatte.

»Vielleicht benutzt das Delektron einen Satelliten«, sagte ich.

»Na ja, ist ja auch nicht so wichtig«, sagte Landau »Wo wird das nächste Basrato auftauchen?«

Eigentlich wollte ich sagen: *Genau da am Justizpalast.* Doch dann verschwand das Hologramm wieder, und ein Schloss tauchte auf.

»Das könnte Schloss Nymphenburg sein«, rätselte ich und wandte mich Jennifer zu.

»Ja, das ist Schloss Nymphenburg«, bestätigte Jennifer mir.

»Kann das blöde Ding sich nicht endlich mal entscheiden?«, fluchte Landau ärgerlich.

»Hat es.«

»So?«

»Schloss Nymphenburg«, sagte ich nur.

»Okay«, sagte Landau. »Ich informiere Zink.«

Während Landau mit Zink telefonierte, betrachteten Jennifer und ich die holografische Projektion. Im Schlosspark war einiges los.

»Hast du das auch gesehen?«, fragte Jennifer mit zitternder Stimme.

»Ja«, hauchte ich.

Etwas abseits vom Schloss, bei der Pagodenburg, schoss eine Wasserfontäne aus dem kleinen See in die Höhe. Ich zoomte mit dem roten Symbol auf dem Display den See etwas heran und sah, dass viele Menschen am Ufer standen und das Schauspiel beobachteten. Aus dem See stieg eine zweite hohe Fontäne auf. Sekunden später waren sie wieder verschwunden.

»Hoffentlich ... ist das ...« Ich hatte den Satz gerade angefangen, als das Hologramm vom See verschwand und das Schloss wieder auftauchte.

»Scheiße«, fluchte ich. »Wie lange brauchen wir?«, wandte ich mich an Berger.

»Bei dem Verkehr ... eine halbe Stunde«, sicherte er mir zu.

»Wie viel Zeit haben wir noch?«, wandte sich Landau an mich, als er das Gespräch mit Zink beendet hatte.

Ich überlegte kurz, dann sagte ich: »Schwer zu sagen, aber ich vermute, dass ...«

Eine Meldung erschien auf dem Display, mit der Jennifer und Landau nichts anfangen konnten. Ich jedoch konnte sie plötzlich entziffern.

»Weniger als eine halbe Stunde«, sagte ich.

»Ich will einen BMW«, brummte Berger und fuhr so schnell es der Verkehr zuließ.

»Und mit einem BWM wären wir viel schneller?«, fragte Landau stirnrunzelnd.

»Hm«, brummte Berger.

»Kriegst ja demnächst auch wieder einen«, lächelte Landau.

»Verdammt«, fluchte ich laut, als ich sah, wie ein greller Blitz quer über das Schlossgelände raste und im Schlossgarten in den Brunnen einschlug.

»Was ist passiert?«, wandte sich Landau mir zu.

Die holografische Projektion schwebte immer noch über dem Delektron, und ich sah, dass in diesem Moment sämtliche Fensterscheiben des Schlosses zersprangen. Die Glasscherben rieselten zu Boden. Es war schwer zu sagen, wie viele Menschen bei diesem Unglück verletzt oder vielleicht sogar getötet wurden.

»Ich befürchte ...« Eine weitere Meldung erschien plötzlich auf dem Display, und dann wusste ich es. »Das mobile Empfangsgerät ist im Schlosspark.«

»Zink ist mit einer Einheit auf dem Weg dorthin. Polizei und Krankenwagen werden dort auch gleich eintreffen«, sagte Landau hastig. »Ich denke, es wäre besser, wenn wir auch das Militär anfordern würden.«

»Haben Sie keine Spezialeinheit?«, fragte ich.

»Das schon, aber ...«

»Ich kann es schaffen«, war ich mir sicher.

»Aber wenn etwas schiefläuft«, schnaufte Landau, »sind wir am Arsch.«

»Es wird nichts schieflaufen«, sagte ich.

»Okay«, nickte Landau und hatte schon das Handy am Ohr.

Während Landau mit Zink telefonierte und ihm Anweisungen und die neusten Informationen gab, beobachteten ich und Jennifer auf der holografischen Projektion das Geschehen im Schlosspark. Die ersten Polizeiwagen trafen ein. Ich vermutete, dass nun das Gelände weiträumig abgesperrt wurde.

»Was denken Sie, bis wann die Palets das Basrato aufgebaut haben?«, fragte Landau, während Zink noch am Telefon war.

»Eine knappe halbe Stunde«, nickte ich, da eine neue Meldung auf dem Display noch nicht erschienen war.

Wir sahen das Polizeiaufgebot, und natürlich fuhr auch ein Pressewagen vor. Geheimhalten ließ sich die Sache wohl nicht mehr. Vielleicht war es doch nicht verkehrt, wenn Landau das Militär informieren würde.

»Zink ist gleich vor Ort. Er und eine Spezialeinheit von uns werden dann alles Weitere regeln«, wandte sich Landau an mich, als er das Gespräch mit Zink beendet hatte.

»Wir können vielleicht sogar Filmstars werden«, sagte ich leicht lächelnd.

»Zink wird das schon regeln«, wollte Landau mich wohl beruhigen.

Okay, die Leute von der Presse konnte Zink aus Sicherheitsgründen vom Platz verweisen. Jedoch war es nahezu unmöglich Aufnahmen, die Besucher mit ihren Smartphones gemacht und schon ins Netz gestellt hatten, wieder zu löschen.

Tja, schöne neue Welt, dachte ich. *Immer auf dem aktuellsten Stand.*

Wir verließen gerade die Autobahn und hatten großes Glück, dass die Straßen frei waren. Berger raste an Blitzern vorbei – *war ja egal, er fuhr mit Blaulicht und Raketenantrieb.*

»So ein Basrato richtet aber einen erheblichen Schaden an«, stellte Landau fest. »Ist das immer so?«

»Ich glaube, das hängt mit dem Empfangsgerät zusammen. Diese Technik ist wohl noch nicht ganz ausgereift«, erklärte ich.

Ich warf einen Blick auf meine Armbanduhr und war mir sicher, dass Berger seine Fahrzeit einhalten würde. Er war ein Teufelskerl.

»Wie lange hält denn das Akku?«, fragte Jennifer und deutete auf das Delektron.

Ob das Gerät ein Akku besaß, bezweifelte ich, aber diese Frage hätte ich mir selber stellen müssen. Schnell aktivierte ich die Skala und stellte fest, dass das Energiemodul des Delektrons noch voll aufgeladen war.

»Ist noch alles im grünen Bereich«, nickte ich erleichtert.

»Wir sind gleich da«, sagte Berger plötzlich, als er in einem Wahnsinnstempo die nördliche Auffahrtsallee hinunterraste.

Ich schaltete das Delektron in den Ruhezustand und verstaute es in der Laptoptasche. Berger hielt den Wagen an. Das letzte Stück bis zum Eingang mussten wir zu Fuß gehen. Praktisch für mich war, dass ich die Laptoptasche auch als Rucksack verwenden konnte.

Auf ein baldiges

Wiedersehen

17 Ich hatte das schreckliche Gefühl, dass die Sache nicht gut ausgehen würde, als ich die Zerstörungen am Schlossgebäude sah. Wie würde es im Inneren des Gebäudes aussehen? Die Antwort bekam ich prompt, als eine Fensterlaibung aus dem zweiten Stockwerk herausbrach und zu Boden stürzte.

Michael Zink trat aus dem Eingang des Schlossgebäudes heraus. Anscheinend konnte man das Gebäude noch betreten. Landau und Berger gingen schnell voraus. Jennifer und ich folgten ihnen dichtauf.

»Gute Zeit«, begrüßte uns Zink, als er einen Blick auf seine Uhr warf.

»Mag schon sein«, sagte Berger unzufrieden, »aber mit meinem BMW wäre ich wesentlich schneller hier gewesen«, ergänzte er bissig.

Wir begrüßten uns mit einem Handschlag, danach informierte uns Zink über den Stand der Dinge. Die Verletzten waren alle versorgt oder ins Krankenhaus gebracht worden. Tote hatte es keine gegeben. Die Spezialeinheit hatte alle wichtigen Positionen besetzt. Nur noch wenige Polizisten und Ermittler waren vor Ort, die nicht zum MAD gehörten.

Wir betraten das Schloss. Die Räume waren teils schwer beschädigt. Als wir in den Schlossgarten kamen und einige Meter gegangen waren, begrüßte uns der leitende Polizeibeamte Markus Steiger. Wir stellten uns kurz vor. Roland Landau und Markus Steiger kamen ins Gespräch.

»Wir sollten das gesamte Gelände absperren«, schlug ich Berger leise vor. »Ich weiß nicht den genauen Ort, an dem sich das Basrato aufbauen wird. Und ob das mobile Empfangsgerät einwandfrei funktioniert, steht auch noch nicht fest.«

»Okay«, nickte Berger. »Ich werde Landau gleich darüber informieren.«

»Verflucht«, schimpfte ich. »Ist die Drohne da von euch?«, sprach ich Berger an.

»Nein«, schüttelte er den Kopf.

»Ich kümmere mich darum«, sagte Zink genervt und verschwand.

Markus Steiger verabschiedete sich von uns mit einem Handzeichen und ging. Landau wandte sich uns zu.

»Ganz geheim halten lässt sich die Sache hier wohl nicht mehr«, sprach er mich an. »Ich brauche Leute vor Ort. Der Einsatzleiter schickt seine Beamten fort, aber die GSG 9 rückt an.«

»GSG 9?«, fragte ich verstört. »Was hat die denn hiermit zu tun?«

»Sie ist eine Spezialeinheit der Bundespolizei zur Bekämpfung des Terrorismus«, fing Landau an. »Haben Sie eine bessere Idee?«, fragte er mich. »Oder einer von euch?«, sprach er die anderen an. »Wenn Sie das Basrato rechtzeitig vernichten«, wandte sich Landau mir zu, »dann erfährt ja niemand, dass Außerirdische hierfür Verantwortlich sind.«

»Okay«, nickte ich.

»Falls das mobile Empfangsgerät zerstört wird, kümmert sich meine Einheit darum«, sagte Landau.

Ich nickte wieder.

Wir hörten einen Schuss. Jennifer und ich fuhren erschrocken zusammen. Als Zink zurückkehrte sagte er: »Hab niemanden gefunden, dem das fliegende Ding gehört.«

Berger grinste seinen Kollegen an.

Das war auch eine Methode – vielleicht ein wenig krass – eine Drohne aus dem Weg zu räumen.

»Ich habe Anweisungen gegeben, dass jede Drohne abgeschossen wird«, wandte sich Zink an Landau.

»Gut«, kam es von Landau.

Ich nahm die Laptoptasche vom Rücken und holte das Delektron hervor. Dann aktivierte ich es und stellte auf Grund der Anzeigen auf dem Display fest, dass wir doch noch etwas mehr Zeit hatten, bis die Verbindung von dem mobilen Endgerät zur Hauptstation aufgebaut wurde. Ich schulterte die Laptoptasche und versuchte das mobile Empfangsgerät zu lokalisieren. Es war unter dem großen Brunnen.

Zink berichtete kurz, dass er informiert wurde, dass die Polizei das äußere Schlossgelände abriegelte und die GSG 9 am rechten und linken Schlossgebäude Stellung bezog und die Spezialeinheit vom MAD das Gelände um den Brunnen herum absicherte

»Wissen Sie jetzt, wo sich das Basrato öffnen wird?«, fragte Landau mich.

»Mit sehr großer Wahrscheinlichkeit genau dort.« Ich deutete auf den Brunnen.

»Das wird der Bayerischen Schlösserverwaltung aber nicht gefallen«, bemerkte Berger.

»Ist noch genügend Saft auf dem Gerät?«, fragte

Zink.

»Ja«, nickte ich, »es reicht völlig aus, um das Basrato zu vernichten.«

Jennifer sah mich fragend an. Hatte ich es ihr noch nicht gesagt, wie ich das Basrato ausschalten wollte? Ich meinte schon, dennoch erklärte ich allen noch einmal kurz meinen Plan – ein richtiger Plan war es wohl eher nicht: »Also, es gibt zwei Möglichkeiten, wie das Basrato vernichtet werden kann. Wir können das mobile Empfangsgerät zerstören – also in die Luft sprengen«, ich holte kurz Luft, »oder ich gehe in das Basrato hinein und baue mit dem Delektron ein Kraftfeld auf, dadurch wird das Basrato implodieren und die Hauptstation vermutlich stark beschädigt werden.«

»Die zweite Möglichkeit ist aber sehr riskant«, fing Landau an und hakte nach: »Wie groß ist denn die Wahrscheinlichkeit, dass Sie an der Hauptstation ankommen werden?«

Ich zuckte nur unwissend mit den Schultern.

Sollte ich tatsächlich an der Hauptstation ankommen, konnte ich sehr wahrscheinlich nicht mehr zur Erde zurück. Das behielt ich im Augenblick aber lieber für mich.

»Ist doch klar, wir sprengen den Brunnen«, sagte Jennifer.

»Was geschieht mit Ihnen, wenn Sie das Basrato betreten und zerstört haben?«, hakte Landau nach.

Ich zuckte wieder mit den Schultern.

»Das sind mir zu viele Schulterzucker, Clayton«, sagte Landau streng.

»Oh, nein Bill!«, fing Jennifer an und sagte dann mit strenger Miene: »Du gehst mir da nicht hinein. Wir sprengen das verdammte Empfangsgerät in die Luft!«

»Ja, das würde ich auch gerne tun, jedoch weiß ich

nicht, welche Sprengkraft nötig ist, um das Ding zu zerstören«, sagte ich.

»Wäre es nicht besser in Deckung zu gehen?«, fragte Zink.

»Okay. Wir können uns ein Stück vom Brunnen entfernen«, sagte ich, »aber nicht zu weit.«

Ich versuchte Jennifer davon zu überzeugen, ins Gebäude zu gehen. Doch sie wollte nicht. Was sollte ich tun?

»Wir haben das Gebäude aus Sicherheitsgründen evakuiert«, sagte Zink.

Mir wurde klar, dass der Vorschlag von mir falsch war, denn ich wusste nicht, an welchem Ort das Basrato aufgebaut wurde. Das ganze Gebäude konnte dabei zerstört werden.

Fiuuu Fiuuu.

»Geht's los?«, fragte Landau ruhig.

Ich nickte und stellte das akustische Warnsignal ab.

»Wo?«, wandte sich Landau an mich.

Ich zeigte auf den Brunnen.

Landau und Berger gaben Anweisungen über ihre Smartphones weiter.

»Es wäre besser, wenn du ...«, begann ich an Jennifer gewandt.

»Ich bleibe«, fuhr Jennifer mich scharf an.

»Okay.«

Die nächste Minute verging schweigend. Vom Basrato war noch nichts zu sehen. Vielleicht hatten wir Glück und der Versuch der Palets war gescheitert.

»Da hat sich gerade etwas im Brunnen bewegt!«, hauchte Jennifer.

Der Boden bebte kurz. Das Wasser im Brunnen erhob sich leicht, dann fing es an zu brodeln.

»Verdammt«, fluchte Landau. »Das Wasser kocht ja.

Alle weg hier!«

Wir liefen in Richtung Schloss. Hinter uns gab es einen lauten Knall. Als wir stehen blieben und uns dem Brunnen zuwandten, sahen wir, dass er explodiert war. Das Wasserbecken war völlig zerstört. Die Brunnenfigur lag zerbröckelt auf dem Boden. Wasser sprudelte aus den abgerissenen Leitungen heraus und sammelte sich in einem entstandenen Krater, währenddessen wühlte sich ein glänzender, rechteckiger Gegenstand neben dem Krater aus dem Boden empor.

»Ich nehme mir ein paar Männer von unserer Einheit«, schlug Zink vor, »und sichere das Gelände am Kanal.«

»Okay«, nickte Landau ihm schnell zu. »Sei aber vorsichtig.«

Der Kanal befand sich etwas weiter hinter dem Brunnen. Berger eilte ebenfalls fort, um eine Einheit in der Nähe des Schlosses anzuführen. Nun war ich mit Jennifer und Berger allein.

»Was ist das für ein Ding?«, fragte Landau und sah mich direkt an.

»Es wird wohl zur Empfangseinheit gehören«, vermutete ich.

Ein roter Lichtstrahl kreiste langsam über die Schlossfassade, begleitet von einem leichten Summton, während der schlammige Boden ringsum das glänzende Objekt anfing zu brodeln.

»Und du wolltest mich eben ins Schloss schicken?«, warf mir Jennifer an den Kopf.

»Äh ... tja«, stotterte ich, »Also ...«

Es wurde unangenehm heiß, und ich hatte das Gefühl, als würden mich Nadelstiche am ganzen Körper treffen.

»Es wird unangenehm heiß«, stellte auch Landau

fest.

»Ja«, nickte ich.

Ich war davon überzeugt, dass noch etwas sehr viel Gefährlicheres tief dort unten im Erdboden verborgen war, als das glänzende Objekt, das wir sehen konnten. Zink und seine Einheit hatten ihr Ziel erreicht, und ich sah, wie sie in Stellung gingen. Die GSG 9 rückte an und sicherte das Gelände hinter Zink und seinen Kollegen ab. Ich erfuhr von Landau, dass ebenfalls eine Einheit der GSG 9 auf dem Gelände vor dem Schlossgebäude in Stellung gegangen war.

Mich beschlich ein ungutes Gefühl. Vielleicht hätten wir doch das Militär hinzuziehen sollen.

Der Boden bebte wieder.

Eine Kuppel aus Erde erhob sich neben dem glänzenden Objekt und sprudelte in die Höhe. Ein Gegenstand, der aussah wie ein großer Spiegel, schoss aufwärts und fing an zu leuchten.

»Was ist das?«, fluchte Landau.

»Gehen Sie!«, forderte ich ihn auf. »Und nehmen Sie Jennifer mit!«

»Ich bleibe hier«, sagte Jennifer energisch.

»Das halte ich für keine gute Idee«, sagte Landau. »Kommen Sie!«

»Ich bleibe bei ...«

Die Frau konnte wirklich hartnäckig sein.

Plötzlich ging die Rasenfläche neben dem Kanal, an dem sich Zink mit seiner Einheit befand, in Flammen auf. Eine Druckwelle jagte uns entgegen, die uns fast umgehauen hätte.

»Ich muss hier bleiben, Jennifer. Verstehe das bitte!«

Landau schnappte sich Jennifers Hand und brummte ärgerlich: »Kommen Sie endlich!«

»He«, fuhr Jennifer ihn an. »Was fällt Ihnen ...«

Die Prozedur wiederholte sich ein zweites Mal, und ein weiterer Spiegel schoss aufwärts aus dem Boden empor. Die beiden leuchtenden Flächen standen sich parallel gegenüber.

Erst jetzt verließen mich Jennifer und Landau, und ich hoffte, dass es noch nicht zu spät dafür war.

Der Summton wurde für mich fast unerträglich. Der rote Lichtstrahl kreiste über das Gelände hinweg und blieb an der rechten Spiegelfläche haften.

Ich war etwa zwanzig bis dreißig Meter von dem Objekt entfernt und überlegte, ob ich mich zu Boden werfen sollte. Ich sah nun weiter vor mir, dass die Einheit von Zink genau das gemacht hatte.

Wie Landau das Ganze hier als terroristischen Angriff erklären wollte, war mir ein Rätsel.

Das also ist ein Basrato, dachte ich und erinnerte mich an meinen Kampf mit Horyet auf der Flughafentoilette. Dort waren zwar keine festen Spiegel aus dem Boden gekommen, aber Horyet hatte etwas aktiviert, dass diesem hier gleichkam. Meine Schwester hatte mir zwar erzählt, dass nur kleine Gegenstände oder Lebewesen durch ein Wurmloch transportiert werden konnten, aber ich vermutete, dass durch dieses Basrato wesentlich größere Dinge zur Erde geschickt werden konnten – vermutlich sogar kleinere Raumschiffe.

Meine Mission musste erfolgreich sein, denn sonst würde der Erde ein schreckliches Schicksal bevorstehen. Ich wandte mich in Richtung Schloss und sah Landau und Jennifer. Landau hielt immer noch ihre Hand fest – richtig so, da konnte sie wenigstens keine Dummheiten machen.

Die Lichtquelle in den beiden spiegelglatten Flächen flackerte, der Summton verstummte, und kleine Blitze liefen über die Spiegelflächen hinweg.

Es war unheimlich. Gerade eben hatte ich zwischen den beiden Spiegelflächen hindurch Zink und seine Einheit noch sehen können, nun aber war dort eine Lichtquelle, und es kam mir so vor, als würde ich in die Unendlichkeit blicken.

»Shit!«, knirschte ich, als vier Palets aus der hellen Lichtquelle hinaustraten.

Ein Spähtrupp, vermutete ich und überlegte nicht lange, nahm die Laptoptasche vom Rücken, tat das Delektron hinein und nahm das Larat in die Hand. Schnell schulterte ich die Laptoptasche wieder und rannte los.

Hinter mir hörte ich Gewehrfeuer, Kugeln schlugen neben mir in den Boden ein. Ich hörte ein Geschrei, und das Gewehrfeuer endete abrupt.

Ein Palet trat mir entgegen, zwei andere Palets wandten sich Zink und seiner Einheit zu. Der vierte Palet nahm eine Waffe von der Schulter und feuerte in Richtung Schloss. Ich blieb vor Schreck kurz stehen, wandte mich dem Schloss zu und sah den Energiestrahl der Bergers Einheit entgegenflog. Er zerstörte einen Großteil des äußeren linken Gebäudetrakts. Landau und Jennifer waren verschwunden. Gut so.

Ich wandte mich wieder den Palets zu und wich blitzschnell nach links aus. Mein Feind hatte mich erreicht und attackierte mich mit einem Larat.

Nun feuerten auch die beiden anderen Palets in Richtung Zink und seiner Einheit, und ich sah die enormen Verwüstungen, die diese Strahlenwaffen anrichteten.

»Ié jal de sãnto«, brummte mein Feind mich an.

»Wenn du das sagst«, zuckte ich mit den Schulter.

»Ta nepa yo jene naje«, ging es mir durch den Kopf, und Sekunden später sprach ich es aus.

Wir bewegten uns zur Seite, und ich konnte nun genau sehen, wie weitere Energiestrahlen auf Zink und seine Einheit zuflogen. Die Einheit zog sich zurück, und ich sah, wie Zink dabei zu Boden ging.

Der Palet stand vor mir. Er war flink. Das hatte ich bereits zu spüren bekommen. Ob dieser Mistkerl fair kämpfen würde, da war ich mir nicht so sicher. Kaum hatte ich den Gedanken zu Ende gebracht, als er auf mich zukam und mit seinem rechten Fuß ausholte. Der Tritt hätte mich wahrscheinlich aus dem Gleichgewicht gebracht, doch ich war schneller. Ich sprang zur Seite, dann sprang ich wieder vorwärts, schleuderte mein Bein vor und gleichzeitig in die Höhe. Es knallte, als ich das Schienbein meines Gegners traf. Der Palet knickte leicht mit dem Bein ein, und sein Schlag verfehlte mich. Doch mein Schlag fand das Ziel. Der Palet verlor seinen Kopf.

Der Palet, der auf Bergers Einheit feuerte, wandte sich mir zu und schoss. Ich sprang zur Seite, doch ganz außer Reichweite kam ich nicht mehr. Der Energiestrahl schlug zwar meterweit neben mir ein, aber die Druckwelle riss mich erbarmungslos zu Boden. Ich war benommen, meine Ohren betäubt und mein rechtes Bein leicht verletzt.

Der Scheißkerl kam auf mich zu. Nur mühsam kam ich wieder auf die Beine, dabei sah ich an ihm vorbei. Ich jubelte kurz, denn es knallte, und ein Palet, der Zinks Einheit angriff, wurde zerfetzt.

Schon wieder ein unfairer Kampf, ging es mir durch den Kopf. Mein Larat gegen eine Strahlenwaffe. Da hatte ich wohl keine Chance.

Ich war noch so benommen, dass ich gar nicht mitbekam, wie hinter mir ein Wagen wie eine Rakete angeschossen kam. Er fuhr an mir vorbei und erfasste den Palet, der nicht mehr zum Schuss kam.

Ich rannte auf den Wagen zu und streckte den am Boden liegenden Palet nieder und machte große Augen, als die Fahrertür aufschwang und mich Berger angrinste: »Wollen Sie hier Wurzeln schlagen?«

Toller Spruch, dachte ich genervt, aber ich war froh, dass Berger gekommen war.

Wieder hörte ich einen Knall und beobachtete, wie der letzte Palet von einem Geschoss zerfetzt wurde. Der Spähtrupp war erledigt, aber er hatte großen Schaden angerichtet.

»Was machst du denn hier?«, fuhr ich Jennifer an, als ich bemerkte, dass sie auf dem Beifahrersitz saß.

»Ich hatte keine Chance«, zuckte Berger mit den Schultern. »Entweder wir beide oder niemand«, ergänzte er.

»Danke«, nickte ich. »Verschwindet jetzt! Ich mache den Rest.«

Berger schloss die Wagentür.

Was war das? Als ich in die Lichtquelle blickte, die sich zwischen den beiden Spiegelflächen aufgebaut hatte, schwebte dort ein großer, länglicher Gegenstand auf uns zu.

Ein Raumschiff, schoss es mir durch den Kopf, und gleichzeitig erfasste der rote Lichtstrahl den Wagen von Berger.

»Raus da!«, schrie ich.

»Die Tür lässt sich nicht öffnen«, schrie Jennifer panisch, und auch Berger bekam die Tür nicht mehr auf.

Ich eilte zur hinteren Wagentür. Sie ließ sich noch öffnen. Blöd gelaufen, denn der Wagen bewegte sich langsam auf das Basrato zu. Ich schwang mich in den Wagen. Berger legte den Rückwärtsgang ein. Obwohl er Vollgas gab, bewegte sich der Wagen auf das Basrato zu.

»Wir müssen den Lichtstrahl ausschalten«, sagte Berger.

»Ja, aber wie?« Kaum hatte ich die Frage gestellt, schwebte der Wagen einige Meter über dem Boden.

Es ging alles so verdammt schnell. Plötzlich flog der Wagen durch die Luft, direkt auf das Basrato zu.

Was hatte meine Schwester mir über das Basrato erzählt? Mich beschlich ein ungutes Gefühl. Ich wusste nicht, welche Kräfte in so einem Basrato herrschten. Hoffentlich hielt der Wagen stand und brach nicht auseinander. Es konnte aber auch sein, dass Objekte, die ein Basrato passierten, mit einem Kraftfeld geschützt wurden, damit sie unversehrt blieben. Ja, wahrscheinlich war das so.

Alles ist möglich

18 Ich hatte fest damit gerechnet, dass wir beim Eintritt in das Basrato durchgeschüttelt würden wie bei einer Fahrt mit der Achterbahn, aber es war kaum eine Bewegung zu spüren, und auch jetzt, bei der Fahrt durch das Basrato, bewegte sich der Wagen behutsam vorwärts. Auch die Schwerkraft hatte sich nicht geändert. Um uns herum beobachteten wir ein prächtiges Farbenspiel. Das Basrato wechselte in den Regenbogenfarben.

»Ich weiß nicht, was mit uns passiert, wenn das Kraftfeld mit dem Delektron aufgebaut und das Basrato damit zerstört wird«, sagte ich.

»Tu es!«, forderte Jennifer mich unverzüglich auf.

»Dafür sind wir ja schließlich hier«, stellte Berger klar. »Verdammte Kacke«, fluchte Berger.

Also hatte ich mich eben doch nicht getäuscht. Ein Raumschiff tauchte wie aus dem Nichts auf und kam direkt auf uns zugeflogen. Berger versuchte instinktiv auszuweichen, aber der Wagen ließ sich nicht lenken.

Wie war das möglich? Ich hatte die Erklärungen von meiner Schwester so verstanden, dass nur ein Gegenstand durch das Basrato von A nach B oder umgekehrt transportiert werden konnte. Hatte ich sie etwa missverstanden oder hatten die Palets die Entwicklung des Basratos weiter vorangetriebenen? Auf jeden

Fall konnten wir den Wagen nicht lenken, um umzukehren.

Ein Zusammenstoß schien unvermeidbar zu sein. Das Delektron hielt ich zwar schon in den Händen, aber mir blieb kaum Zeit, um die Einstellungen vorzunehmen. Ich musste auch bedenken, dass mir nur ein Versuch blieb. *Meine Schwester*, dachte ich.

Langsam und eindringlich sagte Berger: »Also, wenn Sie noch länger zögern, wird das wohl nichts mehr werden.«

»Mach schon!«, forderte Jennifer mich wieder auf.

»Ich habe nur einen Versuch!«

Okay, ich fasste meinen Mut zusammen, haute mit einem Schlag die Barriere in meinem Kopf beiseite, und mein Hirn lief im *Alles-ist-möglich-Modus*.

Warum meldet sich meine Schwester nicht, ging es mir durch den Kopf. Der verzweifelte Versuch mit meiner Schwester Kontakt aufzunehmen, war gescheitert. In der Zwischenzeit hatte ich die holografische Tastatur aktiviert und mit der Eingabe begonnen.

»Ich habe es gleich.«

»Zu spät«, hörte ich Jennifer stöhnen.

Als ich den Blick von der Tastatur nahm, sah ich, dass das Raumschiff unmittelbar vor uns war. Ich griff nach Jennifers Hand.

»Es tut mir leid«, sagte ich.

»Ist schon okay.«

Berger schwieg.

Einige Sekunden später änderten das Raumschiff und der Wagen den Kurs. Keine Ahnung warum es geschah, aber vielleicht war es ein Schutzmechanismus, um Unfälle im Basrato zu vermeiden. Das Raumschiff hatte uns passiert und flog auf die Erde zu.

»Wie lange brauchst du noch?«, fragte Jennifer.

»Bin gleich soweit.«

Ich kontrollierte noch einmal sämtliche Eingaben, dann ließ ich das Seitenfenster herunter und warf das Delektron hinaus.

»Was machen Sie denn da?«, fragte Berger entsetzt.

»Deswegen sagte ich ja eben, dass ich nur einen Versuch habe.«

»Ja, aber …«, fing Berger an, und ich unterbrach ihn: »Ich habe das Delektron so eingestellt, dass es ein Kraftfeld aufbaut. Dadurch wird das Basrato implodieren und«, ich atmete durch, »WUMM!«

»Soll ich jetzt Gas geben?«, scherzte Berger.

»Wäre angebracht«, nickte ich.

Das Basrato wechselte immer noch in den Regenbogenfarben, jedoch wurden die Farben langsam blasser. Ein dunkles Loch tauchte in der Ferne auf. Ob das der Ausgang war?

Der Wagen beschleunigte, und wir flogen direkt auf diesen Punkt zu.

»Der Ausgang«, sagte Berger nur und wandte sich blitzartig mir zu. »Wie viel Zeit bleibt uns?«

Die Antwort lieferte ein greller Blitz hinter uns. Das Raumschiff hinter uns explodierte, und kurz darauf erlosch das Farbenspiel um uns herum. Ein gewaltiges Feuer raste von hinten auf uns zu.

»Shit«, fluchte Berger laut. »Irgendwelche Ideen?«, fragte er.

»Nein«, antwortete ich und sah gleichzeitig die Blässe in Jennifers Gesicht.

Die Feuersbrunst kam wie ein jagendes Raubtier unaufhaltsam auf uns zu. Wir sahen durch die Windschutzscheibe, wie der Wagen auf den Ausgang zusteuerte. Es blitzte, und für einen Moment wurden wir stark geblendet. Dann endlich schwebte der Wagen aus dem Basrato hinaus und setzte sanft auf dem Boden auf.

»Geschafft«, schnaufte Berger.

»Nicht ganz«, sagte ich und deutete hinter uns.

Wir standen mit dem Wagen auf einem ebenen Gelände, hinter uns war das Basrato noch aktiv. Nicht weit davon entfernt, lag ein riesiger Gebäudekomplex. Dort musste sich die militärische Basis der Palets und auch die technische Einrichtung für das Basrato befinden.

»Niemand hier«, sagte Berger.

»Wäre mir da nicht so sicher«, sagte ich. »Schafft der Wagen die Piste da?«

»Will es hoffen«, antwortete Berger und gab Gas.

Berger lenkte den Wagen sicher über die Piste, und wir entfernten uns rasch von der feindlichen Station. Ich wandte mich um und sah, dass sich der Ausgang des Basratos in einen riesigen Feuerball verwandelte, während einige Gebäudeteile in Flammen aufgingen. In diesem Augenblick betete ich, dass auf der Erde nicht auch so ein großer Schaden verursacht wurde.

Uns war es tatsächlich gelungen, das Basrato und einen Teil der feindlichen Basis zu zerstören. Wir hatten den Palets einen Rückschlag versetzt, von dem sie sich erst einmal erholen mussten. Noch hatten wir den Feind nicht endgültig besiegt, aber Zeit gewonnen, um den Kampf gegen ihn fortzuführen.

Ich stellte erfreut fest, dass mein leicht verletztes Bein geheilt war.

»Wissen Sie, ob Zink schwer verletzt ist?«, fragte ich, und wir erfuhren von Berger, dass Zink schon wieder auf die Beine kommen würde und Landau unverletzt geblieben war. Wir erfuhren außerdem, dass die Spezialeinheit zwei Palets mit einer Panzerfaust

erledigt hatte. Dann rückte Berger mit einer unange-
nehmen Nachricht heraus – Horyet war die Flucht gelungen.

Ende Teil 2

Fortsetzung folgt

*Das Leben ist ein großes Abenteuer,
und Rückschläge sind dabei unvermeidbar.*
Dan Gronie

Personen-, Orts-, und Sachverzeichnis

Länder und Welten

Larg	Heimatplanet der Lodets.
Mesetanien	Heimatplanet der Mesetanier.
Norog	Heimatplanet der Palets.
Pelos	auf diesem Planeten haben die Palets eine militärische Basis errichtet und ein Basrato in Betrieb genommen.

Mitwirkende von der Erde

Bill Clayton	alias Andor Largo ist ein Redakteur bei dem Londoner Zeitungsverlag *Time News*.
Helmut Berger	Mitarbeiter vom MAD, Abteilung II: Extremismus-, Terrorismus-, Spionage- und Sabotageabwehr.
Helmut Kranz	Mitarbeiter vom Atomkraftwerk in Essenbach.
Jennifer Parker	Redakteurin bei dem Londoner Zeitungsverlag *Time News*.
Markus Steiger	leitender Polizeibeamter in München.
Michael Zink	Mitarbeiter vom MAD, Abteilung II: Extremismus-, Terrorismus-, Spionage- und Sabotageabwehr.
Roberto Rossellini	Geschäftsführer des Londoner Zeitungsverlags *Time News*.
Roland Landau	leitender Angestellter beim MAD, und der Vorgesetzte von Berger und Zink.

Walter Giller   leitender Beamter der Flughafenpolizei.

Wilhelm Krüger   Kraftwerksleiter in Essenbach.

Wolfgang Olef   Mitarbeiter vom Atomkraftwerk in Essenbach.

Mitwirkende von anderen Welten

Horyet   Mesetanier und Kopfgeldjäger.

Ranja Largo   Schwester von Andor Largo.

Reolan Leeonex   Wissenschaftler, der die Dunkle Materie erforschte. Er entdeckte dabei, wie er unter Einsatz der geeigneten Technik, Raum und Zeit beeinflussen konnte. Auf der Grundlage dieser Entdeckung wurde von den Palets das Basrato erfunden.

Völker von anderen Welten

Lodets   leben auf dem Planeten Larg und sehen aus wie Menschen.

Mesetanier   leben auf dem Planeten Mesetanien. Die Bewohner sind Formwandler und können die Gestalt verschiedener Lebewesen annehmen. Nicht verwandelt besitzen sie eine menschenähnliche Gestalt, und ihr Gesicht lässt keine Mimik erkennen.

Palets   leben auf dem Planeten Norog. Sie haben eine hellgrüne, schuppige Haut, und aus ihrem kahlköpfigen Gesicht stechen grüne Augen mit einer schwarzen Pupille hervor.

Gegenstände / Sonstiges

Basrato   modernes Transportmittel, das von den Palets entwickelt wurde, um große Entfernungen im Universum zurückzulegen. Ein Basrato besteht aus einer Haupt- und einer Empfangsstation, mit der sich ein künstliches Wurmloch erzeugen lässt, durch das man dann zu fernen Planeten reisen kann. Im Volksmund heißt das Basrato auch *Tor zur Ewigkeit* oder *Weltentor*.

Delektron   technisches Gerät, mit dem z.B. Raum- und Zeitverschiebung gemessen und ein Basrato lokalisiert werden kann.

| Desulator | Waffe, die das Gedächtnis auslöschen kann. |
| Larat | Lichtschwert. |

Organisationen

FBI	Federal Bureau of Investigation ist die zentrale Sicherheitsbehörde der Vereinigten Staaten, in der sowohl Strafverfolgungsbehörde als auch Inlandsgeheimdienst der US-Bundesregierung zusammengefasst sind. Außerdem ist sie für die Verfolgung von bundesrechtlichen Straftaten zuständig.
MAD	Militärischer Abschirmdienst, dessen Kernaufgaben sind die Informationssammlung und Informationsauswertung zu Zwecken der Spionage- und Sabotageabwehr und der Extremismus- bzw. Terrorismusabwehr. Zusammen mit dem Bundesnachrichtendienst (BND) und dem Bundesamt für Verfassungsschutz (BfV) gehört der MAD zu den drei Nachrichtendiensten der Bundesrepublik Deutschland.
MPS	Metropolitan Police Service ist die Polizeibehörde von Greater London. Das Hauptquartier der Metropolitan Police befindet sich im New Scotland Yard in Westminster.
New Scotland Yard	Gebäude im Londoner Stadtteil City of Westminster. Außerdem ist Scotland Yard eine Bezeichnung für die in diesem Gebäude residierende Polizeibehörde Metropolitan Police Service.
SIS	Secret Intelligence Service ist der britische Auslandsgeheimdienst. Er ist auch bekannt unter dem Namen MI6.

Bedeutung der außerirdischen Sprache

Beelze	Schimpfwort, Bedeutung: Gottloser.
Túe Sãnto és reget	Dein Tod ist besiegelt.
Kruto tú Mekma!	Kämpfe du Schwein!
Marador!	Gib auf!
Ié jal de sãnto	Ich werde dich töten.
Ta nepa yo jene naje	Das haben schon viele versucht.
Õjenak	Hurensohn

Danksagung

Warum ist die Geschichte von Bill Clayton alias Andor Largo erst jetzt veröffentlicht worden? Ich hatte immer wieder anderen Projekten den Vorrang gelassen, und so kam es, dass dieses Manuskript in einer Schublade verschwand und lange nicht mehr hervorgeholt wurde. Eines Tages jedoch hatte ich mir das Manuskript noch einmal angesehen und mich dazu entschlossen, mein eigentliches **Erstlingswerk** zu veröffentlichen. Also, hatte ich mir das Manuskript geschnappt, von Grund auf überarbeitet, und mein Vorhaben in die Tat umgesetzt. Daraus ist dann eine Trilogie entstanden.

Das gesamte Projekt hatte mir sehr viel Freude bereitet. Gemeinsam mit dem Redakteur Bill Clayton hatte ich mich auf eine abenteuerliche Suche begeben, um die Geheimnisse seiner Vergangenheit zu lüften.

In Band 2 erlebte ich mit, wie aus dem Redakteur Bill Clayton nach und nach ein Elitesoldat wurde, der nicht nur seine Welt sondern auch die Erde vor einem übermächtigen Feind beschützen wollte.

Zuerst einmal möchte ich mich bei meinen Leserinnen und Lesern für das Interesse an diesem Buch bedanken. Auch einen ganz besonderen Dank an all meine Leserinnen und Lesern, die schon bei den sehr erfolgreichen Abenteuern von Kaspar und seinen Freunden dabei waren.

Mich würde es natürlich wieder sehr interessieren, was Euch an der Geschichte gefallen hat – und was nicht.

Wer mir schreiben möchte, kann mich gerne auf meiner Homepage **www.dangronie.jimdo.com** besuchen oder schaut bei **Facebook** vorbei. Hier könnt Ihr auch mehr über mich und meine Bücher erfahren.

Wenn ich eine Geschichte zu Ende geschrieben habe, ist meine Frau Ursula die Erste, die sie zu lesen bekommt. Für die nützliche Kritik und hilfreichen Ratschläge und vor allem die Geduld, mit der sie jedes Mal meine Manuskripte liest, möchte ich ihr von ganzem Herzen danken.

Einen ganz besonderen Dank an Olivia Grand, die auch für diesen Band das wunderschöne Titelbild erstellt hat. Auch ein herzliches Dankeschön an Felix Mittermeier für den beeindruckenden Sternenhimmel und an Gerd Altmann für das Bild, das die Buchrückseite schmückt.

Mit ganz herzlichen Grüßen

Dan Gronie